Sigrid Wieck · Seniorentaxi

Verlag Dietmar Fölbach, Koblenz 2018

Umschlaggestaltung: Sigrid Wieck
Druck und Buchbinderei: Norbert Grosse, Braubach
ISBN 978-3-95638-204-8

Sigrid Wieck

Seniorentaxi

Fölbach

Seniorentaxi

Von Sigrid Wieck

Vorwort:

Die Geschichte, die Elly Ihnen erzählt, ist eine Chronik aus ihrem Familienschatz. Dieser Schatz hat für ihre Familie keinen materiellen Wert, sondern eine wertvolle, ideelle Bedeutung. Sie schildert lebendig Anekdoten von Liebe und Menschlichkeit, von einer Gemeinschaft zwischen den Generationen, die familiär miteinander verbunden sind. Familientraditionen werden gehegt und gepflegt und von Generation zu Generation weitergegeben. Ellys Geschichte ist eine Hommage an die Kraft und die Wärme der Familie.

„Viele Menschen versäumen das kleine Glück, weil sie auf das große vergeblich warten." - Pearl S. Buck -

Alles begann mit der Beerdigung meiner Tante Anneliese. Sie verstarb im gesegneten Alter von 90 Jahren. Still und leise, so wie sie im Leben gewirkt hat. Sie war kein lauter Mensch, aber voller Güte und Herzenswärme. Als wir noch Kinder und Jugendliche waren, war sie unser Lichtblick, wenn unsere kleine Welt aus den Fugen zu geraten drohte. Wir fühlten uns sehr aufgehoben bei ihr.

Tante Anneliese wurde im Jahre 1926 geboren. Sie wuchs unbeschwert und wohlbehütet mit zwei älteren Brüdern, Heinrich und Johann, auf. Ihre Eltern, Gustav und Merle, waren ehrbare Leute. Sie bewirtschafteten einen kleinen Bauernhof, mit Vieh und Obstfeldern. Bis der 2. Weltkrieg ausbrach. Da war sie gerade mal 13 Jahre alt, kam gut in der Schule voran und wollte den Beruf der Schneiderin erlernen. Aber es kam eine schreckliche Zeit, wo Angst, Schrecken, Hunger und Elend herrschten. Sie sagte später immer wieder zu uns: *„Kinder, Frieden ist etwas sehr Kostbares, den kein Regime auf dieser Welt aufs Spiel setzen sollte. Es gibt keine Gewinner, nur Verlierer. Der Krieg macht uns alle zu Verlierern.“*

Später, in den letzten Kriegstagen, lernte sie ihren Mann Hubert kennen und lieben. Er lag schwer verwundet in dem Lazarett, wo Tante Anneliese den Verletzten half. Sie waren ja nicht nur körperlich versehrt, sondern auch psychisch angeschlagen. Bei manchen war es so schlimm, dass sie zeitlebens ein körperliches oder seelisches Wrack blieben. Onkel Hubert war im Krieg für viele Kameraden ein Lichtblick gewesen. Er war gelernter Schlosser und hatte sich eine Bratpfanne aus Eisen gedengelt. Er organisierte etwas zu Essen und kochte für seine Kameraden. Viele verdankten ihm dadurch ihr Leben. Für die meisten entstand daraus eine lebenslange Freundschaft.

Meine Tante war für viele Verwundete und Todgeweihte durch ihre freundliche und einfühlsame Art der rettende Engel. Viele Sterbende begleitete sie und ließ sie nicht alleine hinübergleiten. Mein Onkel Hubert gesundete wieder und wurde aus dem Lazarett entlassen. Jedoch wurde er sein Asthmaleiden, das er sich an der Front zugezogen hatte, nie wieder los.

Als Anneliese 21 Jahre alt war, hielt Hubert um ihre Hand an. Sie heirateten und waren inmitten der ganzen Trümmer die glücklichsten Menschen auf der ganzen Welt. Sie bauten sich eine Zukunft auf, das nicht einfach in diesen Zeiten war. Aber sie hatten sich, und das genügte! Onkel Hubert wurde bei einer großen Reederei angestellt und Tante Anneliese arbeitete wieder in ihrem Lehrberuf als

Schneiderin. Sie bauten Anfang der 50er Jahre die alte Mühle von Onkel Huberts Eltern sowie die Kornkammern zu einem schmucken Wohnhaus um und legten einen großen Obst- und Gemüsegarten an. Das Grundstück lag nahe an einem Bach, dessen Rauschen sehr beruhigend war. Das ganze Areal strahlte Ruhe und Geborgenheit aus. Anneliese hatte sogar ein eigenes kleines Schneideratelier in ihrem Haus, das sie *„Flinke Nadel“* taufte. Denn in dieser Zeit kaufte man noch nicht von der Stange, sondern ließ die Kleider maßschneidern oder umändern.

Das Glück war vollkommen, als ihre kleine Tochter Marlene auf die Welt kam. Doch Marlenchen starb schon wenige Tage nach der Geburt an einem Herzfehler. Das war für meine Tante und ihren Mann die schlimmste und traurigste Zeit in ihrem gemeinsamen Leben. Wir alle besuchten beide so oft wie möglich und Tante Anneliese verschenkte all ihre Mutterliebe an uns.

Sie hatte ein großes Herz für Kinder. Wir waren stets willkommen in ihrem gemütlichen Haus, das sie mit viel Liebe und Geschmack eingerichtet hatte. Den großen Garten pflegten sie und ihr Mann genauso mit Hingabe, dass es nur so grünte und blühte. Sie legten ein Gemüse- und Salatbeet an sowie einen Kräutergarten. Daneben befand sich der Bauerngarten mit bunten Blumen und Beerenobst-Sträuchern. Sie pflanzten Obstbäume, die gute Erträge erzielten, und Jahre später bei der sommerlichen Hitze Kühle und Schatten spendeten. Überall im Garten befanden sich Ruhezonen, die an einem schattigen Plätzchen zum Verweilen einluden. Onkel Hubert mauerte einen Brunnen, der herrlich plätscherte. Eine Ecke der Grünanlage war parkähnlich angelegt. Über einer Bank war ein Rosenbogen gespannt und dahinter breitete ein großer Engel seine Flügel über dem gesamten Areal aus. Jede Grünfläche hatte ihren eigenen Charme. Jeder Winkel trug ihre Handschrift.

Märchenhafte Rosen zierten ihren Garten. Es war eine einzigartige Poesie verschiedener Farben und Sorten. Meine Tante liebte Rosen über alles. Sie hegte und pflegte sie mit viel Enthusiasmus. Die Prachtexemplare waren für jeden Betrachter eine Augenweide und ein Dufterlebnis. Tante Annelieses ganzer Stolz. Sie rochen ganz wunderbar und manche blühten sogar bis in den Herbst. So konnte man den Sommer genießen. Für ihren Nutzgarten setzten Onkel Hubert und Tante Anneliese Laufenten zur Bekämpfung der Schneckenplage ein. Alles ohne Gift und Chemie. Bei meinen Verwandten kam alles auf natürlicher

Basis zum Einsatz. Zum Düngen verwendeten sie Pferdedung von ihren Pferden. Für beide gab es nichts Schöneres, frühmorgens mit den ersten Sonnenstrahlen und dem Vogelgezwitscher aufzustehen, um die ersten Arbeiten im Garten zu verrichten. Nach dem Mittagessen machten sie für ein Stündchen Siesta. Abends, nach getaner Arbeit, saßen sie gemütlich an einem lauschigen Plätzchen, hörten die Vögel ihr Abendliedchen zwitschern und das Rauschen des Baches, der das Mühlenrad drehte. Onkel Hubert trank sein Bierchen und Tante Anneliese ihr Gläschen Wein oder ein selbstgemachtes Likörchen.

Wenn die Früchte im Sommer und im Herbst das Obst und Gemüse reif waren, wurde eingeweckt. Kräuter wurden getrocknet, aus denen später meine Tante Tees, Salben und Tinkturen herstellte. Sogar ihren Essig machte sie selbst. Alles frisch oder getrocknet aus ihrem heimischen Garten. Sie stellte sich auch eine Kräuterapotheke zusammen und ihre Kosmetika selbst her. Die himmlische Marmelade kochte Tante Anneliese nach einer alten Familienrezeptur. Sie wurde von Generation zu Generation weitergegeben. Meine Tante war ein Allround-Talent. So legten sie sich einen Wintervorrat zu, von dem auch die Verwandtschaft und Nachbarschaft recht gut profitierten.

Für meine Tante und meinen Onkel war ihr Garten ihr Paradies und ihr Naherholungsgebiet gleichermaßen.

Mein Vater Johann gründete Mitte der 50er Jahre ein kleines Fuhrunternehmen und firmierte mit *„Flink und Flott ans Ziel"*. Er fuhr selbst LKW und war von früh bis spät im Einsatz. Meine Mutter Lotte machte die Büroarbeit und die Buchführung an ihrem Küchentisch, einen extra Raum dafür hatten wir nicht in unserer kleinen Wohnung. Aber meine Eltern liebten sich und waren glücklich, die beengten Wohnverhältnisse machten ihnen nichts aus. Sie hielten zusammen und bauten sich eine Existenz auf. Nebenbei erledigte meine Mutter noch die Hausarbeit und zog zwei Kinder groß, meinen Bruder Carl und mich. Mein Vater war ein geselliger Mensch, der gerne musizierte und auf Festen mit seinem Akkordeon zum Tanz aufspielte. Er sang auch die alten Volks- und Weinlieder. Die Leute hörten ihm gerne zu. Meine Eltern waren geachtet und sie waren gern gesehene Gäste. Sie waren auch gute Tänzer. Mein Vater sagte dann immer zu meiner Mutter: *„Lottchen, jetzt tanzen wir mal und vergessen die viele Arbeit"*. Meine Eltern waren sehr tüchtig und so vergrößerte sich ihr Transportunternehmen und sie konnten sich sogar ein Haus mit anliegenden Hallen für die Lastwagen bauen.

Jetzt hatten meine Eltern sogar ein Büro und der Küchentisch hatte wieder seine ursprüngliche Bedeutung zurück.

Mein Onkel Heinrich übernahm den Hof seiner Eltern und baute die Stallungen aus, so dass die Tiere mehr Platz hatten. Er ging ordentlich mit dem Vieh um, er war kein grober Bauer, sondern ein sehr mitfühlender Mensch. Er sagte immer: *„Die Tiere haben auch eine Seele, sie fühlen genauso die Freude und den Schmerz wie wir Menschen"*. Er heiratete seine Marianne, die er von der Schulzeit her kannte. Marianne war eine sehr gute Köchin, die sich auch nicht zu fein war, im Stall und auf dem Feld mitzuarbeiten. Ihr Tag begann früh am Morgen und endete spät am Abend. Ihre Freizeit war spärlich, aber sie waren sehr glücklich miteinander und zufrieden mit ihrem Leben. Sie bekamen zwei Töchter, Elsa und Lina, ihr ganzer Stolz. Onkel Heinrich gönnte sich doch mal was an seinen freien Tagen, denn er spielte leidenschaftlich gern Bauerntheater. An den Festen wurden die geprobten Stücke dann aufgeführt. Das gefiel den Zuschauern und sie hatten viel Spaß dabei. Mein Onkel wurde immer mit sehr viel Beifall bedacht, und seine Marianne war sehr stolz auf ihn.

Mittlerweile war die Gesundheit von Onkel Hubert so angeschlagen, dass er immer kränklicher und schwächer wurde. Die alljährliche Kur hatte in diesem Jahr nicht den erhofften Erfolg gebracht, und so starb er mit 70 Jahren an den Folgen seines Asthmaleidens, das er sich im Krieg zugezogen hatte. Das war ein weiterer großer Schlag für meine Tante Anneliese, die sich nur langsam davon erholte. Wir Kinder kümmerten uns in dieser Zeit sehr um sie. Aber was sie letztendlich wieder auf die Beine brachte, waren ihr Garten und ihre Tiere. Sie sorgte und kümmerte sich nicht nur liebevoll um ihr Haus und den Garten, sondern nahm auch verwaiste Katzen und Hunde auf, die halbverhungert vor ihrer Tür Zuflucht suchten. Sie päppelte sie wieder auf, fragte in der Nachbarschaft oder im Tierheim nach, ob irgendein Hund oder Katze vermisst wird. Aber es meldete sich niemand. Und so blieben sie bei meiner Tante und bereicherten so ihren Alltag. Im Laufe ihres Lebens waren es wohl 7 Katzen und 4 Hunde. Ich hatte manchmal das Gefühl, dass sie einfach vor ihrer Haustür ausgesetzt wurden, weil die Leute wussten, dass meine Tante kein Tier verhungern ließ. Ihr lag jedes Lebewesen am Herzen. Sie sagte immer zu uns: *„Ein Menschenfreund ist auch immer ein Tierfreund."*

Aber sie hatte auch ein großes Herz für die Armen und Benachteiligten dieser Welt. Früher war es noch üblich, dass Obdachlose an der Haustür klingelten, und meine Tante gab ihnen immer eine warme Mahlzeit und ein bisschen

Geld. Sie pflegte dann immer zu sagen: *„Aber nicht vertrinken"!*

Auch als einmal bei Nachbarn der Dachstuhl lichterloh brannte, und das Haus erst einmal unbewohnt war, zögerte sie keine Sekunde und bot ihnen eine Bleibe an, bis die Feuerwehr das Haus wieder frei gab. Man half sich in solchen Notsituationen sehr. Nachbarschaftliche Hilfe wurde großgeschrieben. Auch für uns hatte sie immer ein offenes Ohr.

Nun standen wir hier tieftraurig auf dem kleinen Friedhof der Kleinstadt Himmelsberg in der Lüneburger Heide, wo sie neben ihrem geliebten Mann Hubert ihre letzte Ruhestätte fand. Sie blieb ihr ganzes Leben ihrer Heide treu. Tante Anneliese war sehr naturverbunden und schätzte die ländliche Idylle. Sie wuchs in der historischen Heidelandschaft auf, mitten in den blühenden Heideflächen, die nur durch die Beweidung der Heidschnucken im August bis September ihre violette Farbenpracht entfalteten. Sie war tiefverwurzelt mit ihrer Heimat. Hier wollte sie auch begraben werden. Sie sagte einmal zu uns: *„Heimat ist nicht irgendwo. Irgendwo ist Nirgendwo. Heimat ist auch nicht zwangsläufig die Stätte der Kindheit, aber man muss einen Bezug zur Landschaft und zu den Menschen haben. Heimat ist, wo man mit dem Herzen ist. Man muss sich* *wohlfühlen. Das ist Heimat".* Meine Tante und Onkel Hubert unterhielten in ihren Nebengebäuden eine kleine, gemütliche Ferienpension. Die Gäste wanderten durch den Naturschutzpark und besuchten mit ihren Kindern die Freilichtmuseen aus vergangenen Zeiten. Eine ganz besondere Attraktion war sonntags eine Kutschfahrt hinaus in die blühende Heidelandschaft. Dafür holte Onkel Hubert eigens seine offene Kutsche aus der Scheune und spannte seine zwei Haflingerpferde davor. Und los ging`s. Das machte besonders den Kindern Spaß und mein Onkel konnte spannend und eindrucksvoll erzählen, wie er als Kind oft von seinen Eltern gewarnt wurde, den Mooren fernzubleiben. Die wildesten Geschichten erzählte man sich. Wanderer hätten sich in der Dämmerung verirrt und sind im Moor versunken. Irgendwann sind sie dann als Moorleichen wieder aufgetaucht. Das war schon ein bisschen gruselig, aber wer sich auskannte, dem drohte auch keine Gefahr. Die Gäste verbrachten gerne ihren Urlaub auf dem Lande und kamen jeden Sommer wieder. Es gab auch einen kleinen Streichelzoo. Neben den Pferdchen, Hund und Katze hielten sich meine Verwandten noch zwei Ziegen, ein Eselchen, zwei Kaninchen und natürlich Hühner für die Frühstückseier und Laufenten gegen die lästigen Schnecken. Selbstverständlich alles in Weide- und

Freilandhaltung. In den Ferien waren wir oft bei Tante Anneliese und spielten mit den anderen Kindern. Das hat immer sehr viel Spaß gemacht. Als es mit Onkel Huberts Gesundheit zusehends schlechter wurde, gaben sie den Ferienbetrieb auf. Für meine Tante war die Heide der schönste Ort auf der ganzen Welt, sie konnte sich nicht vorstellen, woanders zu leben und schon gar nicht in der Großstadt.

Unsere Eltern hatten wir schon längst zu Grabe getragen, nun war die letzte gute Seele von uns gegangen. Meine Tante Anneliese war ein Mensch, der auf das Wesentliche und auf Nachhaltigkeit bedacht war. Sie lebte mit und von der Natur. Sie war im Einklang mit sich und der Natur. Sie hasste alles Künstliche. Alles, was der Garten jahreszeitlich hergab, wurde verwertet. Es wurde nichts weggeworfen oder verkommen lassen. Meine Tante hatte die wertvolle Gabe aus etwas Unnützen, etwas Nützliches und Brauchbares zu machen. Und so gelangte alles wieder in den Naturkreislauf. Sie hatte ein freundliches Wesen, was sich auch in ihrem Gesicht widerspiegelte. Tante Anneliese war eine natürliche Schönheit voller Anmut und schlichter, zeitloser Eleganz. Sie entwarf und schneiderte ihre Garderobe selbst. Nichts pompöses, aber alltagstauglich und trotzdem adrett. Mein Onkel Hubert war ein

Charmeur. Er machte seiner Frau immer Komplimente, wie schön und wie chic sie sei. Das freute sie natürlich. Meine Tante war ein Mensch der leisen Töne, lebensbejahend und lebensfroh und hatte eine Liebe zum Leben, trotz einiger Schicksalsschläge. Sie ließ sich aber nicht unterkriegen oder verbiegen und ging aufrecht ihren Weg. So war sie fest mit ihrem Glauben verankert und sagte immer: *„In Jedem steckt ein guter Kern, wenn er nicht der bösen Seite zugewandt ist, und jeder Mensch hat Wert, durch das was er ist, und nicht durch das was er hat“*. Tante Anneliese war eine sehr kluge und weise Frau. Auch war sie für die damalige Zeit sehr spirituell und ihrer Zeit weit voraus. Sie glaubte an die Kraft der Engel, die Gott schickt, um uns zu begleiten und uns zu beschützen. Zu uns sagte sie dann immer: *„Kinder, jedes Lebewesen auf Erden hat von Geburt an seinen Schutzengel, der wacht und behütet. Wenn man sich darauf einlässt, kehrt Frieden und Wärme ins Herz hinein“*. Auch war meine Tante ein sehr friedliebender Mensch, und so friedlich ist sie auch eingeschlafen. Von Engeln begleitet, die sie sanft in den Himmel hoben, wo sie bei all ihren Lieben ist.

Und nun hatten wir ihre schöne alte Mühle geerbt, nebst Haustiere. Sie hatte in ihrem Testament verfügt, dass wir uns um das Haus und die Tiere kümmern sollten. Ja, es war viel mehr als ein Testament, es war ein Vermächtnis.

Nach der Beerdigung gingen wir in ihr Haus, um uns zu unterhalten, denn meine Verwandten und ich hatten uns schon eine Weile nicht mehr gesehen. Wir wohnten alle nicht mehr in Himmelsberg, und so war es eine willkommene Gelegenheit, uns über Neuigkeiten auszutauschen. Natürlich hatten wir uns an den Geburtstagen oft bei Tante Anneliese eingefunden, aber Zeit hatten alle nicht immer. Wie das so ist, man hat immer viel zu tun und ist beschäftigt. Man hält sich mit unwichtigen Dingen auf und konzentriert sich nicht auf das Wichtige, aber am Ende rennt einem die Zeit davon.

Mein Bruder Carl ist selbständiger Reiseveranstalter und hatte sich hauptsächlich auf Schottland und Irland spezialisiert. Er organisierte dort Rundreisen, Städte- und Trecking Touren. Auch Castle Visits mit Übernachtungsmöglichkeiten waren sehr beliebt. Auch für das leibliche Wohl war bestens gesorgt. In den ehrwürdigen Mauern konnte man königlich tafeln. Seine Kunden waren überwiegend naturverbunden. Sie suchen dort Ruhe und Erholung. Es war vor allem die grandiose Landschaft, die den Besucher in ihren Bann zieht. Er erzählte viel von seinen Reisen und sagt öfters:

„Das hat schon was, in den klaren Gewässern zu fischen oder eine Partie zu golfen und abends auf einen Drink ins Pub zu gehen. Dann die gewaltige Schönheit der *Lowlands und Highlands*. Ebenso fasziniert mich *Ireland, the welcoming Isle.* Ganz besonders aber *The Cliffs of Moher, Ring of Kerry und schließlich Connemara,* mit seinen wildlebenden *Connemara Ponys.* Natürlich durfte abends im Pub ein Guinness nicht fehlen. Oder Wanderungen entlang der irischen See, die Luft tief einatmen und die grüne Insel erkunden, wo das Grün nirgends grüner ist. Einfach die Seele baumeln lassen, abschalten, runterkommen von der auffressenden Geschwindigkeit unserer Zeit und der Hektik des Alltags. Es gibt so viel in *Scotland & Ireland* vor atemberaubender Naturkulisse zu entdecken und die Kultur kommt auch nicht zu kurz“.

Das gehörte alles zu seinem Programm. Die Reisenden waren gut bei meinem Bruder Carl aufgehoben. Er war mit Leib und Seele dabei und schaute sich auch die Unterkünfte in den Hotels, *Guesthouses* oder *Castles* vor Ort an. Er ging voll und ganz in seinem Beruf auf, für ihn war es Berufung und Erfüllung zugleich.

Frauen gab es einige in seinem Leben bis er Nelly traf. Sie ist Schottin und wunderschön. Ihr Haar ist kupferfarben und glänzt in der Sonne wie strahlendes Herbstlaub. Sie hat ein bezauberndes Lächeln. Sie ist auf der *Isle of Skye,* den Inneren Hebriden, aufgewachsen. Sie studierte Musik und Gesang, arbeitete als Pianistin und bewohnte ein kleines Cottage am Rande von Edinburgh. Carl konnte ihr stundenlang zuhören. Sie pendelten zwischen seiner und ihrer Heimat hin und her. Sie heirateten und sie begleitete ihren Mann oft auf seinen Reisen. Als der kleine Leon auf der Welt war, arbeitete sie als Klavierlehrerin von zu Hause aus. Klein-Mary wurde zwei Jahre später geboren, da war mein Bruder auch nicht mehr so viel unterwegs und organisierte die Touren in seinem Büro von zu Hause aus. Wir sagten alle: "Carl ist sesshaft geworden und endlich angekommen". Wenn er mal einen Außentermin hatte, verreisten sie zu Viert. Sie sind eine glückliche Familie und als die Kinder noch klein waren, verbrachten sie viel Zeit miteinander.

Sie besuchten uns oft. Wir waren auch oft zu Gast in Schottland in ihrem urigen Heim. Unsere Kinder sind alle im gleichen Alter. Leon und Mary wuchsen zweisprachig auf und meine Kinder lernten die englische Sprache genauso schnell. Ich freute mich sehr, dass Carls rastloses Leben nun vorbei war und er seinen Platz im Leben gefunden hatte. Als Geschwister waren wir sehr miteinander verbunden. Mein Bruder ist nur ein Jahr älter als ich. Wir sind fast wie Zwillinge aufgewachsen, und das verbindet. Im Teenager-Alter musste er mich sogar vor einem allzu aufdringlichen jungen Mann beschützen, von dem ich ja nun gar nichts wollte. Mein allererstes Auto war ein VW-Käfer, den ich nach dem gleichnamigen Film *„Herbie"* taufte. Ich hatte ihn günstig erstanden. Er war nicht mehr der Jüngste und hatte so seine Wehwehchen. Carl machte ihn mir wieder flott und ich malte ihn rosafarben mit weißen Punkten an. Er war mein ganzer Stolz. An den Wochenenden fuhr ich mit meinen Freundinnen zu den Discos und zu den Festen im Umkreis. Mein *„Herbie"* war in der ganzen Umgebung bekannt.

Aber als ich meinen Mann Jens kennenlernte, waren die wilden Jahre vorbei. Ich arbeitete als Übersetzerin in einer großen internationalen Firma, wo mein Mann ebenfalls als Bauingenieur arbeitete. Wir begegneten uns auf einer Betriebsfeier und es funkte gewaltig. Jens kam aus Hamburg. Er war groß, blond, und sehr attraktiv. Er war gut gebaut und hatte einen sehr ästhetischen Körper. In seinen strahlenden blauen Augen konnte man untergehen, sie waren so blau wie das Meer. Wenn er lachte, bildeten sich links und rechts kleine Grübchen in der Wange. Beruflich war er sehr erfolgreich, schon weitgereist und erzählte sehr unterhaltsam von der weiten Welt. Ich fühlte mich sehr wohl in seiner Gesellschaft und es fühlte sich richtig an. Er gefiel auch meinen Eltern. Und mit Carl verband ihn eine echte Männerfreundschaft.

Wir heirateten ziemlich schnell, bauten ein Haus und bekamen zwei Kinder, Björn und Marie, unsere Goldsterne. Wir empfinden nach so vielen Jahren immer noch eine tiefe Liebe füreinander, die wir kostbar bewahren. Nach all den Jahren haben wir immer noch das gemeinsame Wir-Gefühl. Aber wir hatten auch unsere Höhen und Tiefen. Jeder hat seinen eigenen Kopf, was mitunter zu Kompetenzgerangel führte. Alles fing mit dem eigenen Betrieb an. Jens war sehr erfolgreich in seinem Beruf, er hatte die besondere Begabung, aus einer Baracke ein Schmuckstück zu machen. Er machte sich als Bauingenieur für Sanierungsobjekte sowie als diplomierter Sachverständiger für Baumängel selbständig und bezog sein Büro in unserem Haus, was für mich keine einfache Situation war. Die ständige Nähe, Gespräche, die nur noch um die eigene Firma kreisten, Urlaube wurden vertagt oder abgebrochen. Das Handy klingelte unentwegt, selbst während der schönsten Zeit des Jahres. Erholsame Ferien waren das nicht. Es war auch für unsere Kinder nicht leicht, das zu verstehen. Stets hatte die Firma Vorfahrt. Wegen der Kinder hatte ich meinen Beruf aufgegeben und arbeitete als

Übersetzerin für Buchverlage von zu Hause aus. Diese Tätigkeit konnte ich natürlich nicht weiter ausüben, denn ich wurde in Jens' Büro gebraucht. Das führte dazu, dass ich bald in eine Sinnkrise geriet. Ich brauchte einfach einmal Abstand. Die Kinder waren mittlerweile erwachsen und am Studieren. Jeder lebte sein Leben und ich hatte das Gefühl, nicht mehr gebraucht zu werden.

Hinzu kam noch der schmerzhafte Abnabelungsprozess von meinen Kindern. Björn verließ als erster das Haus, um Jura zu studieren. Zwei Jahre später verließ Marie das Nest, um ihr Studium als Tierärztin aufzunehmen. Die Kinder hatten immer irgendwelche Freunde mitgebracht, unser Haus war immer voller Leben. Diese turbulente Lebendigkeit, die fehlte mir. Ich reflektierte 21 Jahre Muttersein. Mir wurde schlagartig bewusst, wie schnell die Zeit vergangen war. Gestern noch im Sandkasten gespielt, heute schon auf der Uni. Plötzlich empfand ich eine Stille und eine Leere in mir, die ich vorher nicht gekannt hatte und nicht gewohnt war, die langsam in mir hochkroch. Wir hatten unsere Kinder liebevoll zur Selbständigkeit erzogen, Werte und Respekt vermittelt, ihnen eine Richtlinie gegeben, so dass sie ihren eigenen Weg gehen konnten. Und das war ja auch richtig so. Ich wusste, dass es eines Tages so kommen würde, das ist schließlich der Lauf der Dinge, und doch hat es mich kalt erwischt. Mir fiel das Sprichwort ein: *„Wenn die Kinder klein sind, gib ihnen Wurzeln, wenn sie groß sind, gib ihnen Flügel.“* Aber das Loslassen ist gar nicht so einfach. Gerne hätte ich manche schönen Momente einfach angehalten, aber das ist ja leider nicht möglich. Aber ich bewahre sie tief in meinem Herzen. Ein schöner Spruch dazu gefällt mir besonders gut: *„Eltern halten die Hände ihrer Kinder für eine Weile, ihre Herzen jedoch für immer.“*

Anfangs kamen Björn und Marie noch an den Wochenenden nach Hause, aber irgendwann wurden die Besuche seltener. Marie hatte ihren Freund und Björn seine Freundin. Ich hatte plötzlich eine melancholische Stimmung. Jens hatte damit nicht so die Probleme, er nahm es lockerer, aber für mich war das nicht so einfach. Ich stellte plötzlich fest, dass ich meine Möglichkeiten und Talente für meine Familie geopfert hatte. Natürlich habe ich das gern gemacht, aber so ganz auf der Strecke wollte ich auch nicht bleiben. Ich fühlte mich ausgelaugt und leer, meine Energie war dahin. Die jahrelange Vierfachbelastung als Ehefrau, Mutter, Hausfrau und Büroangestellte meines Mannes machte sich nun bitter bemerkbar. Ich hatte mich einfach nicht von der Weisheit der Natur leiten lassen, nämlich dem Prinzip der Löwin: *„Die Löwin frisst* *zuerst. Wenn sie satt ist, dann erst fressen ihre Kinder. Denn wenn die Löwin keine Kraft mehr hat, kann sie auch nicht mehr für ihre Nachkommen sorgen.“* Meine Gesundheit war in Gefahr und meine Nerven lagen blank. Ich brauchte dringend Luft zum Atmen.

So packte ich meine Siebensachen und besuchte meine Tante Anneliese. Ich wusste, dass sie für mich da war, und das war sehr wohltuend. Wir kochten zusammen, erzählten uns, unternahmen Spaziergänge mit ihrem Hund Wolfi. Wir waren viel an der frischen Luft, lachten und hatten viel Spaß zusammen. Ich erzählte meiner Tante, dass ich in einer Sackgasse steckte und Jens und ich momentan große Meinungsverschiedenheiten hätten. Sie streichelte mir mitfühlend über den Kopf und sagte: *Elly,* mein Kind, die Liebe will gepflegt werden. Genießt eure gemeinsame Zeit und lasst euch nicht vom Alltag auffressen. Jeder braucht aber auch seinen Freiraum. Ständig zusammen sein, ist ein Killer für jede noch so große Liebe. Geht mal wieder schön aus oder verreist für ein paar Tage und verwöhnt euch. Eine Liebe, wie die eure, gibt man wegen ein paar Differenzen nicht auf. Aber es ist schon richtig, der Beruf darf nicht auch noch die Freizeit bestimmen, das ist keine gesunde Basis mehr. Ihr müsst wieder eure Liebe lebendig leben und fangt an, wieder intensive Gespräche zu führen." Und es stimmte, unsere tiefe Liebe, unser gegenseitiges Vertrauen und unsere Vertrautheit miteinander waren uns immer sehr wichtig. Die Zeit und die Unterhaltung mit meiner klugen und lebenserfahrenen Tante waren sehr positiv und ich tankte wieder neue Kraft auf, mein Akku war wieder aufgeladen.

In solchen Streitmomenten suchte Jens Rat bei meinem Bruder. Carl lachte dann immer: „Ja, die Elly war schon immer sehr kämpferisch, wenn ihr etwas nicht passte oder sie etwas für ungerecht hielt, da konnte sie gegen Windmühlen kämpfen und alle Hebel in Bewegung setzen. Aber meine Schwester hat recht. Man kann nicht 24 Stunden alles der Firma unterordnen. Urlaube und freie Wochenenden müssen einfach sein, damit sich Körper und Geist erholen können. Ansonsten gibt es einen Burn Out und damit ist wirklich keinem geholfen. Unsere Eltern waren auch selbständig, aber samstags um 16.00 Uhr war Feierabend. Und die Sonntage waren heilig und für die Familie da. Wir versammelten uns mittags alle um den großen Küchentisch, aßen zusammen und erzählten uns. Zum Kaffeetrinken fuhren wir zu unseren Verwandten, unsere Mutter brachte einen Kuchen mit oder die Verwandten kamen zu uns. Wir tranken gemütlich Kaffee, unterhielten uns und ließen den Tag langsam ausklingen. Die Familientraditionen waren uns sehr wichtig. Frisch und gestärkt ging es am Montag wieder weiter. Ich weiß schon, dass sich die Zeit durch die mediale Welt sehr massiv verändert hat. Dadurch ist man allzeit erreichbar und verfügbar, aber man lebt auch ständig am Limit. Ihr müsst euch zusammensetzen und wieder miteinander reden, wie in alten Zeiten. Das wird schon wieder. Was ihr euch da aufgebaut habt, gibt man nicht einfach so auf. Das Leben ist zu kurz für Nebensächlichkeiten". Jens und Carl genehmigten sich dann nach ihrem Männergespräch einen guten Scottish Whisky. Nelly sagte dann immer: *„Everything will be fine. Love makes a house a home."*

Als ich wieder zu Hause war, redeten Jens und ich ganz in Ruhe miteinander. Ich machte ihm klar, dass ich so nicht weitermachen könne, das ginge an meine Substanz. Er versprach mir, in Zukunft geschäftlich kürzer zu treten, da er mittlerweile genauso ausgepowert sei. Er wolle sich mit mir für ein paar Wochen eine Auszeit gönnen, dann wieder mit voller Kraft voran, nur nicht mehr in diesem Umfang. Das Haus war schuldenfrei und für das Studium unserer Kinder hatten wir finanziell vorgesorgt. Also buchten wir einen Flug nach Reykjavik, mieteten uns ein Wohnmobil und erkundeten Island. Die Insel ist ein Naturwunder mit einer magischen Landschaft. Man kennt sie auch als die Insel der Trolle und Feen. Island hatte uns in seinen Bann gezogen. Wir bestaunten die phänomenalen Naturschauspiele der Gletscher, Geysire und Wasserfälle. Wir hatten sogar einen Reitausflug mit den berühmten Islandpferdchen unternommen. Die Isländer sind sehr gastfreundlich und hilfsbereit. Island ist ein Naturereignis aus Feuer und Eis, das uns landschaftlich sehr fasziniert hat. Das war seit langem mal wieder ein erholsamer Urlaub. Nur Jens und ich. Die Reise in das Land der Mythen und Vulkane war sehr positiv für unsere Beziehung. Und Jens hielt sein Versprechen. Jetzt war alles wesentlich relaxter.

Unsere Familienfeste waren immer sehr legendär. Jedes Jahr trafen wir uns bei einem anderen Familienmitglied. Da wurde bis spät in die Nacht erzählt, musiziert, gesungen und getanzt und natürlich auch gut gegessen und getrunken. Es war eine schöne Zeit. Wir waren damals alle so glücklich und dachten, es ginge ewig so weiter. Doch unser aller Leben sollte eine dramatische Wende bekommen.

Unsere Eltern sowie unser Onkel Heinrich und seine Frau Marianne verstarben viel zu früh. Die Kriegsjahre sowie der Aufbau einer neuen Existenz zollten ihren Tribut.

Nach jahrelanger harter Arbeit wollten sie sich einen Urlaub gönnen und zu viert verreisen. Sie fuhren alle zusammen nach Italien. Sie freuten sich so auf ihre wohlverdienten Ferien. Beim Bäcker und beim Metzger erzählten sie ganz aufgeregt, dass sie bald in das Land der Zitronen reisen würden. Es waren herrliche zwei Wochen, wo sie sich gut erholten. Sie schrieben uns auch eine Postkarte, die wir wie eine Kostbarkeit hüteten. Zu jener Zeit ist man nicht so oft verreist, das war schon eine Sensation. Fröhlich und gut gelaunt traten meine Eltern und meine Verwandten die Heimreise an. Doch dann wurden sie in einen tödlichen Verkehrsunfall verwickelt. Ein Tanklastwagen rauschte ungebremst in das Stauende, er drückte die letzten Autos wie eine Ziehharmonika zusammen und explodierte. Die Wagen fingen Feuer, die Insassen hatten keine Chance. Es war ein Inferno. Es war ein Horrorcrash.

Für uns ging eine Welt unter, die Zeit blieb für uns stehen. Wir hatten auf einen Schlag beide Eltern und unsere engsten Verwandten verloren. Mein Mann Jens gab mir viel Kraft, auch unsere Tante Anneliese kümmerte sich rührend um uns, sie konnte so herrlich trösten, obwohl sie selbst in großer Trauer war. Sie half uns bei der Vorbereitung der Beerdigung und gab uns seelischen Beistand. Sie half uns auch, den Nachlass zu regeln. Ein tröstender

Spruch von ihr in diesen schwierigen Zeiten war: *„Wo immer die Sonne untergeht, geht sie zur gleichen Zeit woanders wieder auf."* Und irgendwann ging die Sonne wieder auf, das hatten wir unserer Tante zu verdanken. Da sprach ihr ganzes Mutterherz. In dieser Zeit hielten wir noch fester zusammen und hatten uns geschworen, dass wir immer füreinander da sein wollen. Tante Annelieses Leitspruch in solchen Notsituationen war immer: *„Wir halten zusammen, geteiltes Leid ist halbes Leid."* Sie war für uns wie eine Mutter und für unsere Kinder die Ersatzoma. Bei ihr war es immer wie *„Heimkommen."* Wir fühlten uns mit ihr sehr verbunden und zugehörig. Wir dankten Gott für so eine großartige und liebevolle Tante.

Elsa war meine älteste Cousine. Sie heiratete nie, sie wollte stets unabhängig sein. Sie hatte aber ihre Lover und Romanzen. Darunter war Viktor, ihre große Liebe. Für ihn hätte sie gerne eine Ausnahme gemacht, zumal sie ein Kind von ihm erwartete. Doch er hatte bereits eine Familie und wollte diese nicht verlassen. Aber er wollte für Elsa und ihr gemeinsames Kind da sein. Das wollte aber Elsa nicht und machte Schluss. Dass Viktor ihr das Herz brach, sagte sie ihm nicht. Nach einer Trauerphase war meine Cousine wieder ganz die alte, lebenslustig und fröhlich. Sie freute sich über die Geburt ihres Mädchens und sagte immer: *„Man muss nicht heiraten, um glücklich zu sein."* Sie zog ihr Töchterchen alleine groß. Ein absolutes No-Go zu dieser Zeit, aber das machte Elsa nichts aus. Sie hatte nie den Glauben an sich selbst verloren, dass sie es auch ohne Mann und gegen alle gesellschaftlichen Widerstände schaffen würde. Es war nicht immer leicht, aber sie hatte ja Tante Anneliese und uns. Meine Cousine hatte Modedesign studiert und machte sich selbständig. Elsa war gut versorgt und arbeitete in ihrer eigenen Boutique. Sie hatte das Nähtalent und das sichere Farbgefühl von ihrer Tante geerbt. Beide saßen oft in ihrem Schneideratelier zusammen und entwarfen die schicksten Kleider, die Elsa dann in ihrem eigenen Laden verkaufte. Wenn sie mal auf Modemessen länger unterwegs war, kümmerte sich unsere Tante um Klein-Christin. Später, als diese älter war und Schulferien hatte, begleitete sie ihre Mutter. Die Modewelt faszinierte sie genauso und so war es kein Wunder, dass sie ebenfalls diesen Beruf ergriff.

Meine jüngste Cousine Lina übte den Beruf der Köchin aus. Sie war so begabt, dass sie einige Wettbewerbe gewann. Sie kochte aus Passion. Auf unseren Familienfeiern bekochte sie uns immer mit Köstlichkeiten, und wir ulkten dann immer: *„Auf dass wir dick und rund werden."*

Ihren Mann Gregor lernte sie auf einem dieser Gourmet-Seminare kennen. Er war ein hervorragender Weinkenner mit eigenem Weingut und Inhaber eines Weinlokales mit kulinarischen Köstlichkeiten. Er war Winzer aus Leidenschaft und bewirtschaftete einen Weinberg. Das Gut hatte er von seinen Eltern geerbt und setzte die Tradition mit Hingabe fort. Er suchte noch eine exzellente Köchin für sein Restaurant. Von nun an arbeiteten sie Hand in Hand. Und die Liebe ließ nicht lange auf sich warten.

Nach der Hochzeit renovierten und vergrößerten sie ihre Weinlaube und nannten sie *„Zur goldenen Rebe"*. Es war ein sehr stilvolles Ambiente mit gemütlicher Atmosphäre. Es war nicht nur bei Kennern des erlesenen Tropfens beliebt, sondern auch wegen der vorzüglichen Küche bekannt. Sie hatten gut zu tun und luden auch zur Weinprobe in ihrem alten Kellergewölbe ein. Da war Gregor in seinem Element. Er erklärte den Weinbau, die Weinlese und das Keltern in den alten Eichenfässern. Lina reichte dazu kleine Leckereien. Die Gäste wussten ein gutes Essen mit einem guten Schoppen aus dem eigenen Weinkeller sehr zu schätzen. Auf der Speisekarte waren auch Delikatessen der *„Scottish and Irish Cookery"* zu finden. Das war außergewöhnlich, wurde aber sehr gut von den Gästen angenommen. Nelly hatte die *„Traditional Recipes"* aus ihrer Heimat mitgebracht und vorgekocht. Das hat einen Riesenspaß gemacht. Und so kam die Idee, diese leckeren Speisen mit auf die Menükarte zu setzen. Lina und Gregor waren geschätzte Gastgeber. Sie erzählten begeistert den Besuchern kleine Episoden zu den Weinen und den dazu passenden Gerichten und natürlich auch von *Scotland* und *Ireland*. Sie luden auch einmal im Monat zu einem ganz besonderen Highlight ein, nämlich zu einem schottischen und irischen Abend. Mit Musik, Tanz, *favourite Scottish and Irish Food* und neben dem guten Weinen gab es auch *Scottish Whisky*. Wir waren natürlich auch mit von der Partie. Nelly erzählte mit ihrem lustigen Akzent den Gästen von ihrer Heimat. Aber der absolute Höhepunkt des Abends war, als gälische Musik ertönte. Carl und Nelly tanzten *very traditional* den Schottentanz in ihrer Nationaltracht und die Kinder quietschten vor Vergnügen. Carl war ein richtiger Schotte geworden. Da hielt es keinen mehr auf den Stühlen und alle tanzten und klatschten zu den Klängen der *Celtic Folk Music*. Nelly spielte auch die alten schottischen Balladen und Weisen auf dem Klavier und sang dazu mit ihrer schönen Stimme. Der gemütliche Gutshof war weit über die Landesgrenzen bekannt, aus nah und fern strömten die Gäste herbei, das Haus war proppenvoll. Es war eine unbeschwerte und fröhliche

Zeit, an die wir uns immer wieder gerne erinnern. Lina und Gregor waren ein gut eingespieltes Team. Sie arbeiteten sehr hart, so blieb für Kinder leider keine Zeit und die Ehe blieb kinderlos. Aber um ihre Nichten und Neffen kümmerten sie sich sehr liebevoll. Linas Patenkinder waren mein Sohn Björn und Elsas Tochter Christin. In den Ferien waren immer Kinder zu Besuch. Sie waren stets willkommen.

Als Gregor 50 Jahre alt war, erkrankte er unheilbar an Krebs. Es war ein langer Leidensweg, zwischen Hoffen und Bangen. Für Lina und uns war es kaum zu ertragen, einen geliebten Menschen so leiden zu sehen. Mit 53 Jahren kam endlich die Erlösung, aber Abschiednehmen war für meine Cousine nicht leicht und ein schwerer Gang. Jetzt war sie ganz alleine, ohne Gregor und mit einem Berg von Schulden. Für die Vergrößerung ihrer kulinarischen Weinschenke hatten sie Kredite bei der Bank aufnehmen müssen, die noch nicht mal zur Hälfte abbezahlt waren. Lina wusste nicht, wie sie das alles ohne Gregor schaffen sollte.

Nach der Beerdigung von Tante Anneliese saßen wir in ihrer gemütlichen Küche und erzählten uns. Die Märzsonne schien ins Fenster herein. So langsam wurde es wärmer und der Frühling klopfte an die Tür. Ich kochte Kaffee und

Tee, die Anderen hatten Kuchen und Gebäck mitgebracht. Jens zündete den Ofen im Wohnzimmer an, so dass sich eine heimelige Wärme ausbreitete. Wir sprachen über unser gutes, altes Tantchen, das uns so viele Jahre begleitet hatte. Trotz der Trauer hatten wir auch viel zu lachen. Da waren ja auch noch ihre Haustiere, die mittlerweile auch schon etwas betagt waren. Da waren Wolfi, ein Schäferhund-Mischling und die Katze Lilly. Beide waren liebe Tiere und vermissten ihr Frauchen sehr. Tante Anneliese hatte ja uns ans Herz gelegt, uns um ihre *„Kinder"* zu kümmern. Das wollten wir auch. Nur allein in dem Haus konnten sie ja nicht bleiben. Wir wussten ja auch noch nicht so genau, was mit der alten Mühle passieren sollte. Darüber wollten wir erst entscheiden, wenn sich die Trauer bei uns ein wenig gelegt hatte. Der Geist unserer Tante war überall, das spürten wir. So erinnerten wir uns, wie unsere Tante am Küchentisch saß und bitterlich weinte, als sie ihr kleines Mädchen verloren hatte. Onkel Hubert hielt ihre Hand und weinte mit. Sie klammerten sich aneinander. Es war für beide besonders schlimm, da sie keine Kinder mehr bekommen konnten. Aber sie hielten in dieser Trauerphase fest zusammen und bewältigten sie gemeinsam.

Tante Anneliese wohnte bis zu ihrem Tode in ihrem Haus. Sie war geistig noch sehr rege und sehr interessiert am Weltgeschehen. Sie schaute jeden Abend die Nachrichten am Fernseher und unterhielt sich mit uns am Telefon. Ein Handy lehnte sie ab. Handy und Internet waren ihr sehr suspekt. Dazu sagte sie nur lapidar: „Das ist nichts für mich, das Handy und das Internet sind die Geißel der Menschheit. Früher hat man sich angeschaut und miteinander gesprochen. Heute läuft nur noch alles anonym über SMS, social Networks oder E-Mails. Das ist nicht meine Welt." Sie wollte auch keinen Rollator, sie war noch fit auf den Beinen. Ab und zu erlaubte sie sich einen Gehstock. Unsere Tante hatte eine Haushälterin, die auch Einkäufe oder Arztbesuche mit ihr erledigte und einen Gärtner, der sich liebevoll um den Garten kümmerte. Wir besuchten sie so oft es möglich war. Carl und Nelly waren beruflich viel auf Reisen und verweilten fast das ganze Jahr in ihrem Haus in Edinburgh. Leon und Mary kamen sie oft besuchen. Leon ist in die Fußstapfen seiner Mutter getreten, studierte Musik und spielte beim Royal Philharmonic Orchestra und war ebenfalls auf der ganzen Welt zu Hause. Mary war eine sehr engagierte Journalistin geworden und schrieb für eine unabhängige Tageszeitung, die sogenannte Independent Press. Aber zur Beerdigung von Tante Anneliese nahmen sie sich alle Urlaub. Sie wollten ihrer alten Großtante die letzte Ehre erweisen.

Unsere Marie wurde praktizierende Tierärztin und unser Björn hatte sich als Anwalt auf das Familien- und das Sozialrecht spezialisiert. Wir hatten ein gutes Verhältnis zu unseren Kindern und nahmen Anteil an ihren Sorgen und ihrer Freude. Leon und Christin sind meine Patenkinder. Wir besuchten uns so oft es ging. Wir waren auch mit deren Eltern sehr verbunden. Bei uns wird Familie gelebt. Jeder kann auf den anderen zählen. Wir helfen uns gegenseitig. Und das ist ein beruhigendes Gefühl, besonders in der heutigen Zeit und wenn man älter wird.

Nach dem Kaffeetrinken wollte Christin unbedingt die Schneiderwerkstatt von ihrer Großtante sehen. Als wir in Tante Annelieses Nähatelier kamen, staunten wir nicht schlecht. Sie hatte beinahe bis zum Schluss, bevor ihre Sehkraft nachließ, kleine Näharbeiten erledigt. Elsa und Christin waren hellauf begeistert. Da stand sogar noch eine alte Singer Nähmaschine von früher, die man noch mit den Füßen treten musste. Aber unsere Tante hatte auch eine moderne elektrische Nähmaschine. Auch eine Schneiderbüste stand in der Ecke neben einem großen langen Spiegel, Stoffe, Nähseide und Garne lagen herum. Das Atelier mutete für einen Außenstehenden sehr antik an, aber Christin gefiel dieser Raum. Sie hatte schon Pläne und sagte fröhlich: „Der *Vintage-Look* ist gerade wieder angesagt, sowas suchen die Leute. Da kann man etwas daraus machen. Hierher werde ich meine Schneiderwerkstatt verlegen, ein bisschen modernisieren, der Rest kann so bleiben. Hier werde ich die schönsten Kleider mit den schönsten Farben kreieren“. Voller Vorfreude tanzte Christin im Zimmer umher. „Sorry Tantchen, heute war deine Beerdigung, da darf man eigentlich nicht tanzen, aber du verstehst das und freust dich mit mir“. Sie hatte vor Begeisterung ganz rote Backen. Meine Nichte lachte über das ganze Gesicht. Sie war eine hübsche junge Frau, die genau wusste, was sie wollte, und das auch durchsetzen konnte. Sie suchte für ihre Schneiderei eine Veränderung, sie wollte raus aus der Großstadt, sich verkleinern und in Ruhe neue Schnitte und Farben ausprobieren. Sie hatte gerade eine gescheiterte Beziehung hinter sich und brauchte ein bisschen Abstand. Da kam ihr das Atelier ihrer Großtante wie gerufen. Wir freuten uns mit ihr und versprachen, sie mit Rat und Tat zu unterstützen.

Unsere Tante hatte uns einen Brief hinterlassen und uns gebeten, ihn erst nach ihrem Ableben zu öffnen. Und so taten wir es auch am Tage ihrer Beerdigung in ihrer Küche. Sie richtete die Zeilen an jeden von uns. Sie war eine sehr weise und spirituelle Frau. Wir öffneten ehrfurchtsvoll das Couvert.

Meine lieben Kinder!

Ich hatte ein langes und erfülltes Leben. Meine Kraft ist bald zu Ende, das spüre ich deutlich. Gott wird mir bald einen Engel schicken und mich zu sich holen. Deshalb möchte ich noch ein paar Gedanken meinerseits an euch weitergeben.

Meine Aufgabe hier auf Erden ist nun erfüllt. Ich habe keine Angst und freue mich auf ein Wiedersehen mit meinen Lieben, die mir vorausgegangen sind. Auch wir werden uns wiedersehen. Ich glaube, dass jeder Mensch auf Erden einen Auftrag erfüllen muss, und die Engel helfen ihm dabei. Jeder Mensch hat bisher jede Epoche durchlaufen und wird immer wieder neugeboren, bis diese Bestimmung erfüllt ist. Gott hilft uns dabei, wir müssen es aber auch zulassen.

Wir können uns aussuchen, welchen Weg wir gehen, den guten oder den schlechten. Wenn wir uns für den guten Weg entscheiden, spüren wir auch Gottes Boten, nämlich die Kraft und das Licht der Engel, unserer magischen Helfer. Mein Leben war sinnvoll. Ich konnte vielen Menschen und Tieren in ihrer Not beistehen und ihnen helfen. Dafür bin ich dankbar und zufrieden. Es war mir immer eine Herzensangelegenheit, positiv zu wirken und zu bewirken.

Ich mache mir große Sorgen um unser Weltgeschehen und unseren gesellschaftlichen Verfall. Die ganze Welt ist im Umbruch. Die nachfolgenden Generationen stehen vor großen Herausforderungen. Die zukünftige Generation steht vor gewaltigen Anforderungen, die sie schultern sowie nachhaltige Lösungen finden müssen. Zu deren Mammut-Aufgaben gehören: Die Bekämpfung der Hungersnöte in den notleidenden Ländern sowie die Aufbereitung von Salzwasser in

Trinkwasser. Die Eindämmung und Ausrottung der Epidemien, durch Erforschung eines Impfstoffes. Die Weltbevölkerung ist gewachsen und wächst weiter. Die Armutsländer müssen die Geburtenrate regeln. Sie müssen in der Lage sein, sich selbst zu ernähren. Die reichen Nationen dürfen nicht nur immense Summen in die armen Kontinente fließen lassen, die in irgendwelchen Kanälen versickern, sondern müssen Hilfe zur Selbsthilfe leisten. Nur so kann die Bevölkerung in ihren Heimatländern bleiben, ansonsten setzt eine riesige Völkerwanderung und Flüchtlingswelle ein. Die Fluchtursache muss bekämpft werden.

Seit einiger Zeit beobachte ich, dass durch Wett- und Aufrüsten die Angst durch eine erneute atomare Bedrohung wieder aufgekeimt ist. Manche Regierungschefs rasseln mit dem Säbel und setzen den Frieden aufs Spiel. So auch das Erstarken der rechten und linken Szene. Wir müssen aus der Geschichte lernen, sie darf sich nie mehr wiederholen. Nicht für unsere Kinder, nicht für unsere Enkel und nicht für unsere Urenkel, usw. Nie wieder. Wir dürfen die Werte unserer Demokratie nicht aufgeben. Auch eine andere Gefahr ist nicht zu unterschätzen, nämlich das Vertrauen in die künstliche Intelligenz, mit fatalen Folgen. Wenn wir nicht aufpassen, werden wir von der Technik dermaßen manipuliert, dass wir unsere Identität und Selbständigkeit verlieren. Maschinen und Roboter werden für uns das Denken und Handeln übernehmen, wir sind dann nur noch zuschauende Marionetten und opfern unseren freien Willen. Darüber hinaus sind wir in der Pflicht, uns um die substanziellen Dinge zu kümmern, z.B. Konzepte für die Reduzierung der Abfallberge zu entwickeln, insbesondere den Plastikmüll, damit die Weltbevölkerung nicht eines Tages im Müll erstickt. Klimaschutz und Klimawandel sind ernst zu nehmen, ebenso den Weltfrieden sichern und für eine gerechtere Welt sorgen. Jeder ist für sein Mosaiksteinchen verantwortlich, welches ein Ganzes zum Wohle Aller ergibt.

Wir müssen anfangen, wieder zu unseren Wurzeln zurückzukehren und wieder Bodenhaftung bekommen. Wir dürfen uns nicht mehr länger von Habgier, Neid und Hass, Ausbeutung, Macht und der Gier nach Mehr leiten lassen. Viele Menschen sehen ihr Glück im Konsumrausch und merken erst zu spät, dass diese ganzen unnützen Dinge schon längst Besitz von ihnen ergriffen haben. Wir müssen uns endlich wieder auf das Wesentliche besinnen und wieder geerdet sein. Jeder Mensch hinterlässt seinen ganz persönlichen Fußabdruck auf dieser Welt. Was man wirklich im Leben braucht ist die Liebe, die Wärme, die Achtung und den Respekt vor allen Lebewesen.

Wir dürfen auch nicht mehr die Natur und unsere Ressourcen ausbeuten und quälen. Wir dürfen uns die Erde und ihre Geschöpfe nicht zum Untertan machen. Die Umwelt und die Tiere dürfen nicht für die Unzulänglichkeiten der Menschen leiden. Wir dürfen ihnen nicht den Lebensraum wegnehmen und die Meere und die Gewässer mit Müll vergiften oder gar überfischen. Wir müssen lernen, wieder mit der und von der Natur zu leben und sie uns nicht zu unserem Feind machen. Denn wir haben nur diese eine Erde. Sie wird unbarmherzig zurückschlagen. Wir brauchen nicht das Viel, sondern im Wenigen liegt oftmals so viel mehr. Ich denke oft an frühere Zeiten zurück, wo weniger so viel mehr war. Das war eine gesunde Balance. Wenn wir wieder anfangen, achtsam zu sein, uns zu bescheiden und in Demut und Achtung vor allen Kreaturen zu leben, werden wir endlich begreifen, dass wir nur gemeinsam eine friedlichere Welt schaffen können. Es wird immer Menschen geben, die so weitermachen wie bisher, jedoch bei den meisten hat bereits ein Umdenkungsprozess stattgefunden. Das Gemeinwohl ist ihnen wichtiger als sich individuell und egoistisch auszuleben. Die Engel werden ihnen mit ihrer Kraft zur Seite stehen und Wärme und Licht auf die Erde bringen. Nun wird manch einer darüber lachen, aber ich denke mir, es gibt so viele Dinge zwischen Himmel und Erde, nur weil man sie wissenschaftlich nicht belegen kann, heißt das noch lange nicht, dass sie nicht existieren.

Meine lieben Kinder, ich vermache euch meine schöne alte Mühle. Es soll wieder ein lebendiges Haus werden, wo viel gelacht und gefeiert wird. Eine Begegnungsstätte für Jung und Alt. Dieses Haus steckt in seinen Räumlichkeiten voller Überraschungen und hat so viel Potential. Also lasst euch gemeinsam etwas einfallen und bleibt einig untereinander. Bitte kümmert euch auch um meine zwei letzten Vierbeiner. Wir sind gemeinsam gealtert, aber der Himmel ruft noch nicht nach ihnen, sie haben noch Zeit. Wie ihr wisst, möchte ich neben meinem geliebten Hubert begraben werden. Ich habe schon veranlasst, dass mein Name auf den Grabstein gemeißelt wird, darum müsst ihr euch nicht kümmern. Aber bitte pflanzt mir auf unser Grab zwei Rosenbäumchen in den Farben Rot und Gelb. Ihr wisst ja, wie ich Blumen und ganz besonders Rosen liebe.

Wir haben ja schon mehrmals einige Details meiner Beerdigung besprochen, dazu gehört auch die Bitte, Wolfi auf den Friedhof zu schmuggeln. Das wäre mir eine Freude, so könnte ich mich von meinem treusten Freund und er sich von mir verabschieden. Mit Lilly wäre das vermutlich nicht ganz so einfach. Bei diesem Gedanken muss ich aber jetzt schmunzeln.

Als letzten Wunsch hätte ich noch ein paar Musikwünsche, wie bereits mit Nelly besprochen. Sie möge bitte für mich auf dem Klavier „Kanon“ von J. Pachelbel, „Greensleeves“ trad. arr., und von Yann Tiersen „Comptine d´un autre e´te´: l'apre`s midi/Die fabelhafte Welt der Amélie“ sowie „Scarborough Fair“ trad., spielen. Und zum Schluss „Sound of Silence“ von Simon & Garfunkel. Das wäre wunderbar und meine Seele würde einen Purzelbaum schlagen.

Liebe Kinder, seid nicht traurig, dass ich irdisch nicht mehr unter euch weile, wenn ihr diese Zeilen lest, aber ich bin bei euch. Meine Seele wird euch begleiten. Wir werden uns alle wiedersehen und darauf freue ich mich ganz besonders. Ich danke euch, dass ihr mein Anliegen respektiert und umgesetzt *habt und für die schöne Trauerfeier. Übrigens hat während den Feierlichkeiten meine Seele gejubelt. Habt ihr es gehört? Ich habe euch lieb und bin stolz auf euch!*

Eure Tante Anneliese

Oh ja, das stimmte. Wir hatten es so ausgeführt, wie unsere heißgeliebte Tante es wollte. Schließlich hatte sie es auch verdient. Ohne sie wäre so manches Mal bei uns „Land unter" gewesen. Meine Tante und ich hatten schon öfters darüber gesprochen, dass ihr geliebter Wolfi mit auf den Friedhof kommen sollte. Natürlich gab es Schwierigkeiten, den Vierbeiner mitzubringen. „Das gab es ja noch nie, ein Hund auf einer Beerdigung." Aber das war uns egal, es war der Wille unserer Tante gewesen. Ich führte ihn heimlich mit. Er war brav und ruhig. Er wusste genau, dass sein Frauchen dort unter der Erde lag. Er steuerte zielstrebig auf ihr Grab zu und verbarg seinen Kopf im Blumenbouquet. Da heulten wir alle los, das war zu viel für uns, es war ein sehr berührender Moment gewesen. Wie ein Tier so treu sein kann, bis in den Tod. Als Nelly während der Trauerfeier die gewünschten Lieder auf dem Klavier spielte, war das auch sehr emotional. Viele Trauergäste waren ohnehin nicht gekommen. Mit 90 Jahren hat man ja auch fast alle überlebt. So war es ein rein familiäres Begräbnis, ganz im Sinne unserer Tante. Sie hat in ihrem Leben nie viel Tam- Tam um ihre Person gemacht, warum auch jetzt. Es war ein sehr stiller, würdevoller und persönlicher Abschied.

Ihr Haus, welches sie uns ans Herz gelegt hatte, steckte voller Liebe und Erinnerungen. Dieses Andenken wollten wir bewahren. Die alte Mühle strahlte eine ganz besondere Aura aus und für uns war sie Heimatgefühl. Wir gingen von Zimmer zu Zimmer und stellten fest, dass alles sehr ordentlich und aufgeräumt war. Aber das war bei meiner Tante nicht verwunderlich. Sie konnte zwar nicht mehr selbst alles in Ordnung halten, sorgte aber dafür, dass ihre Haushälterin und ihr Gärtner alles in Schuss hielten.

Plötzlich kamen uns tausend Ideen und wir setzten uns an den Küchentisch, um zu klönen und zu beratschlagen. Lina hatte ein paar Flaschen von einem guten Tropfen ihres Weingutes und natürlich dazu verschiedene selbstgebackene Köstlichkeiten mitgebracht. Nach dem Tode von Gregor musste sie sich und das Gehöft irgendwie über Wasser halten. Sie schuftete weiterhin Tag und Nacht, stellte mehr Personal ein und schrieb nebenbei Kochbücher. Diese Kochbücher waren der Hit, denn sie kombinierte deutsche, schottische und irische mit einer Brise italienischer und französischer Cuisine miteinander und erzählte dazu Geschichten dieser traditionellen Spezialitäten aus den jeweiligen Regionen. Ihre Leidenschaft fürs Kochen und Backen war ansteckend. Ihre Bücher machten Lust aufs Kochen und Genießen. Sie brachte auch ein Kochbuch für Kinder heraus, von Babybrei bis zu kleinen schmackhaften Mahlzeiten für Kleinkinder. Ein kleines Bärchen mit Kochmütze auf dem Kopf und einem Kochlöffel in der Tatze führte lustig und anschaulich bebildert durch die Rezepte. *„Kochen und Backen mit Cookie“*. Die Lektüren verkauften sich wie warme Semmel. Nebenbei lud sie mehrere Fernseh-Sender zu einem kulinarischen Kocherlebnis mit Weinverkostung ein. Sie zelebrierte ihre Genussküche, indem sie Slow-Food zu ihrem Gütesiegel machte und setzte dadurch ein Pendant zur Fast-Food, getreu ihrem Motto: *„Essen ist nicht nur Nahrungsaufnahme, sondern ein Geschmackserlebnis. Man soll sich nicht überessen, vielmehr bewusster und genussvoller essen. Essen und Trinken in Maßen, hält Leib und Seele zusammen“*. Sie legte auch sehr großen Wert darauf, wo die Produkte herkamen. Sie kaufte vorwiegend bei Direktvermarkter und schaute sich vorher die Betriebe sehr genau an. In Linas Restaurant wurden die Gäste nur mit 1 a-Qualität verwöhnt. Das honorierten ihre Besucher und kamen gerne wieder. Wanderer und Durchreisende konnten in ihrer Herberge übernachten. Es war einfach, aber urgemütlich. Sie bot ein Abendessen und morgens ein Frühstück an, was dankend angenommen wurde. Ferner führte sie Wein-Seminare durch. Die Interessenten konnten bei der Weinlese und beim Keltern helfen und selbst sich im historischen Gewölbekeller einen Schoppen genehmigen. Lina vermarktete auch selbst ihren goldenen und roten Rebensaft und verschickte ihn an Kenner und Liebhaber. All das war ein willkommenes Zubrot, um schließlich das Gut zu erhalten, wo doch ihr Herzblut so daran hing. Wir waren sehr stolz auf sie. Mittlerweile war meine Cousine 60 Jahre alt. Ans Aufhören wollte sie noch nicht denken, aber so allmählich machte sie sich Gedanken um die Nachfolge. Vielleicht wollte sie alles einem Pächter übergeben. Oder doch alles verkaufen? Aber das konnte sie ihrem Gregor nicht antun und sich auch nicht.

Wir saßen am Tisch, aßen Linas köstliche Sachen und tranken dazu ihren wohlschmeckenden Wein. Sie sagte plötzlich, noch kauend und überall Krümel um den Mund herum: „Wisst ihr was, Tante Anneliese hat es sich doch gewünscht, dass aus ihrer Mühle wieder ein lebendiger

Treffpunkt wird. Und so machen wir es auch". Wir schauten sie an. Ich nahm einen Schluck Wein und stimmte ihr zu, und meinte: „Das Haus ist in einem guten Zustand, allzu viel müssen wir nicht renovieren." Elsa äußerte sich sehr angetan. „Gerne, da bin ich dabei." Carl und Nelly fügten hinzu: *„Ich auch/ Me too".* Wir waren jetzt in einem Alter, wo man sich in ein paar Jahren zur Ruhe setzt. Wir waren um die 60 und wollten es noch mal so richtig krachen lassen. In den Ruhestand gehen? Wir doch nicht, wir wollten nochmal mit neuen Ideen so richtig durchstarten. Wir schauten uns alle an und wie aus einem Mund riefen wir *„aber was und wie?".* Und jetzt schwatzten wir alle drauflos und jeder gab seine Gedanken kund. Es war ein fröhliches, kunterbuntes Durcheinander, das meiner Tante sehr gefallen hätte.

Und so war die Idee eines *Erzähl-Cafés* für alle Generationen geboren. Nelly fügte noch hinzu, die alten, schmucken antiken Sachen zum Kauf anzubieten. Das war eine gute Überlegung, denn Tante Anneliese hatte reichlich davon. Alte gestickte Tischdecken für Weihnachten oder Ostern und sehr schöne Alltagstischwäsche mit Lochstickerei. Um uns einen Überblick zu verschaffen, gingen wir auf den Dachboden.

Die Katze Lilly folgte uns. Sie hatte mächtig Spaß und flitzte in alle Ecken. Sie lugte gewitzt hervor und um ihre Tasthaare hatte sie Fusseln und Spinngewebe hängen. Wir lachten, das war zu komisch. Es war alles sehr übersichtlich und aufgeräumt. Wir stöberten in alten Truhen und Schachteln. Jeder zog etwas hervor. Elsa hatte alte Hüte und Kleider wie anno dazumal entdeckt. „Oh, schaut mal", sagte sie, „da können wir ja auch mal eine Modenschau veranstalten" und setzte sich einen Hut aus den 20er Jahren auf den Kopf. Wir lachten alle herzhaft und sie meinte „der steht mir doch, oder?". Ich merkte an, dass die Klamotten von unseren Großeltern sein müssten. Ein schwarzer Frack mit Zylinder war auch dabei. Das war bestimmt der Hochzeitsanzug meines Großvaters. Mein Björn zog eine Kiste mit Weihnachtssachen heraus und öffnete sie. „Oh und Ah" riefen wir alle, denn diese Sachen waren alle so entzückend und filigran, so wie früher. Wir waren auf einem Nostalgie-Trip. Natürlich kannten wir all die Sachen, aber wir waren so fasziniert, als ob wir sie das erste Mal sehen würden. Es waren alte handbemalte Kugeln da, schneebedeckte Tannenzapfen, bunte Vögelchen, Spieluhren mit Weihnachtsmelodien, Holzschmuck und Räuchermännchen aus dem Erzgebirge sowie Onkel Huberts selbstgebaute Krippe, die immer wieder erweitert wurde. In der nächsten Truhe fanden wir alte Puppen und Teddybären und Onkel Huberts berühmte Eisenbahn. Sie wurde nur zu Weihnachten aufgestellt und jedes Jahr kam etwas Neues hinzu. Die Krippe und die Eisenbahn hatte unser Onkel selbst gebaut, da werkelte und bastelte er in seiner Werkstatt im Keller und war jedes Jahr ab Oktober in seinem Element. Alles war detailgetreu nachempfunden. Der karge Stall, das Dach aus Holzschindeln, Ochs und Esel, die Hirten mit den Schafen, die Drei Heiligen Könige. In der Mitte waren Maria und Josef mit ihrem kleinen Jesuskind in der Krippe platziert. Draußen waren Viehtränken, beleuchte Brunnen und Holzfeuer aufgestellt. Die Hirten versammelten sich dort, um sich in der kalten Nacht am Feuer aufzuwärmen. Und oben schwebte der helle Komet mit dem Engel, der die heilige Nacht und die Geburt Jesu verkündete. Dies war alles so authentisch gestaltet, dass wir aus dem Staunen gar nicht mehr herauskamen. In diesem Augenblick schien die Sonne ins Giebelfenster und strahlte in den ganzen Raum, insbesondere aber die Weihnachtskrippe, und tauchte sie in ein goldenes Licht. Es war ein magischer Moment, die Krippe war so prachtvoll, trotz ihrer Schlichtheit, wir waren alle sehr ergriffen.

Onkel Hubert konnte die schönsten Sachen aus Holz schnitzen. Für seine heißgeliebte Eisenbahn baute er kleine Häuschen, Brücken und Wege, Bänke, Autos und LKWs. Ja, sogar Menschen und Hunde, die auf dem Bahnhof standen, auf den Feldern und Wiesen grasten die Kühe, da waren auch Leute, die über die Brücke eines Baches gingen und dem Zug zuwinkten, der gerade vorbeifuhr. Alles war so filigran geschnitzt, wir waren sehr beeindruckt. Wir fühlten uns in eine andere Zeit versetzt. Wir befanden uns auf Zeitreise. Nelly war so fasziniert, dass sie in ihre englische Sprache fiel und rief: *„How lovely and wonderful, this is a treasure."*

Unser Onkel Hubert war sehr talentiert mit Holzarbeiten, das war sein großes Hobby, das er mit Passion betrieb. Er zimmerte auch die Baby-Wiege für sein Marlenchen. Sie war sogar an den Seiten links und rechts verziert und bemalt. In der Wiege befanden sich noch die ganzen Babysachen. Mützchen, Jäckchen, Strampler und Söckchen. Sogar ein kleines Teddybärchen war dabei. Oh, wie traurig, dass unsere kleine Cousine nur ein paar Tage gelebt hatte. Heute wäre sie bestimmt durch den Fortschritt der Medizin noch am Leben. Wir konnten fühlen und nachempfinden, welche seelische Qualen Tante Anneliese und Onkel Hubert durchmachen mussten. Sie hätten ihr so gerne all ihre Liebe geschenkt. Sie konnten diese Erinnerungsstücke nicht weggeben, so sehr hingen sie an ihnen. Es war aber auch heilsam, denn wenn sie auf den Dachboden gingen, lächelten sie, obwohl es anfangs sehr schmerzhaft war.

Meine Tochter Marie zog eine Schachtel mit Ostersachen zum Vorschein. Dort war gleichfalls alles fein sortiert. Aus vergangen Kindertagen holten wir jetzt die Osterhasen, die Küken und die bunten Eier aus Keramik hervor. Eine Spieluhr war auch dabei, die uns mit *„Alle Vögel sind schon da“* erfreute. Die kleinen wonnigen Osterhasen mit ihren Kiepen voller bunter, gefärbter Ostereier drehten sich im Kreis dazu. Elsa hatte *„Die Häschenschule“* in der Hand und blätterte darin. „Wisst ihr noch, ach war das schön, die Kindheit bei Tante Anneliese. Als sie uns zu Ostern aus dem Buch mit den Häschen, die zur Schule gehen, und der gemeine Fuchs lauerte ihnen auf, vorlas?“ Ja, wir liebten diese Geschichte. Wir steckten nun alle unsere Nasen in das abgegriffene Buch. Es hatte schon ein paar lose Seiten. Aber den Charme aus dieser Zeit hatte es nicht verloren. Es war auch herzallerliebst bebildert, ein Lesespaß für Klein und Groß. Ich erklärte unseren großen Kindern: „Ja, so war das früher, wir sind nicht in der virtuellen Welt aufgewachsen, wir sind mit Geschichten, Büchern und mit der Natur großgeworden. Bei uns war alles echt, auch unsere Phantasie. Wir konnten draußen stundenlang auf Bäume klettern, Cowboy und Indianer sein, Verstecken spielen oder Räuber und Gendarm. Wir hatten immer rote Backen und einen Riesenhunger, als wir vom Spielen heimkamen." Da protestierten aber alle unsere großen Kinder, dass sie es ja nicht übertrieben hätten, sondern sehr wohl auch die Natur und das gesunde Leben kennen würden. Meine Marie sagte noch, „Mama, du und Papa, ihr habt uns doch das richtige Leben vorgelebt, das war doch prägend. Wir sind auch mit Vorlesegeschichten ins Bett gegangen. Aber für unseren Beruf müssen wir nun mal digitalisiert sein, sonst wird man abgehängt." Meine Tochter war eine Schönheit und wenn sie lachte, zeigten sich die gleichen Grübchen in der Wange, wie bei meinem Mann. Und sie konnte sehr leidenschaftlich debattieren und überzeugen. Ich umarmte meine Marie und bedankte mich für das tolle Kompliment. Auch mein Mann Jens freute sich sehr darüber und sagte: „Hoppla, das geht ja runter wie Öl!" und fügte noch hinzu: „Aber es stimmt, heute geht es leider nicht mehr ohne Handy, PC, Laptop, Tablett, usw. Wir sind global vernetzt mit der ganzen Welt, sind zu gläsernen Menschen geworden und haben bereits unseren digitalen Fingerabdruck hinterlassen. Die

Cyberworld ist aus unserem Leben nicht mehr wegzudenken. Dadurch ist aber auch sehr viel Missbrauch verübt worden. Wir stehen leider der Cyberkriminalität hilflos gegenüber, dem sind wir noch nicht gewachsen. Und das Leben auf der Überholspur ist auch nicht gerade das Gesündeste. Wir müssen aufpassen, dass wir von der digitalen Welt nicht verschluckt werden, sie darf nicht unser Tun und Handeln beeinflussen und bestimmen. Denn dann sind wir ferngesteuert, und das mit fatalen Folgen. Wenn das weiterhin so ausufert, sind wir auf dem falschen Weg. Irgendwann kann der Mensch den Geschwindigkeitsrausch, das Multitasking und in ständiger Bereitschaft zu sein, mental und physisch nicht mehr verkraften. Diese Reizüberflutung wird noch mal dramatisch enden. Ich warne vor katastrophalen Folgen, wenn alles außer Kontrolle gerät. Wir müssen zu einem gesunden Gleichgewicht finden, und ruhig auch mal Mut zum Offline haben“.

Auf einmal hatte Leon etwas Glitzerndes und Buntglänzendes in der Hand. Es waren Fabergè-Eier. So etwas Wertvolles hatten wir hier auf dem Speicher in einem unscheinbaren Karton gar nicht vermutet. Wir waren sprachlos. Das waren begehrte Sammlerobjekte. „Die können wir gut als Deko zu Ostern für unser Bistro verwenden“, meinte ich. „Oder zum Zwecke der Renovierung verkaufen“, entgegnete mein Bruder Carl. Christin blickte sich um, „hier sind ja Schätze verborgen, mal sehen, was wir noch so alles finden.“ Uns hatte auf einmal das Suchfieber gepackt. Jeder schaute in einer anderen Ecke nach. Und siehe da, wir entdeckten noch so Allerlei.

Wir stießen auf alte Gemälde, teils mit vergoldeten Rahmen oder aus massivem Holz. Es waren Landschafts- Tier- und Jagdmotive oder Stillleben. Sogar ein Bild von Tante Anneliese als junge Dame war dabei. Sie saß in einem Korbsessel inmitten eines Blumenmeeres auf einer Sommerwiese. Die bunten Blumen waren so naturgetreu dargestellt, dass wir deren Duft förmlich riechen konnten. Sie trug ein ärmelloses weißes Sommerkleid mit einem fruchtig frischen Erdbeermuster, das sie vermutlich selbst genäht hatte. Auf dem Kopf trug sie einen roten Strohhut mit einem weißen Band, farblich genau abgestimmt auf ihr Kleid und lächelte kokett. Sie war eine wahre Schönheit gewesen, die bestimmt viele Chancen hatte. Doch ihr Herz verschenkte sie nur ihrem Hubert. Es war ein sehr romantisches Gemälde. Die Malereien waren richtige Kunstwerke. Wahrscheinlich waren sie ebenfalls von unseren Großeltern. Ich erinnerte mich nur an zwei Bilder, die im Wohnzimmer an der Wand hingen. Da waren auf einer Ölleinwand, weiße und schwarze Pferde, die vor einem Gewitter davon galoppierten. Das andere Bild war eine Aquarellmalerei, die eine idyllische Landschaft darstellte. In der Mitte führte ein Kiesweg, gesäumt von hohen Alleebäumen, zu einem herrschaftlichen Anwesen. Wahrscheinlich passten die Zeichnungen nicht mehr ganz zur Wohnungseinrichtung und so verschwanden sie auf dem Dachboden. Lina war sehr von den Bildern angetan. „Damit können wir die Wände unseres *Cafés* richtig verzieren. Das macht alles ein bisschen adeliger und vornehmer, wie auf einem alten Herrensitz“, meinte sie mit leuchtenden Augen.

Mary zog aus einer Ecke ein großes Schaukelpferd hervor. Sie sah in die Richtung ihrer Mutter und rief begeistert: *„Mum, look at this, it is marvelous, isn't it?“. „Oh, yes, indeed, it is, it must be from uncle Hubert. I guess, he made it for his little daugther“,* ergänzte Nelly. „Ja“, sagte ich, „er hat es selbst angefertigt. Er hat Stunde um Stunde daran gearbeitet. Es ist das schönste Schaukelpferd, das ich je gesehen habe und so liebevoll und majestätisch gestaltet“. Das Pferdchen war weiß lackiert, hatte schöne braune, warme Augen. Man hatte das Gefühl, das dieses Pferd in die Seele schauen konnte. In der Mitte des Rückens war ein roter Sattel eingeschnitzt und schwarze

Steigbügel baumelten herunter und warteten darauf, dass ein Kind aufstieg und *„Hü"* rief, *„auf in die weite Welt, auf ins Abenteuer"*. Wir konnten uns in Onkel Hubert förmlich hineinversetzen. Er war so voller Vorfreude und war richtig beflügelt von dem Gedanken, ein Spielzeug für sein Kind zu erschaffen. Aber leider kam alles anders.

Mein Mann Jens sichtete noch einen alten Koffer und rief: „Guckt mal, was ich hier gefunden habe". Wir kramten altes Spielzeug aus Blech hervor sowie eine Ritterburg aus Holz mit Rittern und Zinnsoldaten. Jens meinte, die Sachen könnten aus Kaisers Zeiten sein und hätten bestimmt damals jedes Jungenherz höherschlagen lassen. Björn und Leon betrachteten die Sachen sehr genau und schwupp die wupp hatten sie die Ritterburg aufgebaut und spielten ganz vertieft. Christin lachte: „Ja, ja, für große und kleine Kinder." Wir fanden noch Öllampen mit dekorativen Ornamenten, einen alten Bauernschrank mit schön geschwungenen Verzierungen, alte Tische mit Interasien und schwere gedrechselte Eichenstühle, Regale und Kommoden. Wir trugen alles in der Mitte des Dachbodens übersichtlich zusammen, um uns einen Überblick zu verschaffen. Wir alle waren uns einig, dass wir jede Menge für unser *Erzähl-Café* verwenden konnten. Aber trotzdem kamen wir aus dem Staunen nicht heraus, was man für Schätze auf einem Speicher finden konnte. Wir konnten uns nicht sattsehen. Und das war noch nicht alles.

An der Wand befand sich ein alter abgenutzter, aber sehr schöner Sekretär im Jugendstil, der noch von unseren Großeltern stammen musste. „Meint ihr, das Altertümchen lässt sich öffnen?“ fragte ich in die Runde. „Vielleicht sind ja dort irgendwelche Geheimnisse verborgen?“ Wir sahen uns nach einem Schlüssel um, konnten aber keinen finden. „Hm, sagte Carl, „dann müssen wir es eben anders versuchen“ und zog seinen Schlüsselbund aus der Tasche. Er versuchte hin und her und dann gab das Schloss schließlich nach. Wir steckten alle die Köpfe zusammen, um zu sehen, was für Geheimnisse sich dort auftun. Wir sahen nichts Besonderes, außer Schwarzweißfotos von unseren Verwandten. Viele Personen waren uns unbekannt und wir rätselten, wer das wohl sein könnte. Wir schüttelten den Kopf, wir wussten auch nicht, wen wir noch fragen konnten. Tante Anneliese war ja die letzte Zeitzeugin gewesen. Schade, da wir uns doch gerade auf nostalgischer Zeitreise befanden. In einer Schatulle entdeckten wir noch alten Gold- und Silberschmuck. Elsa und Christin waren ganz angetan von den verschnörkelten Broschen, den Ohrringen aus Altsilber, den Perlenketten und Ringen aus Rosenquarz und Rubin. Christin meinte: „Wenn die Schmuckstücke mal gereinigt sind, glänzen sie wie neu. Mal sehen, vielleicht kann ich einige Stücke in meine neue Kollektion einfügen oder wir organisieren einen antiken Flohmarkt, da finden sich mit Sicherheit Abnehmer, die so einen alten Schmuck suchen.“ „Prima Idee“, fand ich „oder wir integrieren die Schmuckstücke in das Interieur unseres *Cafés*. Den einen oder anderen Interessent gibt es bestimmt“. Carl hielt auf einmal einen vergilbten Briefumschlag in seinen Händen. Er war adressiert an Familie Bruscher, unsere Großeltern, und kam per Luftpost aus Amerika.

Wir hielten alle den Atem an und schauten uns an. Waren wir einem Familiengeheimnis auf der Spur und kurz davor, es zu lüften? Aber das konnte doch nicht sein, denn wir hatten nie irgendetwas dergleichen aufgeschnappt. Unsere Spannung war groß, wir konnten eine Stecknadel fallen hören. Elsa und ich drängten Carl, endlich den Umschlag zu öffnen. „Sachte, meine Damen, der Brief ist in einem sehr diffizilen Zustand, das muss man mit Gefühl machen“, erklärte uns mein Bruder. Ganz vorsichtig öffnete er das Kuvert. Er faltete das Briefpapier auf, und wir klebten an seinen Lippen. „Tja, meine Damen und Herren, der Brief ist in Sütterlinschrift, das wird nicht einfach sein, den zu entziffern." „Oh", sagte ich enttäuscht, „aber wir können es doch wenigstens versuchen". Jens bat Carl ihm den Brief zu geben. „Meine Mutter hat mir früher Märchen aus einem alten Buch vorgelesen, das in Sütterlinschrift geschrieben war. Später, als ich dann selbst lesen und schreiben konnte, erklärte sie mir die alte Schrift und half mir dabei sie zu lesen." „Nun, und was steht jetzt in dem Brief, lies doch mal vor", Elsa war ganz ungeduldig. Jens begann zu lesen.

New York, 26. Mai 1946

Sehr geehrte Familie Bruscher!

Endlich ist der Krieg vorbei. Endlich ist Frieden. Wir hoffen inständig, dass Ihnen nichts passiert ist und Sie wohlauf sind. Wir sind nun in Sicherheit. Die Reise mit dem Schiff nach Amerika hat 6 Wochen gedauert. Zuerst sind wir bei Verwandten untergekommen. Bis wir eine eigene Wohnung und Arbeit gefunden hatten, dauerte einige

Zeit. Aber wir sind hier sehr gut aufgenommen worden. Mein Mann arbeitet wieder in seinem alten Beruf und repariert und stimmt wieder Musikinstrumente. Und stellen Sie sich vor, er spielt sogar in einer Big Band. Hier in diesem Land ist alles möglich, man sagt auch „Das Land der unbegrenzten Möglichkeiten". Wir hatten, dank Ihnen, großes Glück gehabt, noch aus Deutschland rauszukommen. Dafür sind wir Ihnen von Herzen dankbar. Auch, dass Sie sich gegen die Hass- und Hetzparolen durchgesetzt haben. Ich habe Sie für Ihren Mut bewundert. Ich habe heute noch im Ohr, wie Sie sagten: „Da machen wir nicht mit!", und, dass Sie mich und meinen Mann einige Zeit bei sich aufgenommen, und uns zur Ausreise verholfen haben.

Wir sind Ihnen sehr dankbar dafür und möchten uns revanchieren und haben Tickets für eine Schiffspassage nach New York diesem Schreiben beigelegt. Meine Familie und ich laden Sie auf das herzlichste nach Amerika ein. Sie werden staunen, wie groß dieses Land ist. Wir würden uns so auf Sie freuen, wir haben nämlich noch eine Überraschung für Sie. Mein Mann und ich erwarten unser zweites Kind. Es sind Kinder des Friedens und der Freiheit. Später, wenn unsere Kinder größer sind, werden wir ihnen von unserer Heimat erzählen und warum wir dort nicht bleiben konnten. Wir werden ihnen aber auch von Ihnen erzählen, dass nicht alle so waren und viele unter widrigen Umständen geholfen haben. Froh und dankbar sind wir, dass unsere Kinder in Freiheit aufwachsen können. Vielleicht können wir eines Tages vergessen, in welcher Zensur und ständiger Beobachtung wir gelebt haben. Wir spürten aber, dass Gott uns nahe war und gehen hier regelmäßig zu den Gottesdiensten unserer Gemeinde und haben schon viele Freunde gefunden. Hier *haben wir ein sehr reges Gemeindeleben. Unsere ganze Familie fühlt sich hier sehr wohl und wir haben in Amerika eine neue Heimat gefunden. Aber die alte Heimat vergisst man wohl nie.*

Bitte, machen Sie uns die Freude und kommen Sie uns besuchen. Sie müssen unsere neue, gigantische Heimat kennenlernen. Sie werden begeistert sein. Take care! God bless you!

Ihre Rosi und Ihr Emil

Wir waren mucksmäuschenstill, keiner von uns konnte etwas sagen. Lina fand als erste ihre Sprache wieder: „Meint ihr, Opa und Oma waren mal über den großen Teich?" „Die Tickets sind jedenfalls nicht mehr da" stellte Carl fest, „ich kann mich erinnern, dass mal die Rede von einer Reise nach Amerika war. Aber da waren wir alle noch klein." Elsa schluckte und räusperte sich leise, dass die Geschichte sie sehr berührt habe und sie stolz auf ihre Großeltern sei. Wir waren alle ihrer Meinung und ebenfalls sehr ergriffen. Auf einmal kam mir die Erleuchtung. „Wisst ihr, genau das ist es. Dieses Haus und sein Nachlass ist der

Wegweiser zu einem Anker in der Not. Diese Mühle soll für alle ein Ort sein, die Hilfe und Schutz benötigen. Aber auch ein Ort der Geselligkeit und der Fröhlichkeit. Das ist es, was Tante Anneliese uns so ans Herz gelegt hat. Ihr Geist ist noch bei uns, und sie freut sich mit uns, dass wir in ihrem Sinne weitermachen.“ Die Abendsonne schien in das kleine Dachfenster hinein und alles war in ein strahlendes Licht getaucht. Wir spürten einen Luftzug, man hätte meinen können, dass die Engel Beifall klatschten und zufrieden davon flogen.

Wir waren so vertieft, dass wir Wolfi ganz vergessen hatten, der jetzt lautstark bellte. Nelly rief die Treppe runter: *„Oh, poor Dog, just a moment, please*. Wir kommen.“ Carl ergänzte noch, dass wir uns ja einen Überblick verschafft hätten und für heute wäre Feierabend. Sehr andächtig gingen wir die Treppe hinunter.

Wir ließen Lilly und Wolfi hinaus in den Garten und anschließend gaben wir ihnen tüchtig zu fressen. Lina sagte: “Hungern sollt ihr ja auch nicht, fresst euch richtig satt. Also ich könnte jetzt auch was essen.“ Hunger hatten wir natürlich alle. Wir waren schon einige Stunden auf dem Speicher gewesen und hatten darüber die Zeit vergessen. Lina tischte wieder ihre Schlemmereien auf und wir tranken Wasser und Wein dazu. Später tranken wir schottischen Whisky, den Carl mitgebracht hatte. Wir redeten die ganze Nacht. Aber irgendwann waren wir alle müde, der Tag war doch lang gewesen. Wir übernachteten alle in Tante Annelieses alter Mühle, die jetzt unsere war. Der Bach rauschte am Haus vorbei und gab uns das Gefühl von Ruhe und Frieden.

Am nächsten Morgen weckten uns lautstark unsere vierbeinigen Mitbewohner. „Ja, ja ist ja schon gut", brummelte Jens ganz verschlafen. Zog sich schnell was über, schnappte sich die Leine und ging mit Wolfi Gassi. Derweilen kochte ich Kaffee und bereitete das Frühstück zu. Auch für Lilly und Wolfi, dabei stellte ich fest, dass nicht mehr genug Katzen- und Hundefutter da war. Heute war ja Samstag und da war immer großer Wochenmarkt. Da wollte ich nach dem Frühstück hingehen und die Vorräte wieder auffüllen.

Nach einem ausgiebigen Frühstück fuhr ich mit dem Auto in die Stadt. Der Markt war schon gut besucht. Ach war das schön, mal wieder in der vertrauten Umgebung aus Kindertagen zu sein und vertraute Wege zu gehen. Ich atmete die Luft tief ein und staunte nicht schlecht, wie reichhaltig das Sortiment an den Marktständen ausgelegt war. Da gab es Gemüse, Salat, Kräuter, Obst und alles frisch vom Feld von den Bauern aus der Region. Es wurden sogar selbstgebackenes Brot und Brötchen nach alter Tradition angeboten sowie köstliche Kuchen und Teilchen. Die Käsetheke hatte nicht nur heimischen Käse, sondern auch Milchprodukte von unseren europäischen Nachbarn zu bieten. An weiteren Ständen gab es Blumen und Pflanzen, frischen Fangfisch, Feines von den fleißigen Bienen, Gewürze aus aller Welt, Eier von freilebenden Hühnern sowie Wurst- und Fleischwaren aus artgerechter Haltung. Alles war sehr appetitlich und sehr verlockend. Ich kaufte von jedem etwas, da waren wir für eine Zeit lang wieder versorgt. Am Ende des Platzes erspähte ich einen Verkaufsstand mit Tierfutter- und Zubehör. Ich steuerte zielstrebig darauf zu, als ich plötzlich eine Stimme hörte: „Elly, bist du das?“ Ich drehte mich nach der Stimme um, und erkannte eine alte Freundin meiner Tante. Sie war so Mitte 70 und noch sehr rüstig. Wir begrüßten uns und unterhielten uns eine Weile. Sie bedauerte, dass sie nicht zur Beerdigung kommen konnte, aber sie hätte einen kleinen Fahrradunfall gehabt und hätte erst mal zur Beobachtung ins Krankenhaus gemusst. „Aber ich komme euch mal besuchen, ihr bleibt ja bestimmt länger, bis alles geregelt ist. Ich werde auch mal auf den Friedhof gehen“, versicherte sie mir. Lieselotte Steinle, so hieß die nette Dame, fragte jetzt doch neugierig nach, ob die alte Mühle verkauft würde. „Nein“, antwortete ich, wir haben mit der guten, alten Mühle noch Großes vor.“ „Recht so, das ist gut, ich komme euch mal bald besuchen, dann könnt ihr mir ja alles erzählen.“ Wir verabschiedeten uns und ich kaufte Tiernahrung und noch ein neues Halsband und eine neue Leine für Wolfi, denn die alten waren doch sehr abgenutzt. Nach den Einkäufen der wundervollen Sachen fuhr ich wieder zur Mühle.

Wolfi und Lilly begrüßten mich freudig und begutachteten die Sachen, die ich ihnen mitgebracht hatte. Ich räumte vieles in die Vorratskammer und den Rest in den Kühlschrank. Ich machte die Terrassentür auf, die Sonne schien herein und wärmte die Seele. Was für ein herrlicher Frühlingstag! Jens stand neben mir und umarmte mich. Er war immer noch ein attraktiver Mann, seine Haare waren inzwischen ergraut, aber das machte ihn noch interessanter. Ich fühlte mich nach all den Jahren immer noch zu ihm hingezogen. Wir waren immer noch zärtlich miteinander. Ich verspürte einfach bei ihm ein Wohlbefinden. „Schön, nicht wahr, komm, wir holen uns die Gartenstühle und trinken eine Tasse Tee. Ich habe gerade frischen ostfriesischen Tee gekocht.“ Die anderen setzten sich dazu. Wir genossen unseren Tee nach Ostfriesen-Art mit Kluntjes und einem Häubchen Sahne. Wolfi und Lilly lagen in der Sonne und waren sichtlich zufrieden. Der Bach plätscherte, die Vögelchen sangen ihre Liedchen, oh, was für eine Ruhe und Erholung! Lina war der Meinung, dass wir die Laube und den schönen Garten bei gutem Wetter in unser *Café* integrieren sollten. „Ja, unbedingt, dadurch haben wir auch mehr Sitzmöglichkeiten anzubieten“, bejahte ich ihren Vorschlag. Und schon waren wir wieder mittendrin in unseren Plänen. „Also“, sagte Jens. „Ich bin eben mal durchs ganze Areal gegangen, und habe festgestellt, dass wir die Nebengebäude auch nutzen können. Mir kam nämlich die Idee, sie als Wohnraum umzubauen, so quasi für uns als Senioren-WG. Was haltet ihr davon?“ Carl nickte zustimmend und klopfte Jens auf die Schulter, „was für eine geniale Idee. Platz ist wirklich genug vorhanden.“ Elsa fügte noch hinzu, „wir werden ja alle nicht jünger und so können wir uns gegenseitig helfen“. Carl hatte noch einen weiteren guten Einfall, den alle für großartig befanden, nämlich ein *Senioren-Taxi* ins Leben zu rufen. „Auf diese Idee bin ich gekommen, als ich die alte Kutsche in der Scheune sah. Früher ist man mit Pferdestärke von A nach B gekommen, heute fährt man mit dem Auto. Den Service können dann alle älteren Damen und Herren in Himmelsberg und Umgebung in Anspruch nehmen, die nicht mehr so mobil sind. Dazu zählen Fahrten zum Einkaufen, zum Arzt oder Tierarzt und ins Theater etc., so eine Art Abruf-Taxi." „Ja, das ist wunderbar", rief ich begeistert. „Wisst ihr, auf dem Markt heute Morgen habe ich Frau Steinle, Tante Annelieses gute Freundin, getroffen, und sie erzählte mir, dass sie mit dem Fahrrad gestürzt sei und deswegen nicht zur Beerdigung kommen konnte. Ich denke, in Zukunft ist es gut zu wissen, dass es ein *Senioren-Taxi* gibt." Die anderen nickten zustimmend.

Carl ging zur Tür: „Kommt mal bitte mit, ich möchte euch noch ein Relikt aus vergangenen Tagen zeigen." Wir gingen nach draußen und Carl machte das Scheunentor auf, da stand die alte Kutsche einsam und verlassen. „Oh, Ah", riefen wir wie aus einem Mund, unsere Kindheitserinnerungen wurden wieder wach. Uns fielen wieder die zahlreichen Ausflüge mit den Feriengästen ein, die uns immer sehr viel Spaß gemacht hatten. Die Haflinger taten auch gute Dienste und trabten im Gleichschritt durch die Heide. Als wir damals zurück zur Mühle kamen, wartete Tante Anneliese bereits mit einem guten Essen auf uns. „Da habe ich eine Idee", sprudelte es aus mir heraus. Ich war immer noch ganz angetan und konnte mich nicht sattsehen. Ich vernahm sogar noch einen leichten Geruch der Pferde. „Was meint ihr, wir restaurieren das gute alte Stück und stellen es in unseren Garten. Für Blumendekoration oder aber als Klettergerüst für die Kinder?“ „Oder wir spannen wieder 2 Pferdchen davor, allerdings aus witterungsbeständigem Material, das wird bestimmt der Knaller bei Jung und Alt schlechthin“, war sich Elsa ganz sicher. „Ja, bestimmt, das machen wir auch so“, kommentierte Carl kurzerhand und kletterte auf den Kutschbock, nahm die Zügel in die Hand und rief „Hü ja, ihr Pferdchen, lauft, lauft.“ Wir lachten, und Nelly schüttelte den Kopf: „Du Kindskopf“. „Tja“, zuckte Carl mit den Schultern, „in jedem Mann steckt noch ein Kind.“

Nelly ging ins Wohnzimmer, setzte sich ans Klavier und spielte ein paar Sonaten von Mozart und Beethoven. Tante Anneliese konnte zwar nicht selbst spielen, schaffte sich dennoch ein Klavier für Nelly und Leon an. Sie hörte ihnen gerne zu. Meine Schwägerin kam zurück auf die Terrasse und setzte sich wieder zu uns. Sie nahm einen Schluck Tee und fragte: „Was haltet ihr davon, wenn ich in unserem *Café* für die Unterhaltung am Klavier sorge“. „Ja, das ist ein absolutes Muss, dann können die Gäste auch tanzen“, entgegnete Elsa. „Genau, das ist eine Bereicherung. Wir können ja auch kulturelle Veranstaltungen, wie Theaterbesuche oder einen literarischen Abend mit Klavierbegleitung in unser Repertoire aufnehmen. Die Palette ist groß“, fügte Lina noch hinzu. „Oh, das ist hervorragend. Wir können aber auch Reisen oder Tagesausflüge extra für Senioren offerieren, und sie dann mit unserem *Senioren-Taxi* hin und zurück chauffieren“, meinte Carl. Wir hielten alles auf einem großen Blatt Papier fest, damit wir grob eine Richtlinie hatten. Jetzt ging es an die Aufgabenverteilung. Jens wollte sich um die baulichen Dinge kümmern und Lina um die Verpflegung. „Neben dem Weinausschank, können wir auch noch einen Abend der Weinverkostung widmen“, schlug sie vor. Wir nickten. Elsa, Nelly und ich waren für die Innenausstattung zuständig. Wir waren uns jedoch alle einig, dass Jeder Jedem helfen würde. Jens und Carl wollten sich auch um einen Beförderungsschein für unser *Senioren-Taxi* kümmern. Summa Summarum konnte Jeder für seinen Zuständigkeitsbereich am Montagmorgen loslegen. Wir freuten uns schon alle darauf. Lina wollte sowieso in ihrem Weingut kürzer treten und wollte jetzt endlich die Nachfolge regeln. Da sagte mein Sohn Björn ganz spontan: „Tante Lina, ich würde gerne Winzer werden. Sozusagen zum Ausgleich meiner trockenen Akten. Ich war oft genug bei euch und habe mir schon viel an Wissen aneignen können. Den letzten Schliff bringst du mir bei. Das interessiert mich sehr und würde mir großen Spaß machen." Meine Cousine war baff und gleichzeitig hocherfreut. Sie jauchzte und kam mit weit ausgebreiteten Armen auf ihn zu: „Oh, mein Junge, das ist ja fabelhaft. Gregor und ich haben schon immer gedacht, dass du das Zeug zum Winzer hast. Du hast uns ja oft genug in den Semesterferien unter die Arme gegriffen. Ich werde dir mein Gut verpachten und das Anwesen bleibt sogar in der Familie. Eine größere Freude konntest du mir nicht machen, mein Junge." Lina umarmte ihren Neffen überschwänglich und gab ihm einen dicken Schmatzer auf die Backe. Wir waren sehr angetan von der Idee unseres Sohnes und riefen begeistert: „Klasse, das finden wir richtig klasse." Björn war ein wenig verlegen bei so viel Lob. Leon bot sich ebenfalls an, in seiner Freizeit bei der Weinlese und beim Keltern mitzuhelfen. Das wurde ebenso mit viel Beifall honoriert. Wir wussten, dass wir uns aufeinander verlassen konnten. Das hatten wir uns am Grabe unserer Eltern fest versprochen.

Bei so viel Zukunftsplanung wurden wir alle hungrig. Der Tag neigte sich dem Ende zu und die Abendsonne strahlte noch einmal in ihrem schönsten Licht. Marie und Mary gingen mit Wolfi eine Runde Gassi, Lina und ich zauberten ein leckeres Abendbrot aus den guten Sachen, die ich auf dem Markt gekauft hatte. Carl und Nelly deckten den Tisch. Jens entkorkte den Wein, Elsa und Christin füllten die Futternäpfe für Wolfi und Lilly. Jetzt saßen wir alle gemütlich auf der Terrasse beisammen, genossen das Abendessen und den guten, alten Tropfen. „Prost, alle zusammen, auf unsere phantastische Familie, auf unseren Zusammenhalt und auf unser *Senioren-Taxi*", sagte ich. Damit war unser gesamtes Vorhaben gemeint. Wir ließen den Abend bei schönem Kerzenschein behaglich ausklingen.

Am Sonntag schliefen wir alle lange und frühstückten ausgiebig. Carl, Nelly, Leon und Mary mussten zum Flughafen, um in Edinburgh nach dem Rechten zu sehen und um ein paar Dinge zu regeln. Ihr Cottage wollten sie Leon und Mary überlassen. Aber ein Zimmer sollte für sie sein, wenn Nelly mal Heimweh bekam. Lina fuhr auf ihr Weingut zurück, um die Übergabe an Björn vorzubereiten. Sie freute sich so sehr, dass die Familientradition fortgesetzt wurde. Sie wollte ihren Neffen noch in die alten Rezepturen einweihen, die über Generationen weitergegeben wurden. Mein Sohn hatte auch schon eigene Ideen. Er wollte neue, leichte Sommerweine mit einer beerig-fruchtigen Nuance kreieren. Und auch einen neuen Sekt auf den Markt bringen, mit leichter erfrischend-prickelnder Note. Lina war ganz euphorisch und begrüßte Björns neue Impulse für das Weingut. „Ich denke mir, hier wächst eine neue Generation der Weinkultur heran“, stellte sie fest. Marie musste wieder in ihre Tierarztpraxis zurück. Sie hatte auch Sehnsucht nach Sven, ihrem Verlobten. Er konnte zur Beerdigung von Tante Anneliese nicht kommen, da er Notdienst hatte und leider nicht tauschen konnte. Sven war ebenfalls Tierarzt. Sie waren ein schönes Paar und ergänzten sich prima. Elsa und Christin hatten vor, ihre Schneiderwerkstatt in der Großstadt zu kündigen, denn die Mieten waren schon horrend. Die Boutique wollten sie aber behalten, da Christin ihre neue Kollektion dort verkaufen wollte. Jens fuhr ebenfalls nach Hause, um sich mit Architekten und Handwerkern wegen den Umbaumaßnahmen zu treffen. Ich blieb und hielt die Stellung in der alten Mühle. Wir verabschiedeten uns alle herzlich, umarmten uns und vereinbarten ein Wiedersehen für das übernächste Wochenende. Es war wieder ein sonniger, frühlingshafter Tag. Nachdem alle gegangen waren, war es doch sehr still in dem alten Haus. Man hörte nur die Vögel zwitschern und das Rauschen des Baches. Ich war so viel Ruhe und Stille gar nicht mehr gewöhnt. Irgendwie war das komisch für mich. Ich sehnte mich sofort wieder nach einem vollen und lebendigen Haus. Ich sagte mir aber auch, die Ruhe tue auch mal gut und ich sollte sie genießen. Es würden noch genug Turbulenzen auf uns zu kommen, bis alles im Lot war. Ich schnappte mir die Hundeleine und machte mit Wolfi einen langen Spaziergang, Lilly folgte uns. Es war schon ein Ritual, dass sie mit spazieren ging. Die Leute schmunzelten herzhaft darüber, das war schon bei Tante Anneliese so.

Wir trafen auf andere Hundebesitzer, die mich überwiegend auf meine Tante ansprachen. Ein älterer Herr, Henning Bärlie, kam mit seinem Cockerspaniel auf mich zu und sagte, wie sehr er es bedauere, er habe die gemeinsamen Spaziergänge mit den Hunden immer sehr genossen. „Wissen Sie, Ihre Tante war so eine feine Frau gewesen. Obwohl sie schon sehr betagt war, hatte sie noch einen Lebensoptimismus, da kann sich manch junger Mensch eine Scheibe von abschneiden. Sie hat nie gejammert, obwohl sie einige Schicksalsschläge hinnehmen musste. Ihr größter Schmerz war wohl der Verlust ihres

Kindes. Aber sie hat ihr Los nach der Zeit der Trauer angenommen, weil es nicht zu ändern war. Ihre Tante kapselte sich deswegen keineswegs von der Außenwelt ab, sondern kümmerte sich um andere Kinder, sie half, wo sie konnte. Das ließ sie heilen. Sie war eine sehr positiv denkende junge alte Dame. Ich mochte sie sehr gern." „Ja, wir alle hatten sie sehr gern", entgegnete ich. „Wir sind immer noch sehr traurig, aber es geht ja in ihrem Sinne weiter. Und das ist auch gut so. Unsere Tante hat uns die alte Mühle hinterlassen, da haben wir noch einiges mit vor." „Ja, da machen Sie mich aber neugierig, erzählen Sie mir davon." „Nun, ich möchte noch nicht zu viel verraten" und erzählte ihm kurz von unseren Plänen, die Herr Henning für sehr interessant hielt und wohlwollend aufnahm. „Sagen Sie mir Bescheid, wann Eröffnung ist, ich komme ganz bestimmt." „Ja, das mache ich, aber soweit ist es noch nicht, bis dahin haben wir noch viel zu tun", lachte ich. Wir verabschiedeten uns und ich ging mit Wolfi und Lilly nach Hause. Mein Handy klingelte, meine Familie teilte mir mit, dass sie gut angekommen sind. Darüber war ich sehr froh. Ich gab den Tieren zu fressen, machte mir eine gute Tasse Tee und bereitete mir eine kleine Mahlzeit. Ich setzte mich auf die Terrasse und genoss die Abendsonne. Lilly jagte einer Hummel hinterher und Wolfi lag neben mir und machte ein Nickerchen. Ich legte die Beine hoch, ließ den schönen Garten auf mich wirken, hörte das Plätschern des Brunnens und das Rauschen des Baches und dachte, dass das Paradies nicht schöner sein könnte.

Am Montagmorgen klapperte Jens die Architekten und Handwerker ab, mit denen er auch beruflich zu tun hatte. Er erstellte Zeichnungen von unserer Senioren-WG in Spe und von der alten Mühle und bat um einen Kostenvoranschlag für die Umbaumaßnahmen. Sobald die Zahlen auf dem Tisch lagen, wollte mein Mann mit den Architekten und den Handwerkern einen Vor-Ort-Termin vereinbaren. Ich freute mich schon darauf, jetzt nahm unser Projekt allmählich Gestalt an. Elsa und Christin kündigten in Hamburg ihre Schneiderwerkstatt, die Eigentumswohnung wollte Elsa für ihre Tochter behalten. Unser Haus wollten wir vorerst noch nicht verkaufen, vielleicht hatten die Kinder Interesse daran. Lina trommelte die Mitarbeiter ihres Weingutes zusammen und teilte ihnen ihre Pläne und Veränderungen mit und bereitete den Wechsel an ihren Neffen Björn vor. Carl und Nelly erledigten noch wichtige Dinge, bevor es wieder Richtung Germany ging. Ich hielt den Garten in Ordnung, mähte den Rasen, zupfte Unkraut, goss die Blumen und schaffte schon mal Platz im

Haus für unser *Café*. Jens kam mich am Wochenende besuchen, da gingen wir nochmal durch alle Räume, nahmen Maß und fuhren in den Baumarkt, holten alles, um Laminat Böden zu verlegen, Tapeten und Kleister sowie neue Farbe und Lasur für Fenster und Türen.

Wir hatten einen Termin mit dem Architekten, gingen mit ihm durch die Nebengebäude und besprachen unsere Pläne für ein seniorengerechtes Wohnen. Er meinte, unser Vorhaben wäre sehr sinnvoll und ließe sich realisieren. Gesagt, getan, wir bestellten die Handwerker und da wurde gehämmert, gebohrt, verlegt und installiert. Den Krach ignorierten wir, denn wir wollten es ja schön haben. Alles wurde termingerecht fertig und unserem Einzug stand nichts mehr im Wege. Jede Wohnung hatte einen separaten Eingang, eine Küche mit niedriger Arbeitsplatte und tiefer gelegten Schränken, so dass man sich nicht mehr recken musste. Der Backofen war in die Schrankwand integriert, ohne dass man sich bücken musste und es gab ausziehbare Schubladen für Töpfe, Pfannen und andere Utensilien. So war alles bequem greifbar. Das Bad hatte sogar eine ebenerdige Dusche. Es war alles sehr modern, auf dem neuesten Stand und sehr funktionell. Großartig, hier konnte man bis ins hohe Alter wohnen. Ich malte noch über den Eingang in grüner Schrift „My home is my castle“. Wie wahr, wie wahr. Unsere Senioren-WG war bezugsfertig und wir feierten dies gebührend.

Marie kam uns besuchen. Sie strahlte mit der Sonne um die Wette. Sie hatte sehr gute Laune und das hatte einen Grund. „Mama und Papa, Sven und ich wollen heiraten.“ Oh, wie wir uns für unsere Tochter freuten. Sven war ein sehr netter und bodenständiger Mann. Sie kannten sich aus der Studienzeit, waren schon länger zusammen, seit einiger Zeit verlobt und jetzt sollte es endlich ernst werden. Er war ebenfalls Tierarzt und arbeitete in einer großen Tierklinik. Ihm schwebte vor, mit Marie eine Tierarztpraxis auf dem Lande aufzumachen. Uns gefiel ihr Vorhaben. „Weißt du Mama“, sagte meine Tochter, „ich bin jetzt 28, Kinder wollen wir auch, aber leider kann ich aus finanziellen Gründen nicht auf meinen Beruf verzichten. Dann wäre das schon gut, wenn wir alle in der Nähe wohnen, wegen der Kinderbetreuung.“ „Ja“, nickte ich, „das lässt sich bestimmt einrichten. Die Zeiten haben sich sowieso verändert, das ist nicht mehr so wie früher, wo die Frau zu Hause war und Küche und Kinder gehütet hat. Die modernen Frauen gehen arbeiten und versuchen Beruf und Familie unter einen Hut zu bringen. Du hast studiert, dann ist doch ganz klar, dass du auch in deinem Beruf weiter arbeiten möchtest. Wir unterstützen euch, das ist bei uns Familientradition. Sei froh darüber, bei Vielen ist das leider nicht möglich. Da muss die Politik sich noch was einfallen lassen, dass in Zukunft Beruf und Muttersein leichter machbar ist." Und so dachte ich wieder an Tante Anneliese. Irgendwie wurde unser Familiensinn von Generation zu Generation weitervererbt. Und das war gut so. Ich liebte es, meine Lieben um mich zu haben, wenn gelacht, ja manchmal auch gestritten und wieder versöhnt wurde. Kurzum, ein Haus voller Leben. Für mich war die Familie das Wichtigste auf der Welt, der Mittelpunkt meines Lebens.

Sven kam einen Tag später zu Besuch, mit einem riesigen Blumenstrauß. Er meinte: „Offiziell hält man ja nicht mehr bei den Eltern um die Hand der Tochter an, aber ich wollte mich für so ein tolles Mädchen bedanken, das habt ihr sehr gut hinbekommen." „Oh, danke." Na, das war ja mal ein Kompliment.

Am nächsten Wochenende waren wir alle wieder komplett. Marie erzählte von ihren Heiratsplänen und nannte das Datum ihrer Hochzeit. Alle freuten sich, da würde ja endlich mal wieder ein großes Familienfest gefeiert werden, so wie in alten Zeiten. Lina wollte wieder für das leibliche Wohl sorgen und Björn, der ja nun Hobbywinzer war, wollte sich um die Getränke kümmern. Elsa und Christin schlugen vor, das Hochzeitskleid zu nähen, was dankend von meiner Tochter angenommen wurde. Elsa meinte noch, „das hat heutzutage Seltenheitswert, geschneidert und nicht von der Stange. Und dein Sven ist ja so ein Netter.“ Christin wollte das Kleid in Tante Annelieses Schneiderei anfertigen, und nahm Maß. Die beiden Frauen besprachen noch den Stoff und die Details und freuten sich auf das kommende Ereignis. Christin zwinkerte Marie zu: „Du wirst sehen, das wird das schönste Kleid, seit es Märchenhochzeiten gibt“. Die beiden jungen Frauen kicherten und lachten voller Erwartung. Die Feier sollte in der alten Mühle stattfinden. Platz war ja genügend vorhanden. Oh, da mussten wir uns aber beeilen, die Räumlichkeiten zu renovieren und neu zu gestalten. Wir spuckten in die Hände und los ging´s.

In den kommenden Wochen waren wir sehr emsig und rissen die Teppichböden raus, verlegten Laminat, tapezierten die Wände und strichen die Fenster und Türen. Jetzt strahlte alles wieder im neuen Glanz und unser *Caféchen* nahm allmählich Form an. Wir waren sehr zufrieden mit unserer Arbeit. Jetzt ging es an die Innendekoration. Wir holten die alten Gemälde, die Tische und Stühle, Kommoden und Schränke sowie die alten Lampen vom Dielenboden herunter. Wir arrangierten alles sehr geschmackvoll und sehr *„cosy“*, wie Nelly es ausdrückte. Es war alles sehr heimelig. Hier konnten sich die Besucher wohlfühlen und mal innehalten von der Hast des Alltags. Über den Eingang malten wir in weißer Schrift:

„Zur Cafémühle Sweet Home“

Das war sehr passend. Wir waren glücklich, dass wir alles in so kurzer Zeit bewältigt hatten. Das konnte aber nur mit vereinten Kräften gelingen. Wir waren ein gutes Team. Jetzt stand der Eröffnung unseres Bistros nichts mehr im Wege. Wir hatten alle Genehmigungen, die wir benötigten, Jens und Carl erhielten den Beförderungsschein für unser *Senioren-Taxi* und schafften dafür eigens einen Kleinbus an, auf dem ein fröhlich lachendes Auto mit 2 Augen gemalt war und beschriftet mit:

„Senioren-Taxi – rund um Himmelsberg – rund um die Welt“.

Und nun konnte es losgehen. Wir rührten kräftig die Werbetrommel, verteilten Flyer, hängten einen Aushang an die Schaufenster der Geschäfte und setzten eine Kleinanzeige in unser Wochenblatt mit den Worten:

„Senioren und Junioren aufgepasst: Die alte Mühle ist für Alle jeden Alters geöffnet. Bringen Sie gute Laune, Hunger und auch ruhig ihren Kummer mit. Wir sind für Sie da. Vergessen Sie den Alltag, die Eile und die Sorgen bei uns und tauchen Sie in die wohltuende Atmosphäre unseres Erzählcafés ein. Lassen Sie sich von unseren leckeren selbstgebackenen Sachen verwöhnen und plauschen Sie bei einer guten Tasse Kaffee über Gott und die Welt. Das Herz-Team der „Cafémühle Sweet Home" freut sich auf ihren Besuch und heißt Sie auf das herzlichste willkommen".

Wir waren mit unserem Ergebnis sehr zufrieden, gingen nochmal durch alle Räume, deckten die Tische mit Tante Annelieses feiner Tischwäsche ein, stellten Blumen in die Vasen und Kerzen auf die Tische. Elsa malte mit Kreide die Preisliste auf eine Schiefertafel. Lina und ich hatten Kuchen, Torten, Teilchen und süßes sowie salziges Gebäck gebacken. Dazu gab es Kaffee, Tee, Kakao, Wasser und verschiedene Fruchtsäfte. Wer wollte konnte auch ein gutes Glas Wein genießen. Wir arrangierten alles sehr appetitlich auf einer langen Anrichte im Jugendstil. Der Raum war hell und freundlich gestaltet und zwischen alt und modern eingerichtet. Wir hängten die alten Gemälde auf. Über der Tür lächelte uns Tante Anneliese in ihrem Sommerkleid mit dem frischen Erdbeermuster wohlwollend zu. Am Ende des Zimmers befand sich der alte Kamin mit Sitzbank, den wollten wir im Winter ordentlich einheizen. In der gegenüberliegenden Ecke hatten wir das Schaukelpferd aufgestellt und in der Mitte des Raumes platzierten wir das Klavier. Überall verteilten wir die alten Teddybären und Puppen, die ein gut erhaltenes Relikt aus vergangener Zeit waren. Auf den Fensterbänken waren Blumenkästen mit duftenden Frühlingsblumen angeordnet sowie Holzlaternen mit Kerzen, die wir abends anzünden wollten. Das würde den gesamten Raum in ein warmes Licht tauchen. Im Eingangsbereich befestigten wir noch zwei Messingschilder. Links mit dem Spruch:

„There is no place like home“

und rechts mit dem Spruch:

„Home is where your heart is.“

Ich war happy. Jetzt konnten die Gäste kommen. Ich drehte mich um und sah eine Menge Leute den Eingang passieren, fröhlich schwatzend. Allen voran Frau Steinle und Herr Bärlie, der nette ältere Herr mit dem Cockerspaniel. Den hatte er selbstverständlich mitgebracht. Draußen stand für die Hunde eine große Schüssel mit frischem Wasser. An die Kinder hatten wir natürlich auch gedacht und hatten einen kleinen Spielplatz angelegt.

Ich ging auf unsere Besucher zu und hieß sie herzlich Willkommen. Elsa reichte jedem Gast ein Glas Sekt als Willkommensgruß. Frau Steinle und Herr Bärlie kamen aus dem Staunen nicht mehr heraus. „Oh wie wunderschön ist das geworden. Das hätte Ihrer Tante auch gut gefallen." „Ja, bestimmt. Ich denke, sie ist mit dem Resultat sehr zufrieden. Kommen Sie, setzen Sie sich doch." „Ja, gerne." Alle hatten einen Sitzplatz gefunden, sogar auf den Sofas hatten es sich die Gäste bequem gemacht sowie auf der Laubenterrasse. Der ganze Raum war erfüllt von reger Unterhaltung und Heiterkeit. Das Kuchenbuffet war eröffnet. Meine Kinder schenkten Kaffee oder Tee aus. Die Männer waren für die anderen Getränke zuständig. Wir Frauen servierten die Backwaren. Es klappte alles hervorragend. Nelly spielte am Klavier klassische und moderne Stücke sowie Balladen und romantische Songs. Die Leute hörten ihr aufmerksam zu und unterhielten sich dezent weiter. Es wurde gegessen, getrunken, gesungen und getanzt. Carl und Jens mussten viele Fragen bezüglich des kulturellen Programmes und der geplanten Senioren-Reise nach Schottland und Irland beantworten. Dazu sollte auch ein visueller Abend mit einem Vortrag von Carl und Nelly in unserem *Café* stattfinden. Unsere Besucher waren sehr interessiert und notierten sich den Termin der

Veranstaltung. Später fuhren Jens und Carl einige unserer Gäste mit unserem *Senioren-Taxi* nach Hause. Alle waren sehr zufrieden und versicherten uns einen gelungen Start, der Lust auf ein Wiederkommen mache. Das freute uns riesig. Unser Auftakt war geglückt. Wir bedankten uns bei unseren Besuchern und freuten uns auf ein Wiedersehen. Jetzt ging es ans Aufräumen, denn morgen war unser *Café* schon ab 7:00 Uhr zum Frühstück geöffnet. Ich schaute hoch zu dem Bild von Tante Anneliese, die mir heiter zuzwinkerte. Wir stellten noch ein Schild vor die Türe, auf dem mit Kreide geschrieben stand:

Herzlich Willkommen in unserer Cafémühle. Von 7:00 Uhr bis 10:00 Uhr gibt es Frühstück, Kaffee, belegte Brötchen und Croissants. Auf Wunsch auch ein English breakfast mit toast, scrambled eggs und bacon. Nachmittags ab 15:00 Uhr bis 18:.00 Uhr verwöhnen wir Sie gerne mit selbstgebackenen Kuchen und Torten. Samstagnachmittag haben wir geschlossen. Sonntags haben wir 1 x im Monat für Sie geöffnet. Wir freuen uns, für Sie da zu sein. Ihr Herz-Team!

Am nächsten Morgen öffneten wir unser *Café*, es strömten viele Leute in unsere alte Mühle und ließen sich unser Frühstück schmecken. Es waren Berufstätige, die schnell eine Tasse Kaffee trinken und dazu ein Croissant essen wollten. Sie waren in Hast und Eile und bewaffnet mit ihren Handys und ihrem Laptop. Aber die wohltuende, freundliche und ruhige Atmosphäre überraschte sie und hatte eine positive Wirkung auf sie. Sie starteten bewusster in den Tag. Mir fiel ein Mann auf, der wie gehetzt wirkte und ständig auf sein Handy starrte. Ich ging zu ihm und nahm seine Bestellung entgegen. Er entschied sich für einen Café Crema und für ein English breakfast. Als ich wieder zu seinem Tisch kam, registrierte er zwar sein Frühstück, aber schaute weiter auf sein Handy. Ich fragte ihn freundlich, aber vorsichtig, ob ich ihm vielleicht helfen könne, er würde irgendwie einen unglücklichen Eindruck machen. Er nickte erleichtert. „Wissen Sie, meine Welt ist irgendwie aus den Fugen geraten. Ich habe vor vielen Jahren meine Frau und meine einzige Tochter bei einem Autounfall verloren. Ich habe das nie überwunden. Seitdem bin ich wie auf der Flucht, vor dem Leben, vor mir selbst und vor dem Schmerz. Ich betäube mich, indem ich Tag und Nacht arbeite. Ich bin ein Workaholic geworden. Ich brauche nicht viel Schlaf. Ich bin als Fernfahrer immerzu unterwegs. Gleich muss ich zum Hafen, ich muss die Fähre noch rechtzeitig nach Dänemark erwischen, sonst macht mich mein Chef einen Kopf kürzer. Der ständige Termindruck und Konkurrenzkampf hat die Arbeitswelt stumpf und unmenschlich werden lassen. Wenn man nicht mehr kann, wird man ausrangiert, und man gleitet in die Armut. Und die es im Leben geschafft haben, die, die oben sind, interessiert das nicht. Wir bewegen uns auf eine soziale Kälte und soziale Ungerechtigkeit zu". Er hielt einige Sekunden inne, nahm einen Schluck Kaffee und fuhr dann fort.

„Wissen Sie, ich habe schon viel Elend, Schmerz und Tod auf unseren Straßen erlebt. Nachdem ich meine Familie verloren hatte, habe ich mich zum Rettungssanitäter ausbilden lassen. Ich habe immer versucht zu helfen, aber oft kam auch meine Hilfe zu spät. Wenn Sie ein kleines Kind in den Armen halten, dass trotz aller Bemühungen gestorben ist, sowas lässt Sie nicht kalt. Oder wenn durch einen Verkehrsunfall eine ganze Familie ausgelöscht wird. Das erinnert mich dann immer an meine Familie, die sinnlos durch einen Drängler ums Leben gekommen ist. Der war noch zu feige zu helfen, vielleicht wäre noch was zu retten gewesen. Aber nein, diese feige Sau hat sich aus dem Staub gemacht und ist erst viel später von der Polizei gefunden worden. Wissen Sie, ich habe den Glauben an Gott schon längst verloren. Sie brauchen nur die Nachrichten einzuschalten, die Welt ist voller Hass, Terror und Krieg.

Es herrscht überall nur noch Gewalt. Unschuldige kommen ums Leben oder müssen ihre Heimat verlassen. In den Betrieben herrscht ein Hire- und- Fire Syndrom. Altersarmut droht, Gewalt in der Familie, Mobbing in der Schule oder am Arbeitsplatz. Ganz zu schweigen von Cybermobbing, weil es ja so leicht ist, in die Anonymität abzutauchen. Jeder versucht nur noch seinen Vorteil rauszuschlagen, indem er betrügt, schummelt und übers Ohr haut, denunziert und intrigiert. Man könnte meinen, dass die Ehrlichkeit ausgestorben ist.

Auch das Verhalten im Straßenverkehr spiegelt den gesellschaftlichen Verfall wider. Vorfahrten werden missachtet, Blinker werden nicht mehr gesetzt, es wird gerast und gedrängelt. Viele Unfälle, auch tödliche Unfälle darunter mit Motorrad oder Fahrrad, können durch den Blinker vermieden werden. Wenn man den nicht setzt, und doch plötzlich abbiegt, wie soll jemand das bitteschön erahnen? Warum macht man das nicht mehr. Mir kommt es so vor, dass mittlerweile viele Menschen kein Verantwortungsbewusstsein mehr besitzen, ihnen ist es egal, ob andere dadurch zu Schaden kommen. Nach dem Motto: „Mir doch egal". Sie sind desinteressiert, sie wollen sich nur noch ausleben, sogar im Straßenverkehr. Und komischerweise passiert in den meisten Fällen nur anderen etwas und der Unfallverursacher bleibt oft verschont. Dann macht er sich noch heimlich von dannen, ich verstehe das alles nicht mehr. Nur das eigene Ego interessiert, die Welt steht doch Kopf, das stinkt doch alles zum Himmel. Die Sensationsgier und der Voyeurismus kennen schier keine Grenzen mehr. An den vielen Unfallorten, wo ich verzweifelt versucht habe, Leben zu retten, sind mir etliche Schaulustige sowas von penetrant und rücksichtslos vorgekommen. Die Gaffer haben nicht nur Rettungskräfte behindert und beschimpft, sondern haben in der ersten Reihe mit ihren Smartphones Bilder von den Verletzten gemacht. Viele filmen auch den Unfallort, anstatt zu helfen. Das ist doch unterlassene Hilfeleistung. Ich frage mich immer wieder, was bewegt die Leute, sich am Elend, an der Hilflosigkeit und der Not der anderen zu weiden. Die Hemmungslosigkeit und die niederen Instinkte sind anscheinend auf dem Vormarsch. Wo sind der Respekt und die Achtung vor dem Leben?

Was mich aber am allermeisten traurig, wütend und betroffen macht, ist was Kindern angetan wird. Babys und Kleinkinder, die gewaltsam aus dem Leben gerissen werden, Gewalt im Elternhaus, Gewalt unter Kindern und perfide und perverse Pädophilie. Das alles ist doch nicht mehr normal, das ist doch nur noch krank. Ich ertrage das alles nicht mehr. Was ich für ganz grotesk halte, dass der Täter oft mehr Rechte und mehr Schutz genießt, als das Opfer selbst. Das ist Hohn und Spott für jedes Opfer. Da stimmt doch etwas nicht in unserem System. Das ist nicht mehr meine Welt. Wo ist Gott? Hört er und sieht er nicht die Schreie, die Schmerzen und die Qual? Wissen Sie, ich glaube, Gott hat uns Menschen verlassen, das alles kann er doch nicht wollen. Warum lässt er das Elend und das Leid in der Welt zu? Warum greift Gott nicht ein, wo ist er? Ich zweifele mittlerweile an Gott. Wissen Sie, ich glaube der Teufel hat die Macht und die Herrschaft an sich gerissen und regiert die Welt."

„Ja", sagte ich, „das alles ist sehr schwer zu verstehen. Vielleicht müssen wir Menschen aber auch wieder auf Gott zugehen und ihn suchen. Nicht Gott hat sich von uns abgewandt, sondern wir uns von ihm. Wir müssen wieder bereit sein, mit ihm im Dialog zu stehen und ihn um Hilfe bitten. Wir können die Bürde des Lebens nicht alleine stemmen. Wir Menschen müssen aber auch willens sein, wieder einen aufrechten und ehrlichen Weg zu gehen, und Mut haben, gegen Ungerechtigkeiten anzutreten. Wir dürfen uns nicht länger fesseln und geißeln lassen von Profitgier und Materialismus, Habgier, Missgunst und

Macht. Aus diesen niederen Instinkten entstehen die meisten Verbrechen. Wir sind nicht die Krone der Schöpfung. Wir können uns nicht alles erlauben. Im Moment sieht alles wie der Tanz um das goldene Kalb aus. Ich glaube nicht, dass das im Sinne Gottes ist. Wir müssen einfach wieder lernen, mit Gott zu leben und ihn nicht aus unserem Leben ausklammern. Dann glaube ich, wird er uns auch wieder zuhören. Aber ich denke mir auch, dass Gott die Menschen liebt und uns Zeichen sendet, wir müssen sie nur wahrnehmen und begreifen. Ich denke auch, dass Gott alle Menschen liebt, die Gestrauchelten, die Hingefallenen, ja sogar die mit einer dunklen Seele. Er gibt ihnen die Möglichkeit, umzukehren. Das muss man erkennen und dazu bereit sein. Wir müssen wieder achtsam werden. Ich wünsche Ihnen für Ihre Zukunft, dass Sie Gott wieder nahe sein können, und dass ihr wundes Herz wieder heilt. Schicken Sie doch einfach mal ein kleines Gebet gen Himmel, das wird Ihnen gut tun und Sie werden sich besser fühlen."

Er lächelte sehr gelöst, als ob eine schwere Last von ihm gefallen wäre. „Ich danke Ihnen für die wohltuenden Worte, sie waren Balsam für meine Seele. Aber jetzt muss ich aufbrechen, sonst springt mein Chef im Dreieck." Er bezahlte und ging zur Tür. Er drehte sich noch einmal um und nickte uns freundlich zu. Ich wünschte ihm noch einen schönen Tag.

Am Wochenende kamen Marie und Sven zu Besuch. Sie wollten sich eine verwaiste Tierarztpraxis in der Nähe anschauen. Außerdem wollte Christin noch mit Marie das Hochzeitskleid besprechen. Das Kleid hatte schon mächtig Fortschritte gemacht. Man konnte schon jetzt erahnen, dass es zauberhaft wird. Marie hatte sich ein schlichtes, aber verspieltes Kleid aus weißer Seide mit Perlenstickerei gewünscht. Das Dekolleté sollte mit zarter, weißer Spitze eingefasst sein. Es nahm allmählich Form an. Christin bat Marie um eine Anprobe. Da wurde wieder gekichert und gelacht. Christin mahnte zur Ernsthaftigkeit, sonst könne sie das Kleid nicht abstecken. Marie hielt für einen Moment still und im anderen Moment prusteten die beiden Frauen wieder los. „Ach, ich kann dir gar nicht sagen, wie glücklich ich mit Sven bin. Er ist der beste Mann, den ich mir wünschen kann. Wir sind auf einer Ebene und wir ergänzen uns prima. Natürlich sieht er auch noch toll aus, das gehört sich ja auch für einen Märchenprinzen.“ Und schon lachten sie wieder. „Natürlich, aber ich habe nach einer gescheiterten Beziehung erst mal die Nase voll. Ich binde mich so schnell nicht wieder.“ „Ach, du findest auch noch den Richtigen.“ „Ja, wenn du das sagst, aber zurzeit mache ich mein Ding, brauche keine Kompromisse einzugehen, das hat auch was. Mal sehen, wer mir alles noch so über den Weg läuft."

Beim Abendessen erzählten meine Tochter und Sven uns, dass der Makler ihnen wegen der Praxis ein sehr interessantes Angebot unterbreitet hätte. Wohnräume sind übrigens auch über der Praxis. Das wäre sehr passend, so könnte man Beruf und Familie leichter miteinander verbinden. Jens meinte dazu: „Das hört sich ja sehr gut an, und wir würden uns freuen, wenn das klappen würde." Sven gab noch zu verstehen, dass die Finanzierung erst stehen müsse, dann würden sie zuschlagen. „Die Praxis ist genau das Richtige für uns, wir wollen mit den Tieren und den Menschen auf Du und Du sein. Nicht so unpersönlich, sondern nah an den Patienten und deren Bedürfnisse. Wir haben noch so viele Ideen, die wir mit der hiesigen Praxis verwirklichen könnten. Wir freuen uns jedenfalls schon darauf." „Ach Kinder", sagte ich fröhlich, „ich drücke euch alle Daumen. Kommt, darauf stoßen wir an." Jens holte aus unserem Weinkeller eine gute Flasche Rotwein, ich die Gläser und wir prosteten uns zu. „Auf euch und auf die Zukunft".

Sonntags hatten wir unser *Café* nur für besondere Anlässe nachmittags geöffnet. Dann gab es etwas ganz Besonderes. Nelly brachte ein traditionelles Rezept aus ihrer Heimat mit, welches sie mit viel Liebe für unsere Gäste zubereitete. Sie backte Scones, ein englisches Kleingebäck in runder Form, dazu wird clotted cream, eine Art Schlagrahm, mit Marmelade und Tee gereicht. Unsere leckere Sanddorntorte, unsere Ostfriesentorte sowie unser Insel-Käsekuchen fanden ebenfalls reißenden Absatz. Am Sonntag war auch Tanz vorgesehen. Nelly spielte auf dem Klavier und die Gäste ließen sich nicht zweimal bitten. Das war auch eine gute Gelegenheit, ins Gespräch mit Anderen zu kommen und neue Kontakte zu knüpfen. „Hallo Elly", hörte ich hinter mir sagen und drehte mich um: „Oh hallo, das freut mich aber, Sie hier begrüßen zu dürfen." Vor mit standen Frau Engle, die Haushälterin, und Herr Baum, der Gärtner meiner Tante. „Ja, wir wollten mal vorbeischauen, wie das hier alles so geworden ist. Schick, sehr schick. Also Hut ab, was sich für Ideen umsetzen lassen. Nicht schlecht, Gratulation." Das letzte Mal sah ich die beiden auf der Beerdigung von Tante Anneliese. Irgendwie dachte ich, die beiden sind in einer vertrauten Zweisamkeit. Sie unterhielten sich angeregt, berührten sich an den Händen und kicherten wie zwei Teenager. Als ich zu ihrem Tisch kam, und das Tablett abstellte, schauten sie mich freudestrahlend an und verkündeten, dass sie ein Paar seien. „Oh, das ist ja wunderbar, das freut mich für Sie.“ „Ja, wir haben uns sehr oft bei Ihrer Tante gesehen und irgendwann hat es uns dann erwischt. Ich hätte nie gedacht, dass uns das in unserem Alter noch mal passiert. Übrigens, Ihre Tante war eine Seele von Mensch, wir haben gerne für sie gearbeitet.“ „Das freut mich zu hören. Das war sie wirklich, eine Seele von Mensch“. Herr Baum wandte sich wieder seiner Partnerin zu, nahm sie bei der Hand und bat sie um ein Tänzchen.

Mir fiel ein älterer, elegant gekleideter Herr auf, der sich suchend umblickte. „Kann ich Ihnen behilflich sein, suchen Sie einen Platz?“ Ich hatte das Gefühl, ihn zu kennen, er kam mir sehr bekannt vor. „Ehm, ja, ich suche eigentlich Elsa. Ich bin Viktor.“ „Oh“, konnte ich nur sagen und im selben Moment tauchte meine Cousine neben mir auf. Sie dehnte seinen Namen *„V i k t o r?“* und schaute ihn ungläubig an. „Was machst du hier, und wie hast du mich gefunden?“ „Naja, eure Werbetrommel war ja nicht zu überhören. Wollen wir uns nicht setzen?“ „Doch, dann gehen wir am besten auf die Terrasse, dort ist es nicht so laut.“ Sie hatten ein schönes Plätzchen gefunden und ich servierte ihnen Tee und Scones und zwinkerte Elsa zu. Sie tranken einen Schluck Tee und jeder schaute in eine andere Richtung. Man konnte die Verlegenheit und die Anspannung zwischen den beiden förmlich spüren. Schließlich räusperte sich Viktor und rückte seine edle Brille zurecht. Er hatte ein sehr gepflegtes Äußeres und wirkte mit seiner runden, randlosen Brille wie ein Gelehrter. „Elsa, das war nicht richtig von mir, dass ich damals nicht zu dir gestanden habe. Ich war einfach zu feige, meine Familie zu verlassen. Aber meine Ehe war sowieso nicht mehr intakt und danach war alles nur noch zerrüttet. Wir lebten all die Jahre nur so nebeneinander her, jeder konnte machen was er wollte, wir blieben nur wegen der Kinder zusammen. Heute weiß ich, dass es keine Ehe ist, wenn die Liebe fehlt. Ich habe oft daran gedacht, dich einfach mal anzurufen oder dich um ein Treffen zu bitten. Du warst für mich nie ein Abenteuer gewesen, du bist die Liebe meines Lebens. Aber ich habe mich nicht getraut. Vor zwei Jahren ist dann meine Frau gestorben. Nachdem ich alles geregelt hatte, dachte ich, ich muss mein Leben in Ordnung bringen. Und so machte ich mich auf die Suche nach dir. Ich habe dich und unsere Tochter oft in eurer Boutique gesehen. Sie ist ein hübsches Mädchen. Kommt ganz nach dir." Jetzt konnte sich Elsa nicht mehr zurückhalten, nachdem sie vorher schweigend zu gehört hatte. „Hör auf mit der Schaumschlägerei, das nützt dir jetzt gar nichts mehr. Und uns hinterher spionieren, wo gibt's denn sowas. Weißt du eigentlich, wie schwer es für mich war, ein Kind alleine großzuziehen? Das war nicht einfach, aber ich habe es geschafft. Auf meine Verwandten konnte ich immer zählen, sie haben mir in dieser Zeit sehr beigestanden und mir sehr geholfen. Es war ja nicht einfach so das Gefühl einer bitteren Enttäuschung, sondern du hast mir auch mein Herz gebrochen und meiner Tochter den Vater vorenthalten. Ich wollte nie einen halben Mann, der nur halb für mich da ist. Ich wollte immer einen Ganzen, der für mich und mein Kind da ist. Ich wollte dich."

Viktor neigte den Kopf schuldbewusst: „Ja, es tut mir leid, sehr sogar. Aber der Mutigste war ich noch nie. Ich habe kein Löwenherz", und legte seine Hand auf Elsas Hand. Jetzt musste meine Cousine doch lachen, aber zog ihre Hand schnell weg. „Lass bitte die Vertraulichkeiten, sie sind fehl am Platz. Weißt du, alles hat seine Zeit, wenn man die verpasst hat, ist es zu spät." Er schaute sehr bedrückt aus, nahm einen Schluck Tee und aß seine Scones. Auf einmal dachte Elsa, dass Viktor ihr doch leid tat und ermahnte sich, nicht schwach zu werden. Sie wollte ihn büßen lassen. Sie hatte ihn schließlich aus ihrem Leben verbannt. So einfach kam er nicht davon. Viktor wollte wissen, ob Christin zu Hause war. „Ja, aber ich werde sie dir nicht vorstellen, wir sind all die Jahre ohne dich zurechtgekommen. Jetzt plötzlich tauchst du hier auf und meinst alles wäre wieder gut. Nein, mein Lieber, so läuft das nicht. Ich möchte, dass du jetzt gehst.“ Im selben Augenblick stand Christin am Tisch und sagte: „Hallo Viktor“.

Elsa kippte beinahe vom Stuhl und sah ihre Tochter mit weitaufgerissen Augen an. „Wie, du kennst diesen Mann“? „Mama, jetzt reg dich doch nicht so auf. Er kam vor zwei Wochen in die Boutique, wollte einen Anzug umgeändert haben und stellte sich dabei als mein Vater vor. Er erkundigte sich auch nach dir. Ich wusste, dass er heute hierher kommt, aber ich wollte nichts verraten. Es sollte eigentlich eine Überraschung werden. Naja, deine Reaktion kennen wir ja jetzt.“ „Ja, die Überraschung ist euch gelungen. Ich muss ehrlich sagen, ich weiß nicht, was ich davon halten soll. Das muss ich erst mal verdauen. Ihr könnt euch ja weiter unterhalten, ich verabschiede mich, denn ich habe noch zu tun.“ Elsa stand auf und nickte den beiden zu und verschwand erst einmal in der Küche. „Oh mein Gott, du siehst ja ganz bleich aus, ist dir nicht gut?“ fragte Lina besorgt. „Du glaubst ja gar nicht, wer hier ist, ich habe den wahrhaftigen Geist gesehen, nämlich Viktor.“ „Was?“ Was will der denn hier, hat der plötzlich

Sehnsucht nach dir?" „Scheint so, und nach meiner Tochter. Stell dir vor, die beiden kennen sich bereits." „Na ja, vielleicht will er ja etwas gutmachen. Es ist immer gut, wenn man seinen Vater kennt und seine Herkunft. Das wirkt sich positiv aus. Von allen Dingen kann man mit der Vergangenheit abschließen. Also ich finde das jetzt nicht verkehrt, dass er gekommen ist. Wir sind nicht mehr jung, wir haben nicht mehr alle Zeit der Welt, wir sollten uns mit den Dingen versöhnlich auseinandersetzen. Hier trink erst mal einen Schnaps, dass du mal wieder Farbe ins Gesicht bekommst."

Elsa war immer noch ganz aufgewühlt. Sie konnte immer noch nicht fassen, dass plötzlich ihre große Liebe wieder aufgetaucht war. „Nee, dass verkrafte ich so schnell nicht, nach all den Jahren taucht der hier auf und meint, da anzuknüpfen, wo wir aufgehört haben, oder was? Und mit Christin scheint er sich ja auch zu verstehen. Lina, noch einen Schnaps." Ihre Schwester lachte, „Naja, egal ist er dir ja nicht, sonst würdest du dich nicht so aufregen. Jetzt beruhige dich mal wieder, gib dir Zeit und dann siehst du weiter." „Ja, du hast recht, weißt du Lina, ich hätte nie gedacht, dass ich Viktor noch mal wiedersehe, dass ich sogar Herzklopfen wie damals verspüre." Lina meinte nur lakonisch dazu: „Tja, so kann man sich täuschen, eine große

Liebe vergeht nie." Christin kam zur Tür herein. „Ach, da seid ihr ja. Viktor lässt dich schön grüßen. Er hat ein Zimmer in einer Pension hier in der Nähe bezogen. Hier ist seine Handy-Nummer, er würde sich freuen, wenn du dich mal meldest." Christin schob ihrer Mutter den Zettel hin, den sie wortlos nahm und rausging. Lina und ihre Nichte schauten sich an. „Das muss sie erst mal verdauen."

Nelly kam in die Küche und wollte noch Sahne für ihre Scones schlagen und fragte, „Warum ist Elsa denn so aufgelöst?" „Viktor ist wieder da". „Oh, dear." Lilly hatte sich heimlich in die Küche geschlichen und schleckte mit Wonne die Sahne. „Oh, naughty girl", rief Nelly, „hier hast du aber nun wirklich nichts zu suchen." Sie musste aber trotzdem lachen, Lilly sah sehr schuldbewusst aus und leckte sich ihr Mäulchen. „Naja, dir hat es ja geschmeckt, jetzt aber raus mit dir" und öffnete die Tür. Nelly räumte die Sachen in die Spülmaschine und fing wieder von vorne mit der Sahne an.

Elsa setzte sich in den Garten. Wolfi kam auf sie zu. „Ach, Wolfi, du hast es gut, du kennst keinen Liebeskummer." Der Hund legte den Kopf auf ihre Knie und ließ sich ausgiebig kraulen. „Du bist ein guter Hund, du merkst immer ganz genau, wenn man Kummer hat, dann bist du zur

Stelle. Weißt du, Wolfi, heute habe ich die Liebe meines Lebens wiedergesehen. Nach 35 Jahren! Ich hatte ihn aus meinem Leben verbannt und nun ist er wieder da. Ich weiß nicht, was ich jetzt machen soll. Das Schlimmste ist ja, dass ich mich darüber freue. Gefühle kann man einfach nicht abschalten. Auch nicht nach all den Jahren." Sie lehnte sich zurück und der Hund legte sich neben ihr ins Gras. Die letzten Gäste waren gegangen, jetzt hatten wir Feierabend. Ich ging zu ihnen und reichte Elsa ein Glas Wein. Wir stießen an und ich sagte zu ihr: „Auf neue Zeiten". „Ja, vermutlich, aber ich will auch nichts überstürzen." Lilly streifte durchs Gras und war auf Mäusefang. Die Anderen kamen hinzu mit einer Flasche Wein und Gläsern.

Am nächsten Nachmittag kam eine ältere Dame in unser *Café* und setzte sich an einen Tisch. Sie wollte nur eine Tasse Tee trinken und wollte über ihren Kummer sprechen. Sie fing stockend mit leiser Stimme an zu erzählen: „Ich bin 70 Jahre alt und unheilbar an Krebs erkrankt. Ich weiß nicht, wie viel Zeit mir noch bleibt. Ich denke sehr intensiv über mein Leben nach. Ich habe große Schuld auf mich geladen. Ich war damals 16 Jahre alt, als ich schwanger wurde. Den Jungen habe ich nicht mal sehr geliebt, nur halt eben gemocht. Es ist einfach so passiert. Ihm hatte ich noch nicht mal von meiner Schwangerschaft erzählt. Meine Eltern schämten sich für mich und befahlen mir, das Kind abtreiben zu lassen. Aber ich konnte es nicht, ich setzte mich gegen den Willen meiner Eltern durch, die mich daraufhin fallen ließen, und mir sagten, dass sie nun keine Tochter mehr hätten. Ich, als ihr einziges Kind, hätte Schande über sie gebracht. Ich bin bei einer Freundin untergekommen, deren Eltern ganz anders waren. Sie begrüßten sogar, dass ich nicht abtreiben wollte. Aber was sollte ich ohne Unterstützung meiner Eltern mit einem Kind? Ich war ja selbst noch ein Kind. Ich war ja noch nicht mal mit der Schule fertig. Ich entschied mich für eine Adoption. Ich hatte für mein Kind eine Babydecke gekauft und darauf meine Initialen GP gestickt. GP für Gerda Peterson.

Es war ein kalter, regnerischer Tag, als die Wehen einsetzten. Ich bat die Hebamme, die Babydecke meinem Kind nach der Geburt zu geben, so dass es wenigsten etwas von mir hatte. Sie versprach es mir. In einem kalten Kreisssaal kam mein Kind zur Welt. Es wurde mir sofort weggenommen, ich durfte weder sein Geschlecht erfahren, noch ob es gesund ist. Mein Baby weinte fürchterlich. Ich habe dieses Weinen heute noch im Ohr. Mein Kind hätte doch direkt die Geborgenheit seiner Mutter gebraucht.

Eine Mutter muss doch ihr Kind beschützen. Immer wenn ich Kinder weinen hörte, hätte ich sie am liebsten an mein Herz gedrückt. Ich bin über diesen Schmerz und diese Trauer nie hinweggekommen. Das Tragische ist, ich konnte später keine Kinder mehr bekommen, darüber ist auch meine Ehe zerbrochen. Mein Frauenarzt sagte, dass ich organisch gesund sei, jedoch meine Seele sei blockiert. Das stimmte, ich dachte immer, dieses Kind, das du zur Adoption freigegeben hast, kommt nie wieder. Dieses Kind konnte ich doch nicht einfach durch ein anderes ersetzen. Meine Psyche hatte eine klaffende Wunde, die nie zugeheilt ist. Mit meinen Eltern habe ich nie wieder ein Wort gesprochen. Ich zog in eine andere Stadt und baute mir ein neues Leben auf. Ich hatte eine gute Stelle und verdiente gut. Es ging mir gut, aber mein Trauma habe ich bis heute nicht überwunden. Nun werde ich bald sterben. Aber ich will noch nicht sterben, ich habe Angst davor, außerdem habe ich noch einiges zu erledigen. Schade finde ich, einen Menschen zu verlassen, der mich noch nicht mal kennt und um mich trauern könnte. Was mich aber am meisten quält, dass ich mein Kind nicht kenne, und ihm nicht erklären kann, warum ich es nicht behalten konnte." Die ältere Dame wirkte sehr zerbrechlich und voller Kram, sie schlug die Hände vors Gesicht und schluchzte hemmungslos.

Ich nahm sie in den Arm und tröstete sie. „Nein, Sie haben keine Schuld auf sich geladen. Sie haben damals aus der Situation heraus gehandelt. In Ihrer Not konnten Sie auch keine andere Entscheidung fällen. Was ich Ihnen hoch anerkenne, dass Sie auf den Wunsch Ihrer Eltern nicht eingegangen sind. Denn man sollte immer bedenken, dass ein Kind, das man abtreibt, nie wieder kommt. Jedes Kind ist einzigartig. Aber zu dieser Zeit, war die Schmach der Elterngeneration noch sehr groß. Ihre Eltern sind streng erzogen worden und so haben sie auch reagiert. Für sie war es tatsächlich eine Schande, so etwas gehört sich nicht, sie waren schließlich Menschen ihrer Zeit. Wenn man jetzt wie Sie dem Tod ins Auge blickt, sollte man sich mit der Vergangenheit aussöhnen. Ich bin sicher, Ihre Eltern haben aus einer ersten Wut heraus gehandelt, was sie bestimmt später bereut haben, denn sie haben ihre einzige Tochter und ihr Enkelkind verloren. Ich glaube nicht, dass Ihre Eltern das so wollten. Meistens verstreicht wertvolle Zeit, indem keiner sich überwinden kann, auf den anderen zuzugehen. Nachher ist es meist zu spät. Nachher ist alles so festgefahren. Man sollte immer versuchen, sein Leben zu ordnen, und nicht im Zorn zu gehen.

Eltern machen nicht immer alles richtig. Wir sind auch hier auf der Welt, um es besser zu machen als unsere Eltern. Und das haben Sie ja auch schon. Fragen Sie doch einfach mal im Rathaus Ihrer Heimatstadt nach allen Geburten in diesem Jahrgang. Da müsste alles registriert sein. Vielleicht lässt sich sogar herausfinden, wer Ihr Kind adoptiert hat. Heute ist es durchaus möglich, sein Kind zu finden. Auch Adoptivkinder haben das Recht, Ihre leiblichen Eltern kennenzulernen. Oh, ich würde mich so für Sie freuen. Wenn Sie wollen, können wir Ihnen dabei behilflich sein. Ich habe noch eine Adresse für Sie".

Daraufhin gab ich Ihr ein Kärtchen. „Bitte wenden Sie sich dorthin, das wird Ihnen gut tun. Die Sterbebegleiter sind fachlich geschult, sie werden Ihnen zuhören und Ihnen beistehen in Ihren schweren Stunden. Was Sie aber auch noch machen können, ist, sich an Gott und Ihren Schutzengel wenden. Die Sie tragen und Ihnen Kraft und Trost geben. Der Tod ist nicht das Ende vom irdischen Sein. Der Tod besiegt nicht das ewige Leben. Vielmehr glaube ich, dass wir wiederkommen, dass wir auferstehen werden. Zwar nicht in der leiblichen Hülle, die wir jetzt haben, aber unsere Seele wird in einem anderen Körper wiedergeboren. Einfach an einem anderen Ort wieder aufwachen. Unsere Seele ist unsterblich. Wir bleiben wir. Und bevor wir wieder auf die Erde geschickt werden, um unsere Bestimmung und unsere Aufgabe zu erfüllen, sehen wir all unsere Lieben wieder, die uns vorausgegangen sind, und sind mit ihnen wieder vereint. Jemand, der Ihnen im Leben nahestand, der wird Sie an der Pforte zur Ewigkeit abholen. Das ist meine Glaubensphilosophie. Da glaube ich dran. Das gibt mir Kraft und Zuversicht. Und außerdem ist es ein schöner Gedanke, nicht wahr?“

Frau Peterson blickte jetzt auf und lächelte. „Ja, so würde ich es mir wünschen. Die Zeit, die mir noch bleibt, werde ich nutzen. Vielleicht hat Gott ein Einsehen und schenkt mir noch wertvolle Zeit, bis ich mein Kind gefunden habe. Ich wünsche es mir so sehr.“ Sie stand auf und wollte ihr Getränk bezahlen. Ich hielt sie zurück: „Lassen Sie, der Tee geht aufs Haus.“ Sie bedankte sich und verabschiedete sich mit einem zufriedenen Lächeln. Beim Hinausgehen sagte ich noch zu ihr: „Ich werde für Sie beten und hoffe, dass alles für sie beide gut wird. Kommen Sie doch einfach nochmal in unser *Caféstübchen*, vielleicht haben Sie ja sogar eine Überraschung für uns. Vertrauen Sie Ihren Kummer doch einfach Gott an, der wird Ihnen zuhören und Sie verstehen. Lassen Sie uns wissen, wenn wir Ihnen helfen sollen.“ „Oh, ja, das werde ich, vielen Dank, Sie haben mir aber schon sehr geholfen.“

Für das nächste Wochenende hatten wir einen antiken Flohmarkt auf unserem Gelände organisiert. Die alten Sachen von Tante Anneliese, die wir nicht in unserer *Cafémühle* unterbringen konnten, wollten wir verkaufen. Unter anderem hatten sich noch Händler angesagt. Das Wetter war schön und spielte mit, die Sonne lachte vom Himmel und die Leute waren in Kauflaune. Gut erhaltene und erlesene Kostbarkeiten gab es zu kaufen. Alte Schränke und Schränkchen, Kommoden, Vasen, geschliffene Kristallgläser, Porzellan, alte Malereien, ja sogar altes Silberbesteck und alten Schmuck wurden angeboten. Ein paar Schmuckstücke von Tante Anneliese boten wir auch zum Verkauf an. Die Leute schauten sich um, fragten nach dem Preis und handelten. Danach kamen sie in unser *Caféstübchen,* um eine Kleinigkeit zu essen und eine Erfrischung zu sich zu nehmen.

Ich schlenderte von Stand zu Stand, um mir die Antiquitäten anzuschauen. Ich blieb stehen, denn ich hatte eine alte Engelsfigur entdeckt. Ich fragte nach dem Preis. Der junge Mann zeigte sie seinem Vater, der sagte: „Oh, da muss ich nachschauen, aber so um die 20,- Euro wird die sein. Ich habe hier noch mehr, wenn Sie sich dafür interessieren.“ Er hob eine Decke von einem Korb und zeigte mir die anderen. Mein Blick streifte über die Figuren und über die Decke. Diese hatte plötzlich meine ganze Aufmerksamkeit. „Die ist aber schön. Das ist doch eine alte Babydecke? Darf ich die mal sehen?“ „Ja, natürlich, die habe ich zum Abdecken genommen. Meine Eltern sind verstorben und wir lösen gerade den Haushalt auf.“ Ich streichelte über die Decke, die noch sehr weich war und entdeckte auf einmal die Buchstaben GP, für Gerda Peterson. Ich dachte: „Nein das kann doch nicht wahr sein. Das gibt es doch nicht!“ Ich hörte meinen Engel sagen „doch Elly, das gibt es, Zufälle gibt es nicht, es soll so sein“. „Woher haben Sie die schöne Decke, die ist ja noch sehr gut erhalten?“ „Von meinen Adoptiveltern. Die Decke soll von meiner leiblichen Mutter sein. Ja, schauen Sie doch nicht so. Meine Eltern haben es mir gesagt, als ich geheiratet habe. Das musste ich erst einmal verarbeiten. Ich habe aber eine sehr verständnisvolle Frau. Als wir eine Familie gegründet haben, hatte ich schon mal daran gedacht, meine leibliche Mutter kennenzulernen. Aber meine Adoptiveltern waren mir sehr liebevolle Eltern gewesen. Und so wollte ich das auch meinen Kindern weitergeben. Ich denke mal, sie wird ihre Gründe gehabt haben und es ist ja auch nicht so wichtig, ob man bei den leiblichen Eltern aufwächst oder nur an Kindesstatt. Die

Hauptsache ist die Liebe und die Geborgenheit. Die hatte ich und konnte sie auch meiner Familie weitergeben."

„Verzeihen Sie mir meine Direktheit, die Tage kam eine ältere Dame in unser *Café* und hat mir ihre Geschichte erzählt. Mit 16 Jahren wurde sie schwanger, hat sich gegen den Willen ihrer Eltern für eine Adoption entschieden und nicht für eine Abtreibung. Das rechne ich ihr hoch an. Es ist im Laufe eines Lebens manchmal später erst möglich, Verantwortung für sein Tun und Handeln zu übernehmen. Es gibt Ereignisse, die man nicht immer positiv für sich entscheiden kann. Aber wenn man die Möglichkeit und die Chance hat, kann man die Dinge auch wieder geraderücken. Die ältere Dame erklärte mir, sie hätte eine Babydecke gekauft und die Initialen GP darauf gestickt, die gleichen wie auf Ihrer Decke." „Was wollen Sie mir damit sagen?" „Die beiden Buchstaben GP stehen für Gerda Peterson, sie ist wahrscheinlich Ihre leibliche Mutter. Sie ist leider unheilbar an Krebs erkrankt und hat nicht mehr viel Zeit. Sie möchte Sie gerne kennenlernen und Ihnen alles erklären." „Oh", sagte sein Sohn, der ungefähr 24 Jahre alt war, „da hätte ich ja noch eine Oma." „Ja, das hättest du", und wandte sich wieder zu mir, „das kommt aber jetzt sehr überraschend für mich und ich muss mir das erst gründlich überlegen, ob ich das überhaupt will." „Darf ich

Ihnen einen Vorschlag machen", versuchte ich zu vermitteln. „Sie schreiben mir Ihre Adresse auf, und wenn Gerda wieder in unser *Café* kommt, händige ich ihr den Zettel aus, und sie kann sich bei Ihnen melden." „Ja, das ist keine schlechte Idee, ja das machen wir so." Er gab mir seine Adresse, und ich wünschte ihm und seinem Sohn viel Glück für die Familienzusammenführung und ging wieder in unsere *Cafémühle.*

Jens wollte wissen, wer die Männer waren, mit denen ich mich so angeregt unterhalten hatte. Ich hakte mich bei meinem Mann unter und erklärte ihm alles. Er meinte: „Na hoffentlich geht das für die alte Frau gut aus." „Ja, das hoffe ich auch, komm, lass uns einen Tee trinken." Den Tee und das Gebäck dazu servierte uns Viktor. Ich staunte nicht schlecht. „Ja, ihr habt ja mit dem Flohmarkt alle Hände voll zu tun und da wollte ich mich einfach ein bisschen einbringen." „Das ist ja nett von dir", meinte Jens „und was sagt eigentlich Elsa dazu?" „Naja, gegen eine helfende Hand hat sie ja nichts einzuwenden. Och, das wird schon, da bin ich sehr zuversichtlich", grinste er und ging zum Nebentisch.

Die Tage darauf erreichte uns ein Anruf, eine Frau Fischte wollte mit dem *Seniorentaxi* ins Krankenhaus gebracht werden. Mich erfasste eine Ahnung, dass es sich um

Gerda Peterson handeln könnte. Ich fragte Jens und Carl, ob ich mitfahren könne, denn ich hätte noch etwas zu erledigen. Als wir zu ihrem Haus kamen, stand sie bereits mit einer Tasche auf dem Gehweg. Es war Gerda Peterson, die nach ihrer Heirat Fischte hieß. Sie stieg ein und begrüßte uns freundlich. „Das ist eine sehr gute Sache, mit dem *Seniorentaxi*. Mit dem Bus zu fahren, ist ja eine Weltreise.“ Zu mir gewandt ergänzte sie noch, dass sie in Sachen Adoption ihres Kindes recherchiert habe. Einem gesunden Jungen hätte sie das Leben geschenkt, er wurde direkt nach der Geburt in die Arme seiner Adoptivmutter gelegt und mit nach Hause genommen. „Ich bin doch froh, dass mein Kind nicht erst in ein Kinderheim gekommen ist, sondern direkt eine liebevolle Familie hatte, die sich rührend um ihn gekümmert habe.“ „Oh, ja, das ist ganz wichtig. Ich glaube, ich habe eine Überraschung für Sie. Ich habe nämlich die Adresse Ihres Sohnes.“ Ich erzählte ihr kurz, wie es dazu gekommen ist, und gab ihr den Zettel. Sie betrachtete ihn lange ungläubig, dann umarmte sie mich und sagte: „Sie sind ein Engel. Ich danke Ihnen. Wenn ich nach der Chemo aus dem Krankenhaus komme, werde ich Kontakt zu meinem Sohn aufnehmen.“ Wir wünschten ihr viel Erfolg und alles Gute. Ich hörte meinen Engel sagen: „Well done, Elly.“

Als wir wieder nach Hause kamen, widmeten wir uns unserem Garten, denn schließlich wollten wir im Spätsommer und Anfang Herbst die Früchte und das Gemüse ernten. Die Kräuter verwendeten wir frisch, aber einen Vorrat für den Winter wollten wir doch einfrieren, ebenso das Gemüse und das Obst. Wir wollten aber auch Marmelade *á la Tante Anneliese* einkochen. Die brauchten wir dringend für unser *Caféstübchen*. Die Vorräte meiner Tante waren fast alle aufgebraucht, so lecker schmeckte sie. Nicht nur uns, sondern auch unseren Gästen. Viktor half uns beim Gärtnern eifrig mit. Ich sagte zu Elsa scherzhaft: „Na, dein Viktor ist ja unentbehrlich". „Ja, wir haben uns wieder angenähert, wir sind dabei, unsere Liebe neu zu entdecken." „Hey, das finde ich ja ganz toll, ich freue mich so für dich." „Ich finde das auch gut, denn wenn wir in den Herbst des Lebens kommen, ist keiner von uns allein und wir können uns gegenseitig unterstützen." „Das ist doch prima, dann drücke ich euch für euren zweiten Frühling alle Daumen." Elsa kicherte vor sich hin und zupfte weiter Unkraut. Wolfi und Lilly halfen uns auf ihre Weise mit. Wolfi war für seine 10 Jahre noch fit und Lilly war zwar mit ihren 8 Jahren auch schon eine Seniorin, aber fit und fidel. Marie und Sven wollten ohnehin am Wochenende kommen und die beiden impfen. Sie wollten außerdem noch einen Check-up machen. Marie deutete mir an, dass sie eine Überraschung für uns hätten. Da war ich mal gespannt.

Nachmittags kam unser Sohn Björn mit einem kleinen Lieferwagen vorgefahren, den er sich eigens für die Auslieferung seiner Weine angeschafft hatte. Wir planten demnächst eine Weinprobe in unserer *Cafémühle* zu veranstalten, dafür benötigten wir noch verschiedene Weinsorten. Mein Sohn brachte auch seine neu kreierte Weinkollektion mit. „Wow, die Flaschen sehen ja toll aus, wenn der Wein auch so gut ist, dann wirst du damit Erfolg haben, was ich dir sehr, sehr wünsche, mein Sohn“, sprudelte es begeistert aus mir heraus. „Danke, Mama. Am Samstag können wir ja im Familienkreis eine kleine Kostprobe starten.“ „Das trifft sich gut, Marie und Sven haben sich auch angesagt. Sie hätten eine Überraschung für uns.“„Na, wunderbar, dann sind wir ja mal wieder komplett. Übrigens bringe ich noch jemanden mit.“ „Oh, deine neue Freundin?“ Björn nickte und strahlte. „Bring sie ruhig mit.“ „Ja, mach ich, also bis Samstag, tschüss“. Björn rauschte davon. Ich freute mich auf das Wochenende, mal wieder meine Kinder um mich zu haben, und sie verwöhnen zu können. Ich überlegte schon, was ich Gutes kochen könnte und wollte am Samstagmorgen noch auf den Markt gehen, um frische Lebensmittel einzukaufen.

Nach und nach trudelten am Samstagabend meine Kinder mit Anhang ein. Ich hatte schon köstliche Sachen vorbereitet. Björn stellte uns seine neue Freundin vor. Ein hübsches, nettes Mädchen. Sie passten gut zusammen, nicht nur optisch, sondern sie ergänzten sich auch wunderbar. Birte war Floristin und hatte das Geschäft ihrer Eltern vor ein paar Jahren übernommen. Sie erzählte, dass sie nach ihrer Meisterprüfung den Laden erweitert hatte und nicht nur klassisch Blumen und Pflanzen verkauft, sondern auch liebevolle und erlesene Kostbarkeiten für Haus und Garten. „Deshalb habe ich auch meinen Blumenladen *„La Boutique de Fleurs“* genannt. Ebenso gehört die Beratung und die Anlieferung der Blumendekoration bei Festivitäten jeglicher Art zu meinem Service. Mein Team und ich stehen auch mit Rat und Tat bei der Gartenpflege oder bei der Anpflanzung der Bäume und Sträucher zur Seite. Mein Herz schlägt für die Flora, da bin ich mit Leib und Seele dabei. Schon als Kind buddelte ich gerne in der Erde, pflanzte ein und setzte Kerne in einen Blumentopf, daraus wurde dann ein Obstbaum. Dieses Wunder der Natur hat mich seit jeher fasziniert. Ich freue mich jedes Mal aufs Neue, wenn der Frühling und die Natur erwachen, wenn die Tage wieder heller und wärmer werden. Die Vögel kehren aus ihren Winterquartieren zurück und singen die schönsten Lieder. Wie ein Neuanfang, der Winter hat keine Kraft mehr und muss dem Frühjahr weichen. Der Herbst ist für mich aber ebenso ein Wunder. Wenn sich die Blätter verfärben, die in der Sonne so schön leuchten. Kein Maler könnte sie schöner malen, als die Natur selbst. Die Spaziergänge durch die klare Luft, die noch von der Sonne erwärmt ist und dabei den Geruch von feuchter Erde aufnimmt. Wenn die Tage kürzer werden, kommt die Hektik des Sommers zur Ruhe. Die Ernte wird eingefahren, die im Frühjahr gesät wurde. Mensch und Tier legen sich dann einen Wintervorrat an. Und ich habe Kastanien, Blätter, Eicheln, Bucheckern und Hagebutten gesammelt, da ich als Kind schon gerne gebastelt habe. Aus diesen Naturmaterialien habe ich dann die schönsten Kränze gebunden oder aus Kastanien kleine Männchen gebastelt. Für mich ist es ein Traumjob, quasi habe ich mein Hobby zum Beruf gemacht."

Ihre Augen leuchteten, man sah ihr an, dass sie mit Feuereifer dabei war. Ich wusste sofort, das ist die Richtige für meinen Sohn. Eine Mutter spürt das. Birte war nicht so affektiert, wie die meisten Freundinnen meines Sohnes, sondern sehr natürlich und bodenständig. Ich begrüßte sie herzlich und sagte: „Willkommen in unserer Familie." „Dankeschön", Birte war sehr erfreut. „Das ist aber eine nette Begrüßung. Aber ich konnte mir die Eltern von Björn auch nicht anders vorstellen." „Oh, danke, das haben Sie aber nett gesagt."

Björn wollte uns zuerst seine neuen Weinsorten vorstellen und ich sollte aus diesem Sortiment einen Wein für unser Abendessen aussuchen. Ich hatte ein Baguette aufgeschnitten und in feine weiße Porzellanschälchen grüne und schwarze Oliven gefüllt. Kleine Probiergläser standen ebenfalls bereit. „Okay, dann fangen wir jetzt mal an." „Halt, halt, bevor das hier losgeht, wollten wir euch noch was mitteilen", hielt uns Sven zurück. „Also, Marie und ich haben die Tierarztpraxis hier in der Nähe gekauft. Der Makler ist uns noch im Preis entgegengekommen und die Bank hat auch mitgespielt". „Das ist ja super, dann wird ja euer Traum von der eigenen Praxis Wirklichkeit" freute sich mein Mann. „Ja", sagte Marie, „wir freuen uns auch schon riesig." Marie und Sven schauten sich vielsagend an und Marie platzte ungeduldig und freudestrahlend heraus: „Ich bin schwanger" und Sven ergänzte: „Wir bekommen ein Kind". „Das ist ja großartig", sagte ich, aber ich habe mir das schon gedacht." „Mensch, Mama, dir kann man ja auch nichts vormachen", meinte Marie glücklich.

„Tja, das haben Mütter so an sich. Komm her und lass dich umarmen.“ Die Beiden wurden von allen Seiten geherzt und gedrückt. „Naja, so ganz war das noch nicht geplant, sagte Marie zu Christin, aber die Hauptsache, das Kind ist willkommen“. „Oh, ja“ erklärte ich „wir werden das Kind schon schaukeln“. Christin lachte: „Na, hoffentlich passt dein Hochzeitskleid noch“. „Aber bestimmt, ich bin ja erst noch ganz am Anfang.“ „Nachher kommst du aber trotzdem nochmal zur Anprobe, ich kann den Umfang auch ein bisschen weiter gestalten.“ „Für diese Neuigkeiten habe ich einen ganz besonderen Wein, perlend und mit einer feinen Erdbeernote. Da hat man den Sommer im Glas“. Björn schenkte uns ein und wir stießen an, so dass auf diese wunderbare Überraschung die Gläser klirrten. „Hm, der ist ja spritzig fruchtig, der schmeckt so richtig nach Sommer“, meinte Christin anerkennend. „Ja, sagte Jens, und ließ sich einen Schluck genüsslich auf der Zunge zergehen, das ist ein richtiger Sommerwein für lauschige Abende, geschmacklich weich und fein abgerundet“. Er umarmte mich und flüsterte mir ins Ohr: „Haben wir nicht tolle Kinder?“ „Oh, ja, Kinder, ich bin sehr stolz auf euch. Ich würde euch aber auch lieben, wenn es nicht so flutschen würde. Kinder haben es verdient, von ihren Eltern geliebt zu werden, auch wenn sie nicht deren Vorstellungen entsprechen. Gerade dann. Das wünsche ich mir für alle Kinder dieser Welt. Auf die Familie und auf die Zukunft". Wir erhoben erneut die Gläser und prosteten uns zu.

Marie nippte nur an ihrem Glas und meinte, während der Schwangerschaft wolle sie keinen Alkohol trinken. Wir waren sehr damit einverstanden und fanden dies auch sehr vernünftig. Mein Sohn stellte seine gesamte Weinauslese vor, die besonders gut mundete. Es waren leichte Weine mit einem fruchtigen spritzigen und feinherben Bouquet, in den Geschmacksrichtungen: Himbeere, Erdbeere, Brombeere, Melone und Johannisbeere. Für unser Abendessen entschied ich mich für den Melonengeschmack, der passte vorzüglich zu unserem Fisch, dazu grüner Spargel, Salat und aus dem Ofen krosse Rosmarinkartöffelchen.

Beim Abendessen verriet uns Björn, was er alles noch so vorhatte. So wollte er noch prickelnde leichte Sekt- und Prosecco- Variationen reifen lassen. Außerdem wollte er aus dem Weingut seiner Tante eine Erlebnis- und Genusswelt schaffen, für Hochzeiten, Betriebsfeiern, Familienfeste und Silvester- und Neujahrsempfänge. Er wollte den

Weg zwischen den alten Alleebäumen in eine Flaniermeile für die Gäste umwandeln sowie am Rande der Weinberge überall kleine Tische und Stühle aufstellen, so dass man bei gutem Wetter mit einem guten Glas Wein und einer kulinarischen Delikatesse seinen Gaumen inmitten der imposanten und pittoresken Landschaft verwöhnen konnte. Mein Sohn wollte auch Kulturveranstaltungen anbieten wie z. B. Theateraufführungen oder Musiksessions. Das Motto der Events sollte immer wechseln. Große Feuerwerke waren auch vorgesehen. Den Jahresausklang konnte man bei einem Glas Winzersekt auf der Flaniermeile genießen und das gigantische Feuerwerk zum Jahreswechsel bestaunen, sich mit Freunden treffen und auf das Neue Jahr anstoßen. „Oh, das hört sich ja sehr gut an“, sagte ich anerkennend. „Ja, da werde ich aber noch viel Geld in die Hand nehmen müssen. Natürlich muss Tante Lina noch ihre Zustimmung geben.“ „Aber sicher, mein Junge, die hast du. Das klingt alles so durchdacht, ich glaube nicht, dass die Banken sich da querstellen. Ich freue mich so für dich, ich wusste, dass ich die richtige Entscheidung getroffen habe, meinem Patenkind mein Hofgut anzuvertrauen.“ „Ach Tante Lina, jetzt machst du mich aber verlegen“, lachte Björn.“

Nach dem Dinner gingen die Frauen in die Schneiderwerkstatt zur Anprobe. Marie untersagte Sven strikt mitzukommen. „Da bin ich ganz altmodisch drin, das Kleid darfst du erst vor dem Traualtar sehen." „Ja, ja, so neugierig bin ich ja nun auch nicht, dann macht ihr mal" und gab Marie lachend einen Kuss. Als sie im Atelier angekommen waren, bemerkte Christin noch: „Toll, ihr seid wirklich ein Traumpaar und noch glücklich verliebt wie am ersten Tag. So einen Traumprinzen wünsche ich mir auch." „Der kommt noch, warte nur ab, der begegnet dir schneller, als du denkst." „Ja, unverhofft, kommt oft", lachten die beiden Cousinen. „So, schau, ich lasse das Kleid um den Bauch und um die Hüften ein wenig weiter fallen, damit dein Baby Platz hat. Man wird es kaum sehen, die Silhouette passt sich aber optisch dem Gesamtbild an. Du wirst sehen, es wird ganz zauberhaft werden." „Das Kleid sieht jetzt schon toll aus, das wird ein Traum, das sieht man sofort." „Dankeschön. Ach ich freue mich so für euch". Sie drückte Marie überschwänglich an sich. „Du wirst sehen, Mr. Right kommt demnächst", meinte Marie zuversichtlich. Wieder lachten die Beiden und gingen beschwingt die Treppe hinunter.

Marie und Sven untersuchten Wolfi und Lilly, und führten einen sogenannten Check-up durch. Die beiden Tiere ließen alles in einer Seelenruhe über sich ergehen. Sven war sehr zufrieden. „Es ist alles in Ordnung, die zwei sind noch fit und gesund.“ „Na, Gott sei Dank, sie sind nämlich die letzte Verbindung zu Tante Anneliese. Allerdings konnte ich mir auch nichts Anderes vorstellen, denn sie werden ja schließlich gehegt und gepflegt“, merkte ich an. „Ja, wie alles bei uns, Mensch und Tier“, entgegnete Marie. „Oh, ja, wie wahr“, gab ich meiner Tochter recht. „So, jetzt noch die Impfung, dann seid ihr erlöst“, nickte Sven in Richtung Hund und Katze und zog die Spritzen auf. „Ein kleiner Pikser, meine Dame und mein Herr, und bis zum nächsten Jahr“, scherzte Maries bessere Hälfte. Wolfi und Lilly ließen sich aber noch gründlich durchstreicheln, bevor sie ein Nickerchen in ihren Körbchen machten. Wir saßen danach noch gemütlich auf der Laubenterrasse zusammen und ließen in aller Ruhe den Tag ausklingen.

Am Sonntag nach dem Mittagessen verabschiedeten sich unsere Kinder. Wir umarmten uns herzlich und wünschten eine gute Heimreise. Sven bat noch meinen Mann darum, sobald er die Schlüssel für die Praxis und das Wohnhaus hätte, mit ihm die baulichen Maßnahmen zu besprechen. „Aber sicher doch, mein Junge, das machen wir“.

Birte bedankte sich bei uns für die herzliche Aufnahme in unserer Familie und erklärte, dass sie Björns Ideen tatkräftig unterstütze. Das begrüßten wir sehr und winkten und riefen: „Bis zum nächsten Mal." Jens drehte sich zu mir hin und nickte anerkennend zur Wahl unseres Sohnes. „Das ist die Richtige für ihn, jetzt ist er endlich angekommen. Die anderen Mädchen waren doch nichts für ihn." Ich lachte: „Stimmt, aber die Entscheidung liegt immer noch bei Björn. Außerdem ist er inzwischen reifer geworden und will allmählich sesshaft werden. Die Freundinnen hatten bisher für ihn keine Bedeutung. Aber jetzt meint er es ernst. Ich kenne unseren Sohn. Mein Großvater hat immer gesagt: *„Kinder, ihr müsst immer nach oben schauen, nie nach unten, sonst hat man sein ganzes Leben einen Mühlstein am Hals."* „Meines Großvaters Spruch war immer": *„Schuster, bleib bei deinen Leisten"* und fügte noch hinzu. „Das ist wirklich so, es gibt kein schlimmeres Leid, als das Leid, welches man sich selbst zugefügt hat. Wenn man aber die Richtige gefunden hat, gibt man sie normalerweise nicht wieder her. So, wie bei mir, nicht wahr, mein Elly Schatz", und gab mir einen Klaps auf den Po. „Hallo", tat ich ganz empört, aber ich freute mich über dieses wunderbare Kompliment und gab meinem Mann einen Kuss. Jens zog mich an sich und schaute mir tief in die Augen, küsste mich innig und zog mich sanft ins Haus in Richtung Schlafzimmer. Da war wieder dieser magische Moment zwischen uns, der unsere Liebe lebendig hielt.

Am nächsten Morgen wurde ich von der Sonne wachgeküsst. Ich gab Jens einen Guten- Morgen- Kuss und ging ins Bad. Wir frühstückten zusammen, danach ging ich in unser *Café* und mein Mann wollte mit Wolfi Gassi gehen, die Tiere versorgen und dann nachkommen. Als ich ankam, war Elsa schon voll im Gange und strahlte übers ganze Gesicht, als sie mich kommen sah. „Guten Morgen, du hast ja gute Laune, und das an einem Montagmorgen", lachte ich. „Ja, die habe ich auch", jauchzte sie. „Viktor und ich haben beschlossen, einen gemeinsamen Urlaub zu verbringen. Jetzt kenne ich diesen Kerl schon mein halbes Leben, aber jetzt erst ist die Zeit für gemeinsame Ferien gekommen. Und stell dir vor, danach will er bei mir einziehen. Ist das nicht herrlich?" „Doch, das freut mich ungemein für euch. Siehst du, alles hat seine Zeit, Zeit zum Reifen und Entwickeln. Eure Beziehung hätte früher keine Chance gehabt. Selbst wenn er sich mutig für dich und deine Tochter entschieden hätte, wäre er nie wirklich frei gewesen. Aber jetzt ist eure gemeinsame Zukunft gekommen. Genießt die Zweisamkeit und euer spätes Glück. Now, it`s your turn." „Oh, ja das werden wir".

Lina gesellte sich zu uns und guckte uns fragend an. „Habe ich etwas verpasst? Ihr seid ja so frohgelaunt.“ Elsa erzählte ihrer Schwester in knappen Sätzen, was sie und Viktor vorhatten. „Oh, na, da muss ich mich auch mal auf Männersuche begeben, wenn ich euch hier so freudestrahlend sehe“, schmunzelte sie. „Mal schauen, was noch so für mich auf dem Markt ist. Gutes Aussehen ist für mich nicht mehr relevant, als junges Mädchen habe ich mal so gedacht.“ Wir stimmten ihr zu: „So haben wir alle gedacht, das war irgendwie wichtig, damit man so richtig vor den Freundinnen angeben konnte“. Lina fuhr fort: „Ja, genau und heute kommt es mir auf das Herz an und das man aufeinander achtet. Mit Gregor hatte ich eine schöne Zeit, ob man das wiederholen kann, das bezweifele ich“. „Aber es ist kein Verrat an Gregor, wenn du einen neuen Mann kennenlernst“, warf ich ein. „Nein, weiß ich, wisst ihr, die Hauptsache ist doch, dass man gesund und noch agil ist. Gerade in unserem Alter zählen andere Dinge. Ich möchte ein lebendiges Leben führen, nicht ein langweiliges Dasein fristen, nur weil man schon älter ist. Ich möchte auch nicht ständig an mein Alter erinnert werden, dazu reicht mir der Blick in den Spiegel. Es ist doch schlimm, wenn man sich aufgibt und auf die Kiste wartet, das ist doch schrecklich.“ „Richtig, Schwesterherz, wir wollen mittendrin sein, im Leben. Deswegen haben wir Tante Annelieses Vermächtnis dankbar angenommen und sind noch mal mit Vollgas durchgestartet. Langeweile kommt da nicht auf." „Ja, unsere *Cafémühle* ist eine echte Attraktion, da ist uns ein Meisterwerk gelungen", nickte ich zustimmend. „Aber das Wichtigste ist die Gesundheit, wenn man krank oder gar dement ist, ist das weniger schön. Aber lasst uns jetzt keine trüben Gedanken verschwenden, sondern uns daran erfreuen, dass wir noch mopsfidel sind. Man sollte so positiv und fröhlich leben, wie möglich, als wäre es der letzte Tag. Man sollte auch nichts aufschieben, man weiß ja nicht, ob sich die Gelegenheit noch mal bietet. Wenn man jung ist, sieht das vielleicht noch anders aus. Selbst da, muss ich aber sagen, sollte man die Gelegenheit beim Schopf packen. Später hat es nicht mehr die gleiche Bedeutung. *Und man sollte so leben, dass man am Ende nichts bereut"*. „Oh, ja, das mal ganz bestimmt", pflichtete mir Lina bei, „das gilt für Jung und Alt". Elsa ergänzte noch: „Man sollte nicht versäumen, die schönen Augenblicke und die schönen Dinge des Lebens zu genießen. *Carpe Diem* ist das geflügelte Wort."

Morgens besuchten hauptsächlich Berufstätige unser *Café*, nachmittags überwiegend Ältere oder solche, die nach Feierabend noch einen Kaffee trinken und ein Stück Kuchen essen wollten. Bei jedem älteren Herrn, der alleine zur Türe hereinkam, frotzelten wir: „Na Lina, der wäre doch was für dich.“ „Ihr spinnt ja, ich such mir den selbst aus, da wird schon noch einer kommen und wenn nicht, ist es auch nicht schlimm“. Wir lachten, unsere Cousine wusste, wie es gemeint war.

Für Sonntagnachmittag hatten wir einen Vortrag für unsere Studienreise nach Schottland vorgesehen. Carl und Nelly sollten durchs Programm führen. Unsere *Cafémühle* war bis auf den letzten Platz gefüllt. Wir reichten Tee und traditional *homemade biscuits and pastries* unseren Gästen. Nelly spielte schottische Balladen auf dem Klavier, während die Gäste es sich schmecken ließen. Ein gutsituierter Herr fragte mich, wer das köstliche Gebäck gebacken habe, es schmecke ja originalgetreu und ganz wunderbar. „Das Rezept ist von meiner Schwägerin, sie ist Schottin, das ist übrigens die Dame am Klavier. Meine Cousine, meine Schwägerin und ich haben die Köstlichkeiten gebacken“, entgegnete ich. „Ganz hervorragend, immer wenn ich in Schottland bin, gönne ich mir diesen Gaumenschmaus. Sie müssen wissen, meine Tochter studiert in Edinburgh, und mit dieser Senioren-Reise möchte ich sie mal wieder besuchen und überraschen. Darauf freue ich mich schon. Nur, wie das jetzt mit dem Brexit aussieht, weiß ja wohl keiner. Die Schotten hatten ja für ein Remain gestimmt und wollen überhaupt die Unabhängigkeit vom Königreich. Im Jahre 2014 waren sie ja schon mal kurz davor. Ihre Yes-or-No Kampagne war leider nicht zu Gunsten ihrer Independence ausgegangen. Aber jetzt wollen sie ein neues Referendum starten. Sie fühlen sich nämlich als Europäer, wie auch die Nordiren und die jungen Engländer. Ich bin durch meine Tochter sehr genau im Bilde, ihr gefällt es sehr gut da. Nur die Briten haben ja nun mal für Leave gevotet, es war zwar ein knappes Ergebnis, hat aber die ganze Welt und Europa auf den Kopf gestellt, ganz besonders aber den Wirtschafts- und Finanzsektor. Das würde auch bedeuten, dass die Studiengebühren so hoch werden würden, dass sie dann keiner mehr bezahlen möchte. Das wäre auch sehr schade für meine Tochter."

„Oh, ganz gewiss", war ich seiner Meinung, „wir haben seit dem Referendum sehr oft im familiären Kreis darüber diskutiert. Meine Schwägerin ist Schottin und sie weiß nicht, ob sie von nun an eine Aufenthaltserlaubnis braucht, denn sie befindet sich ja in einem EU-Land. Das gleiche gilt für meinen Bruder. Beide haben in Edinburgh noch einen Wohnsitz und ihre Kinder wohnen dort. Ob mein Bruder ein Visum braucht, denn dann befindet er sich ja in einem Nicht-EU-Land, ist unklar. Unsere Nichte und unser Neffe haben für Remain gestimmt und sind ganz geschockt von dem Ergebnis. Meine Nichte ist Journalistin und hat die Leute auf der Straße befragt und darüber berichtet. Die Mehrheit hat gegen den Brexit gestimmt. Die Schotten wollen in der EU bleiben. Keiner weiß, was wird, wir gehen sehr turbulenten und ungewissen Zeiten entgegen. Wenn die Verhandlungen für den Ausstieg 2019 beginnen, wissen wir mehr, aber eines ist jetzt schon gewiss, es wird teuer werden. Der Brexit hat Europa erst einmal in eine Schockstarre versetzt. Aber er birgt auch neue Chancen, alles noch einmal zu überdenken, ob wir wirklich auf dem richtigen Weg sind. Die EU muss demokratischer und transparenter für den Bürger werden. Viele fühlen sich von Brüssel in ihrem ganz normalen Alltagsleben bevormundet und fremdbestimmt. Der Verdruss über die Politiker wächst zunehmend. Die Bevölkerung der Mitgliedstaaten möchte ernst genommen werden in ihren Nöten und Ängsten, und nicht ständig Neues übergestülpt bekommen. Sie möchten als Europäer leben, aber auch nicht ihre Identität verlieren. Diese Gratwanderung muss langsam reifen und gedeihen. Wir müssen gegenseitig Respekt und Rücksicht nehmen auf den jeweils anderen Partner. Aber jetzt haben wir genug politisch gefachsimpelt. Hören Sie sich ruhig den Vortrag an, auch wenn nicht alles neu für Sie ist." „Ja, danke, das werde ich." Ich dachte so bei mir, dass er ein sehr kultivierter Mann ist, mit dem man sich sehr angeregt unterhalten kann. Ich ging zu Lina und sagte ihr, dass dort drüben ein Herr sitzt, der ihre Backkünste gelobt hätte und sie persönlich kennlernen wollte. „Hm", sagte sie ganz pragmatisch, „dann machen wir das mal."

Mein Bruder und meine Schwägerin begrüßten unsere Gäste, die zahlreich erschienen waren. Das Programm wurde mit einer Powerpoint-Präsentation, die malerische Bilder projizierte, umrahmt. Im Hintergrund hörte man leise klangvolle gälische Musik.

„Herzlich willkommen, meine sehr geehrten Damen und Herren. Lassen Sie sich inspirieren und gehen Sie mit uns auf eine virtuelle Reise nach Schottland, dem Land der Sagen und Legenden. Scotland – Land of Legends. Lassen Sie sich verzaubern von der ursprünglichen und spektakulären Landschaft mit ihren unendlichen Weiten und grünen Tälern, den klaren Seen, den Lowlands and Highlands, den Nationalparks und natürlich auch den sagenumwobenen Schlössern und Burgen. Nicht zu vergessen, die legendäre Gastfreudschaft und Hilfsbereitschaft der Schotten. Ich möchte Ihnen dazu eine kleine Anekdote erzählen. Als ich das erste Mal beruflich in Irland unterwegs war, orientierte ich mich zwar an den Straßenschildern, aber ich konnte mein Hotel nicht finden. Es war sehr verzwickt und so parkte ich auf einem Firmengelände, um auf meiner Straßenkarte den Weg zu finden. Es klopfte an meine Scheibe, ein freundlicher Herr fragte, ob er mir helfen könne. Ich beschrieb ihm kurz, wo ich hin wollte, und er zeichnete mir den Weg auf, und erklärte ihn mir. Ich bedankte mich erleichtert und er schrieb noch seine Handy-Nummer auf, für den Fall, dass ich mich wieder verfahren würde. Er sagte noch, er sei Schotte und arbeite hier und es wäre gar nicht so leicht, sich in Irland nach den Verkehrsschildern zu richten. Wir verabschiedeten uns herzlich und ich habe mein Hotel gefunden. Ich bin diesem Schotten heute noch dankbar“. Die Gäste waren darüber sehr erheitert. „Aber die Iren sind genauso hilfsbereit und gastfreundlich“ fuhr Carl fort. „Das schätze ich an diesen beiden Ländern sehr und wir fühlen uns immer wieder auf unseren Reisen auf das herzlichste willkommen. Meine bezaubernde Frau ist Schottin, und wir möchten Ihnen ihre Heimat ein bisschen näher bringen.“

„Wie Sie wissen ist Edinburgh die capital city of Scotland und liegt am Fuße der Lowlands. Es gibt viel zu entdecken und zu besichtigen. Edinburgh ist ein Juwel, Tradition und Moderne gehen harmonisch ineinander über. Wenn Sie so wollen, ist die Hauptstadt eigentlich eine einzige Sehenswürdigkeit und man fühlt sich mancherorts in eine andere Welt versetzt. In der Bronzezeit siedelten sich schon dort die Menschen an. Die Stadt ist eingeteilt in „The Old Town" und „The New Town". Die Altstadt sowie die Neustadt gehören zum Unesco Weltkulturerbe. Edinburgh nennt man auch die Stadt der 7 Hügel. Sie ist seit dem Jahre 1437 Hauptstadt und königliche Residenz, vorher war Perth die Hauptstadt. Die Stadt lebt von ihren Sagen und Mythen, die sich um Plätze, Schlösser und Burgen ranken. Und sie lebt gleichermaßen von ihren romantischen und gruseligen Geschichten. Man denke nur an Jekyll & Hyde, der nachts in den engen Gassen der Altstadt im gespenstischen Nebel sein Unwesen trieb. Über Edinburghs Gassen und Friedhöfen kursieren so manche Gruselgeschichten. Für Touristen werden allabendlich auf der Royal Mile Ghost-Tours angeboten. Diese sollte man sich anschauen, denn die Schauspieler sind sehr authentisch und sorgen für eine gespenstische Stimmung, garantiert mit Gruseleffekt. Hier kann man History tief einatmen.

Aus Platzmangel wuchsen in früheren Zeiten die Häuser in die Höhe. Durch die Enge der Gassen floss der Unrat, die Schornsteine qualmten und es roch überall nach Ruß. Old Town war überbevölkert, schmutzig und eine stinkende Kloake. Heute ist von alldem nichts mehr zu spüren. Alles ist hübsch restauriert und die schmalen Gassen, die sogenannten Closes, schlängeln sich manchmal in eine parkähnliche Hinterhof-Idylle. Heute pulsiert das Leben auf der berühmten Royal Mile mit ihren zahlreichen Shops, Restaurants und Pubs. Man nennt sie Mile, weil sie tatsächlich so lang ist wie eine schottische Meile, nämlich exakt 1,8 km. Edinburgh ist übrigens die zweitgrößte Stadt des Landes, nach Glasgow."

„Zu den bedeutendsten Sehenswürdigkeiten zählen unter anderem Edinburgh Castle, Palace of Holyrood, Scottish Parliament, National Gallery, National Museum, Royal Mile, Princes Street, Balmorals Hotel mit dem prägnanten Uhrturm und die königliche Yacht Britannia, die auch besichtigt werden kann. Sie diente vor mehr als 40 Jahren Queen Elisabeth II und ihrer Familie als Rückzugsort. Nach einem Rundgang, wenn Sie möchten, können Sie stilvoll im königlichen Ambiente auf der Yacht ihre Tasse Tee mit Scones genießen. Die Hauptstadt ist sehr grün und hat große Parkanlagen zu bieten und außerdem ist sie bekannt für vorzügliche Restaurants und für gemütliche, urige Pubs. Am besten fängt man mit der königlichen Meile an. Sie bietet viel auf kompaktem Raum und ist gut zu Fuß abzugehen. Der Palace of Holyroodhouse ist die offizielle Residenz der Queen, wenn sie in Edinburgh weilt. Wenn der Union Jack über ihrem Königspalast weht, weiß man, dass die Hausherrin zu Hause ist. Etliche schottische Könige wurden hier gekrönt, getraut und beigesetzt. Viele Besucher interessieren sich aber vor allem für Maria Stuart, die allgegenwärtig in Schottland ist. Verwitwet mit noch nicht ganz 20 Jahren kehrte sie 1561von Frankreich nach Schottland zurück. Das Land war mittlerweile protestantisch. Während ihrer gesamten Regentschaft ist es ihr nicht gelungen, die Spannungen zwischen Katholiken und Protestanten beizulegen. Im Palace of Holyroodhouse ehelichte sie ihren zweiten und auch dritten Ehemann. Im Jahre 1565 heiratete sie Henry Darnley. Sie wurde seiner bald überdrüssig, er war ihr zu unreif, und sie wandte sich ihrem Privatsekretär David Rizzio zu. Ihr Mann witterte Ehebruch und ließ Rizzio erdolchen. Der Tod ihres Vertrauten ging als Rizzio-Mord in die Geschichte ein. Sie verbannte Darnley und schwor Rache. Im Jahre 1567 heiratete die schottische Königin den Earl of Bothwell, der spätere

Duke of Orkney. Diese Heirat erwies sich als folgenschwerer Irrtum. Die Adeligen, die bis dahin ihr die Treue gehalten hatten, forderten ihre Abdankung. The Queen of Scots floh nach England ins Exil, obwohl schon lange ein Konflikt mit Königin Elisabeth I schwelte. Die beiden Damen sind sich nie begegnet, sondern kommunizierten nur schriftlich miteinander. Für die englische Monarchin war Maria Stuart eine ständige Gefahr, diese wollte ihren Anspruch auf den englischen Thron geltend machen. Elisabeth I hielt ihre Verwandte 19 Jahre gefangen und ließ sie dann im Jahre 1587 hinrichten. Maria Stuart wurde wegen Hochverrats angeklagt, schuldig gesprochen und enthauptet. Ihr war zur Last gelegt worden, an einem geplanten Attentat an der englischen Königin beteiligt gewesen zu sein. Nach dem Tod Elisabeth I wurde Marie Stuarts Sohn, Jakob I, König, da Elisabeth I kinderlos geblieben war. Ihre Gebeine ruhen in der Westminster Abbey in London, nicht weit von der Grabstätte Maria Stuarts entfernt, wohin ihr Sohn sie als König von Schottland und England überführen ließ.“

„Im Anschluss an das Schloss, liegt Holyroodpark. Der Schlosspark ist alljährlich Schauplatz der traditionellen Gartenparty, zu der Queen Elisabeth II einlädt. Genau gegenüber dem Palace of Holyroodhouse befindet sich das Scottish Parliament. Es ist ein umstrittenes architektonisches Bauwerk. Der Baubeginn war im Jahre 1999 für einen supermodernen Komplex, der sehr futuristisch wirkt. Das Dach des Gebäudes hat die Form eines umgedrehten Schiffes. Das Bauvorhaben sorgte von Anfang an für Kontroverse. Vor allen Dingen, konnten die veranschlagten Kosten nicht eingehalten werden, sondern explodierten. Das Parlamentsgebäude steht symbolisch für die Geschichte und die Zukunft des Landes. Mittlerweile aber wird die Bauweise des Scottish Parliament von einer breiten Mehrheit als gelungen empfunden, und wie ich finde, fügt es sich sehr harmonisch in das Stadtbild ein. Das Bauwerk gewann zahlreiche Preise, darunter 2005 den Stirling Preis."

„Die New Town ist, wie das Wort schon sagt, neueren Datums. Sie ist im 18. Jahrhundert von Städteplanern in georgianischer Architektur entworfen worden, großzügiger gestaltet und kann mit herrlichen Häusern und eleganten Einkaufsstraßen aufwarten. Eine dieser Prachtstraßen ist die Princes Street, die Haupteinkaufsstraße im Zentrum von Edinburgh und weitgehend für den privaten Autoverkehr gesperrt. Das berühmte

Kaufhaus Jenners sollte man sich auf alle Fälle anschauen. Man sagt auch „Herrods of Scotland“, es ist im victorianischen Stil erbaut. Allein wegen der Eingangshalle lohnt sich ein Besuch. Die Princes Street beherbergt auch mehrere Denkmäler und Monumente. Die Northbridge verbindet Old Town mit New Town. Daneben befindet sich das luxuriöse 5-Sterne Hotel Balmoral mit dem herausragenden Uhrturm, der ein markanter Punkt der Stadt ist. The Balmoral Clock hat eine Kurosität. Sie geht 3 Minunten vor, damit die Reisenden nicht ihre Züge verpassen. Das einzige Mal, wo sie die genaue Uhrzeit anzeigt, ist am 31. Dezember, pünktlich zum Jahreswechsel. Das Balmoral Hotel ist ebenfalls im victorianischen Stil erbaut. Edinburgh ist auch eine Stadt der Festivals und Events und zieht alljährlich viele Besucher in den Bann. Wem das alles zu viel Trubel ist, der kann den Botanischen Garten und das Palmenhaus geruhsam erkunden. Wem noch mehr nach Ruhe ist kann auf Arthur`s Seat hinauf wandern. Der Hügel entstand aus einem erloschenen Vulkan. Der Aufstieg ist aber nicht harmlos, man sollte schon ein geübter Wanderer sein. Ansonsten wird es zu anstrengend. Man wird aber für seine Mühe mit einem grandiosen Ausblick über die Stadt belohnt. Meine Damen und Herren, Sie werden auf Ihrer Besichtigungs-Tour nicht allein gelassen.

Meine Frau und ich werden Ihnen unsere Stadt zeigen, erklären und erläutern."

„Und nun geht unsere Reise ins Landesinnere. Wir gehen auf Castle Tour. Wir mieten uns einen Bus und fahren in die Highlands entlang der Städte, Orte und Lochs. Bitte stören Sie sich nicht an den Schafen und den Highland-Rindern, die überall grasen und manchmal auf den schmalen Fahrwegen, den sogenannten One Way Lanes, stehen. Sie sind friedlich und halten auch still für ein Fotoshooting". Die Gäste waren erheitert, amüsierten sich und lachten. „Wir beginnen mit Stirling, Perth, Dundee und Aberdeen. Zwischen Dundee und Aberdeen liegt die Ortschaft Braemar. Dort in der Nähe befindet sich Balmoral Castle. Balmoral Castle ist das Feriendomizil und Landsitz der königlichen Familie. Dort verbringen die Royals ihre Sommerferien und verweilen auf dem Familiensitz etwa für 12 Wochen. Im Jahre 1852 erwarb Prinz Albert für Königin Victoria das Schloss. Seitdem ist es in Privatbesitz und gehört heute Queen Elisabeth II. Das Castle ist auch für Besucher geöffnet. Unsere Reise geht weiter nach Inverurie, Huntly und Portsoy. Portsoy ist ein kleines malerisches Fischerdörfchen, mit kleinen pittoresken Häusern und Gassen, wo man schön flanieren kann. Direkt am Hafen kann man in einem kleinen Lädchen beste schottische Qualität an Tweed und Schurwolle erwerben. Es gibt fast überall diese kleinen, feinen Shops. Gehen Sie ruhig hinein und schauen sich um, man findet dort auch kleine Mitbringsel. Geschenke können Sie auch in den sogenannten Gift Shops oder Craft Shops kaufen. Wir setzen unsere Reise fort und fahren über Elgin, Nairn, Inverness und Drumnadrochit am Loch Ness entlang, der Heimat von Nessie und dem tiefsten See Schottlands. Am Ufer einer in den See ragenden Landzunge liegt die Ruine von Urquhart Castle. Nessie wurde hier angeblich am häufigsten gesichtet. Im Besucherzentrum kann man sich über die Burgherren und das Leben in früherer Zeit informieren. Zwischen Inverness und Nairn liegt das Cawdor Castle, eines der romantischsten Schlösser in den Highlands. Es ist eng mit Shakespears Macbeth verbunden, der hier in den Mauern mordete. Ein Rundgang im blühenden Garten mit seinem alten Baumbestand ist ebenfalls lohnenswert."

„Jetzt fahren wir in die Hochmoore, Schottlands menschenleerer, karger Norden, mit seiner großartigen, unberührten Natur aus Klippen, Bergen und Mooren. Wir übernachten in Tain, einem hübschen Küstenort, im Mansfield Castle. Das Castle ist ein imposantes Gebäude, eingebettet in die malerische Landschaft der Highlands. Das Hotel hat eine sehr angenehme Atmosphäre und lädt zum Wohlfühlen ein. Seinen Gaumen kann man mit den exzellenten Gerichten aus preisgekrönter Küche verwöhnen. Von da aus geht es weiter nach Bonar Bridge und Lairg zum Loch Shin und den Falls of Shin. In den Monaten Juni bis August kann man in den Wasserfällen die Lachse springen sehen. In Dornoch steht eines der schönsten Castles dieser Hochgebirgslandschaft, das Dunrobin Castle, ein Märchenschloss, welches seit 700 Jahren in Familienbesitz ist. Es öffnet aber gerne für seine Besucher die Pforte. In den Gärten des Schlosses kann man lustwandeln und einem Falkner bei der Vorführung seiner Raubvögel zuschauen. Wir starten Richtung Fort William. Hier ragt der höchste Berg des Vereinigten Königreiches hervor, der Ben Nevis. Er ist zwar nur 1343 m hoch, aber trotzdem nicht zu unterschätzen. Wegen des schnell umschlagenden Wetters mit Nebel und Schnee sind leider schon einige Wanderer umgekommen. Wenn man den Berg besteigen will, sollte man unbedingt mit festen Wanderschuhen und passender Kleidung ausgerüstet sein. Wir fahren weiter in die südwestlichen Highlands nach Oban, Inveraray, Argyll und Tarbert. Diese Landschaft ist eingebettet in zwei der schönsten Seen, nämlich Loch Awe und Loch Fyne. In Inverarary liegt das prachtvolle Schloss des Campbell Clans. Das Castle diente übrigens für die Weihnachtsfolge 2012 von „Downton Abbey“ als Filmkulisse. Nun geht es weiter nach Campbeltown und Mull of Kintyre. An der Spitze der Halbinsel befindet sich der 1788 errichtete Leuchtturm. Vielleicht erinnern Sie sich noch, liebe Gäste, an den Song von Paul McCartney und seiner Band Wings „Mull of Kintyre“. Dadurch ist das Kap weltberühmt geworden und das Lied hat man irgendwie noch im Ohr. Seine verstorbene Frau Linda hat hier in der Umgebung lange Zeit gelebt. In Campbeltown ist ihr eine Bronzestatue gewidmet. Zurück geht es wieder nach Tarbert, Crianlarich und Callendar über „The Trossachs“, einem wunderschönen Nationalpark und einer Bilderbuchlandschaft am Loch Lomond. Dieser ist Schottlands größter Fjord und durch die schottische Musikgruppe „Runrig“ international bekannt geworden. Das Lied ist ein traditionelles schottisches Volkslied und beruht auf einem Gedicht von Andrew Lang, das etwa im Jahre 1876 erschienen ist und später vertont wurde. Callendar ist die Hauptstadt der Trossachs. Eine der Attraktionen sind die zahlreichen Woollen Mills. Hier werden die feinen Stoffe aus Tweed und Schurwolle gewebt und verkauft. Eine andere Attraktion ist Rob

Roy, ein schottischer Nationalheld, der eigentlich Robert MacGregor hieß. Er wurde 1671 in Glengyle geboren und wegen seiner roten Haare „Roter Robert“ genannt. Schon zu seinen Lebzeiten war er eine Legende. Er handelte mit Highland Rindern, später verlangte er von seinen Nachbarn eine Gebühr als Schutz gegen Rinderdiebe. Rob Roy bestritt zahlreiche Schlachten, wurde geächtet, inhaftiert und begnadigt. Der Volksheld starb 1734 in seinem Haus in Inverlochlarig. Über sein Leben wurden Bücher geschrieben und Filme gedreht. Schottland diente auch mehrmals als Filmkulisse, so haben Filme die schottische Landschaft hinaus in die Welt getragen, „Local Hero“ mit Burt Lancaster aus dem Jahre 1983 und „Highlander“ mit Christopher Lambert und Sean Connery aus dem Jahre 1986, natürlich auch durch Rob Roy von 1995 und die Harry Potter Verfilmungen, um nur einige zu nennen.“

„Und nun fahren wir wieder über Stirling zurück nach Edinburgh. Stirling, die alte Königsstadt, befindet sich zwischen Highlands und Lowlands. Stirling Castle ist ein Renaissance-Schloss aus dem 16. Jahrhundert. Die königlichen Gemächer mit den holzgeschnitzten Medaillons der Stirling- Köpfe und die originalgetreu nachgefertigte Einrichtung kann man bewundern sowie die lebensgroßen Puppen, die in der Küche für die Blaublütler ein Bankett vorbereiten. Wir werden unsere Schottlandreise in Edinburgh mit einem guten Essen und einem gemütlichen Abend in einem urigen Pub mit Livemusik ausklingen lassen. Meine Damen und Herren, wir hoffen, unsere virtuelle Reise hat Sie erfreut und inspiriert. Unsere nächste Tour wird Sie auf die Äußeren Hebriden, nach Lewis und Harris führen sowie auf die Inneren Hebriden, die Isle of Skye, die Heimat meiner Frau. Natürlich werden wir auch auf den Whisky-Trails wandeln und einige Destillerien besuchen. Eine Irland-Reise ist ebenfalls in Planung. Ireland, the welcoming Isle wollen wir Ihnen auch ans Herz legen. Meine sehr geehrten Damen und Herren, Sie sehen, wir haben Großes mit Ihnen vor. Wir hoffen, unser Vortrag hat Ihnen gefallen und wir bedanken uns herzlich für Ihre Aufmerksamkeit.“

Ja, die Zuhörer waren begeistert und Applaus brauste auf. Die meisten stürmten nach vorne und bombardierten Carl und Nelly mit Fragen. Viele wollten wissen, wann die Reise denn losgehe und wollten sofort buchen. Auf einmal zupfte mich eine Frau am Ärmel und sagte: „Hallo Elly, ich möchte Ihnen meinen Sohn Philipp vorstellen, mit ihm möchte ich diese Reise machen.“ Ich drehte mich um und sah in zwei strahlende Gesichter. „Frau Fichte, das ist ja eine Überraschung, Sie hier zu sehen, das ist ja wunderbar.“ „Ja, es ist ein Wunder und ich bin Gott dafür dankbar für diese geschenkte Zeit. Die Ärzte sagen, dass mein Krebs zum Stillstand gekommen ist, und geben mir grünes Licht für die Reise nach Schottland. Ich warte nicht zu Hause auf den Tod, der kommt sowieso, aber meine geschenkte Lebenszeit hier auf Erden möchte ich noch mit Leben füllen, bis der Himmel mich ruft. Ich möchte die verbleibende Zeit nutzen, um sie mit meinem Sohn und dessen Familie zu verbringen. Ich möchte mich auch nochmal ausdrücklich bei Ihnen bedanken, dass Sie mir geholfen haben, meinen Sohn zu finden.“ „Oh, bitte, das habe ich gern gemacht. Wir helfen, wo wir helfen können. Ich freue mich so für Sie, für diese Wunder. Ihren Sohn kenne ich ja bereits, wie Sie ja wissen.“ „Oh, ja natürlich, aber nicht zusammen mit mir, seiner leiblichen Mutter, jetzt ist es ja offiziell.“ „Richtig, ich wünsche ihnen Beide alles Gute und einen schönen und erholsamen Urlaub.“ „Danke, wir freuen uns auch schon darauf. Jetzt müssen wir aber buchen gehen, sonst kommen wir wegen Überfüllung nicht mehr mit.“ Frau Fichte drückte mich noch mal herzlich, zog ihren Sohn hinter sich her, und steuerte in Richtung Carl und Nelly. Ich musste unwillkürlich lachen. Diese kleine resolute Frau sprühte vor Energie. Ihr war nichts mehr anzumerken, wie zerbrechlich und krank sie noch vor einigen Monaten gewesen ist. Sie hatte jetzt das Ziel vor Augen, für ihre Familie weiterzuleben, und das stimmte sie sehr positiv und auch mich. Ich hörte meinen Engel sagen: „Siehst du Elly, alles wird gut."

Die Reise nach Schottland war ausgebucht und für 14 Tage vorgesehen. Mit dem Flugzeug ging es nach Edinburgh, danach weiter mit einem Reisebus. Carl und Nelly wollten noch ihre Kinder besuchen und wir baten sie, viele Grüße auszurichten. Marie gab Nelly noch die Einladung zu ihrer Hochzeit für Leon und Mary mit. Marie meinte, sie könne die Einladung zwar per E-Mail schicken, aber so ein Brief wäre doch persönlicher. Elsa und Viktor hatten sich auch für die Tour angemeldet und wollten endlich mal zusammen verreisen. Bei dieser Gelegenheit wollte meine Cousine Leon und Mary mal wiedersehen. Das wollte Lina auch unbedingt. Natürlich gab es auch noch einen anderen Grund dafür. Der nette Herr Luchser, der seine Tochter in Edinburgh besuchen wollte, hatte sich mit Lina sehr angeregt unterhalten. Lina meinte zu uns, „wir verstehen uns gut, und so eine Kulturreise fürs nähere Kennenlernen ist ja nicht verkehrt." „Nein, das mal ganz bestimmt nicht. Fahr du nur, wir halten hier schon die Stellung, außerdem sind wir für die nächste Zeit wieder mit Umbauen und Renovieren beschäftigt und haben alle Hände voll zu tun.“ Die Tierarztpraxis von Marie und Sven sollte modernisiert werden, und da sich ja jetzt die Familie vergrößerte, mussten die Wohnräume verschönert werden und ein Kinderzimmer hergerichtet werden. Also spuckten wir wieder in die Hände und los ging`s.

Handwerker wuselten und werkelten unter der Leitung von Jens. Es war ein sehr schönes, altes rotes Backsteinhaus, mit Sprossenfenstern und grünen Schlagläden, hohen Decken und breiten Türen. Die Haustür war typisch friesisch und an der Fassade rankte wilder Wein empor. Der Vorgarten war mit einer Hecke umrandet und mit blühenden Blumen und Sträuchern angelegt. Hinter dem Haus erstreckten sich ein großer Garten mit einem alten Baumbestand sowie hohe Obstbäume. Die Bienen und Hummeln summten und suchten ihren Nektar in den Früchtesträuchern. Die Rosen kletterten wie verwunschen an den Rosenbögen hoch und erinnerten mich an Dornröschen. Der Rasen musste mal wieder gemäht werden und das Unkraut spross durch die Fugen der Pflastersteine. Abgesehen von dem Wildwuchs war es ein geschmackvoll angelegter Garten, den man nur ein bisschen auf Vordermann bringen musste. Vor meinem geistigen Auge stellte ich mir vor, wie Kinder in den verwinkelten Ecken Versteck spielten, schaukelten oder im Sandkasten buddelten. Es war ein Spielparadies für die Kinder. Zu dem großen Garten gehörten noch dahinter zwei Pferdekoppeln mit Pferdeboxen. Sven trat zu mir und sagte, als hätte er meine Gedanken erraten: „Gell, ein schöner Spielplatz für die Kinder." „Oh ja, das hatte ich eben auch gedacht. Aber ein bisschen Arbeit steckt da schon noch drin." „Ja, aber oberste Priorität haben die Praxis und die Wohnräume, dass wir pünktlich zum Eröffnungstermin fertig werden. Ich bin so froh, dass wir so ein wundervolles Haus hier auf dem Land gefunden haben. Wir wollten raus aus der Stadt und ich glaube, das hier war die richtige Entscheidung, schon allein der Kinder wegen." Marie gesellte sich zu uns, und gab Sven einen Kuss. „Ich freue mich auch ganz doll und kann es gar nicht erwarten, hier einzuziehen. Überhaupt bin ich momentan der glücklichste Mensch auf der Welt. Ich habe den Mann fürs Leben gefunden, den ich bald heiraten werde und von dem ich ein Kind erwarte. Und dann dieses Haus, verbunden mit der Praxis, dem großen Garten und den Pferdekoppeln. Da kann ich endlich Rocco und Winnetou weiden lassen und sie vom Fenster aus beobachten. Und wenn mein

Kind auf der Welt ist, kann ich auch wieder ausreiten, Sven übernimmt ja im Moment beide Pferde. Wir haben mit der Praxis noch so Einiges vor. Vielleicht sogar mit einer integrierten Tierklinik. Jedenfalls wollen wir den Tieren helfen und natürlich auch den Menschen. Wenn ihre Lieblinge krank sind oder sterben müssen, werden wir ihnen beistehen. Auch Menschen, die arm sind, wollen wir helfen. Denn oftmals ist so ein Tier der einzige Trost in ihrer Einsamkeit. Wir wollen auch ein Bindeglied zwischen Besitzer und Tier sein. Wenn Herrchen oder Frauchen stirbt und das Tier zurückbleibt, nehmen wir es auf und vermitteln es weiter in gute Hände. Oft ist es ja so, dass die Erben kein Interesse zeigen oder es vielleicht auch aus beruflichen Gründen gar nicht können. Wir werten nichts, sondern bieten unsere Hilfe an. Oberstes Gebot ist für uns Empathie und Hilfe." Meine Tochter jubilierte, „Ach, ich freue mich ja so, dass wir das alles hier verwirklichen können. Ein Traum geht für mich in Erfüllung, als Kind habe ich mir das genauso vorgestellt." Sven umarmte seine zukünftige Frau: „Das ist unser gemeinsamer Lebenstraum vom Helfen und Wirken. Ich stehe voll hinter dir." Jens und ich strahlten mit unseren Kindern, denn ihre Freude war richtig ansteckend. „Ja", lachte ich und sagte zu Marie „ich weiß noch, als Kind hast du jede Puppe und jeden

Teddybären verarztet, getröstet und auf Knie, Arme und Kopf Pflaster geklebt und später wolltest du jedes Tier retten. Da hattest du schon den Wunsch, Tierärztin zu werden.“ Jens nickte: „Jeder nach seinen Talenten und Begabungen! Meine kleine Marie, nun ist alles Wirklichkeit geworden und mit dem Haus habt ihr euch nicht verkauft, es ist zwar alt, aber hat eine gute Bausubstanz und ist von ganz besonderem Charme. Es wird ein Schmuckstück, es ähnelt dem Haus von Tante Anneliese“. „Oh, ja“ sagte Marie, „das Haus unserer Tante ist ja auch etwas ganz Besonderes und strahlt einen ganz besonderen Zauber aus.“

Christin war in ihrem Element und schneiderte mit Elan an Maries Hochzeitskleid. Ich lugte in ihr Atelier und staunte, wie weit sie schon war. „Na, Tante Elly, wolltest du mal nachsehen, wie weit ich schon bin?“ „Ja, und was ich da sehe, gefällt mir außerordentlich gut, Marie wird begeistert sein.“ „Das denke ich auch, denn es war ja so gewünscht. Aber ich bin noch lange nicht fertig, da sind noch winzige Feinheiten, wie die Perlen auf das Oberteil zu sticken, und der Schleier aus Spitze mit dem Haar-Reif aus weißen Rosen muss noch angefertigt werden. Auf den Rock müssen die weißen Rosen ebenfalls noch aufgenäht werden. Da habe ich noch ein wenig zu tun.“ „Du hast ja noch ein bisschen Zeit. Wenn du Hilfe brauchst, sag Bescheid.“ „Oh, ja danke, wenn ich in Arbeit ersticke, rufe ich laut *„Hilfe, Land unter“*. Wir lachten beide herzlich. „Ich muss sagen, über zu wenig Arbeit kann ich mich nicht beklagen. Worauf wieder großen Wert gelegt wird, ist auf Stilberatung, sichere Farbauswahl und Qualität. Die Leute haben einfach die Nase voll von der Stangenware, die schon beim Auspacken Fäden und Löcher aufweist. Und dann der Chemiegeruch, na ja, gesund ist das ja wohl nicht.“ „Da stimme ich dir voll und ganz zu. Ich wollte gerade Tee aufbrühen, willst du auch eine Tasse?“ „Ja, gerne.“ „Dann bis gleich, Gebäck habe ich auch.“ „Oh, gute Idee, eine Kleinigkeit könnte mein Magen gebrauchen, der knurrt schon.“ Ich ging in die Küche, kochte Tee, deckte den Tisch und holte Gebäck. Wolfi und Lilly guckten mich erwartungsvoll an. „Na, euch knurrt wohl auch der Magen. Dann kommt, ich habe was Gutes für euch.“ Christin kam herein und wir genossen unsere Pause und erzählten uns. Christin war ein fleißiges Mädchen, außerdem war sie meine Patentochter. Sie hatte Talent und war sehr schöpferisch. Sie kaufte schöne Stoffballen und nähte versiert daraus die hübschesten Sachen. Ich scherzte immer, sie könne sogar aus einem Kartoffelsack ein bezauberndes Abendkleid nähen. „Oh, das ehrt mich ja. Aber du wirst lachen, die meisten Schneideraufträge sind Abendkleider, Hochzeitskleider, Cocktailkleider oder Business-Kostüme, dazu im Farbton abgestimmte Blusen. Oder ganz einfache, aber schmucke Kleider. Voll im Trend liegen auch wieder die floralen Muster, die liebe ich ja so. Dieser romantische Style schmeichelt jeder Frau. Für die Freizeit nähe ich auch T-Shirts, Strandkleider und legere Shorts. Ohne Elsa könnte ich das Pensum nicht schaffen. Sie greift mir unter die Arme, obwohl sie eigentlich kürzer treten wollte." „Du weißt ja, wie Mütter so sind", entgegnete ich. „Aber zurzeit weilt sie ja mit ihrem Viktor in Schottland und erholt sich hoffentlich gut." „Bestimmt, ach Tante Elly, ich bin froh, dass ich jetzt richtige Eltern habe, nicht nur eine Mutter, sondern auch einen Vater." „Ja, das ist schön, ich gönne ihnen ihr spätes Glück, sie sind ja wie zwei Turteltäubchen. Sie haben auch eine Menge nachzuholen. Und wie steht es mit deinem Glück?" „Oh, Tante Elly, alles hat seine Zeit, auch Zeit für die Heilung von Wunden. Über meine geplatzte Hochzeit mit Robert bin ich jetzt hinweg, aber es hat sehr weh getan. Haut der einfach kurz vorher ab, und teilt mir via SMS mit, dass er sich in eine andere verliebt hat. Ich dachte nur *„Christin, willkommen im medialen Zeitalter"*. Sowas Schofeliges, so abgebrüht muss man erst mal sein. Das hat mich sehr getroffen, da habe ich auch sehr lange dran knabbern müssen. Wenn man bedenkt, dass dieses Arschloch händchenhaltend mit einer anderen Frau von Marie in der Stadt gesehen wurde, das war für mich ein Hammer, ein Vertrauensbruch und hinterhältig obendrein. Er hat mich nicht nur betrogen, sondern hat auch alles verraten, woran wir für eine gemeinsame Zukunft geglaubt haben. Als Marie ihn darauf ansprach, hat er sich ertappt gefühlt. Er hat noch nicht mal den Mut besessen, es mir persönlich zu sagen, sondern hat den digitalen Weg gewählt. Durch diese schmerzhafte Erfahrung musste ich erst mal durch. Ich war mehr als enttäuscht. Aber jetzt bin ich drüber hinweg und kann der Zukunft wieder ins Auge sehen. Schauen wir mal, wie es weiter geht“, lachte Christin, „du wirst es noch rechtzeitig erfahren.“ „Mein liebes Patenkind, besser ein Ende mit Schrecken als ein Schrecken ohne Ende.“ „Ja, das ganz bestimmt, aber jetzt muss ich wieder an die Arbeit. Danke für den Tee und die Kekse.“ „Bitte, bitte, gern geschehen.“

Für heute hatte ich mir vorgenommen Marmelade nach Tante Annelieses Rezept einzukochen. Es war immer so ein Art Geheimrezept gewesen, was unter Verschluss lag und nur an ausgewählte Personen weitergegeben wurde.

Ich hatte meiner Tante schon oft über die Schulter geschaut und traute mir dies durchaus zu. Außerdem hatte sie auch alles Schritt für Schritt aufgeschrieben. Die Erdbeer-, Brombeer-, Himbeer- und Kirsch- oder die gemischten Fruchtmarmeladen waren in unserem *Caféchen* der Hit und unsere Vorräte gingen langsam zur Neige. Also musste ich für neuen Lagerbestand sorgen. Ich wollte mich aber nicht nur streng an die Rezeptur meiner Tante halten, sondern experimentierte. Die Früchte waren alle geerntet und so legte ich los. Ich wirbelte in der Küche umher, hörte Musik aus dem Radio und trällerte mit. Ich kochte die Früchte mit Gelierzucker ein, gab je nachdem einen Schuss Rotwein, Weißwein, Cognac, Whisky oder Obstschnaps hinzu, verfeinerte dies noch mit Zimt, Vanilleschote, einen Hauch von Anis, Safran, Lebkuchen- und Spekulatiusgewürz und schmeckte zum Schluss noch mit einem Spritzer selbstangesetzten Zitronen-Melissenlikör ab. Von dem Rest der Früchte kochte ich Rote Grütze ein. Ich holte mir einen kleinen Löffel und probierte, „hm, lecker", und fertig war die Hexerei. Ich füllte die Marmelade in schöne dekorative Gläser, etikettierte sie und versah die Deckel noch mit bunten Schleifen. Die Konfitüre, die ich nach dem alten Familienrezept eingekocht hatte, kennzeichnete ich mit dem Etikett „*Homemade marmelade á la Tante Anneliese.*“ Fertig, ich war stolz auf mich und war mit dem Ergebnis meines beerenstarken Brotaufstriches sehr zufrieden. Nach dem Abkühlen stellte ich alle Gläser in die Speisekammer, nun hatten wir wieder für uns und unsere Gäste himmlische Marmelade zur Verfügung. Wenn die Zeit im Herbst für die Apfel- und Birnenernte kam, wollte ich daraus Gelee und Kompott einkochen. Herrlich, der Winter konnte kommen.

In Tante Annelieses Bauerngarten wuchsen nicht nur Blumen, sondern auch Kräuter jeglicher Art. Die pflückte ich, bündelte sie zusammen und hänge sie sonnengeschützt zum Trocknen an unser Gartenhäuschen. Später wollte ich die getrockneten Kräuter, wie Salbei, Thymian, Rosmarin, verschiedene Sorten von Pfefferminze, Oregano, Estragon und Zitronenmelisse in dunkle Gläser für unseren Tee- und Gewürzvorrat füllen. Schnittlauch, Petersilie und Lauch schnitt ich klein und portionierte alles in Gefrierbeutel. Ich deponierte die Beutel im Gefrierschrank und so hatten wir wieder einen frischen Wintervorrat. Tante Anneliese hatte auch aus den Kräutern verschiedene Salben und Tinkturen, ja sogar Essig hergestellt. Das wollte ich auch mal versuchen. Zur Weihnachtszeit kredenzte sie immer ihren selbstgemachten Likör aus Zitronenmelisse.

Der schmeckte einfach köstlich. Vor der Blütezeit wird die Zitronenmelisse geerntet und nach dem Geheimrezept meiner Tante 6 Monate ruhen gelassen. Der passt hervorragend zu der kalten Jahreszeit und ist einfach ein himmlischer Genuss.

Da Jens und ich alleine waren, die anderen waren ja nach Schottland ausgeflogen, machten wir unsere *Cafémühle* nur morgens für ein paar Stunden auf. Jens hatte sowieso alle Hände voll mit dem Haus unserer Tochter zu tun, also führte ich den Laden alleine, unsere Kunden hatten Verständnis dafür. Wir hatten inzwischen eine ordentliche Anzahl an Stammgästen, die jeden Morgen vor der Arbeit ihr Frühstück bei uns einnahmen. Viele waren uns vertraut und hielten immer einen Schnack. Andere wiederum wollten in Ruhe ihren Kaffee trinken und die Zeitung lesen oder das Handy checken. Ein junger Mann kam herein, den ich hier vorher noch nie gesehen hatte. Er fiel mir deshalb auf, da er einen Hund neben sich führte. Ich ging zu ihm, um seine Bestellung entgegenzunehmen. Er sah sehr bedrückt aus, bestellte sein Frühstück und ging nach draußen. Er wollte sich bei dem schönen Wetter mit seinem Hund auf die Terrasse setzen. Ich bereitete alles zu und ging zu meinem Gast. Sein Hund kam freundlich auf mich zu. „Na, du bist ja ein ganz Feiner, hast du denn schon gefrühstückt? Hier, ich habe dir einen Napf voll Wasser mitgebracht“, und stellte ihn vor das Tier. Der junge Mann, der etwa Mitte 30 war, dankte und trank einen Schluck Kaffee. „Kann ich sonst noch etwas für Sie tun?“ Er schüttelte den Kopf, er war nicht sehr gesprächig, und ich widmete mich wieder meiner Arbeit. Als alle Gäste gegangen waren, wollte ich nach unserem Gast auf der Veranda sehen, aber der war nicht mehr da, nur sein Hund. „Das gibt es doch nicht“, sagte ich laut zu mir und schüttelte den Kopf. Aber ich wusste instinktiv, dass hier etwas nicht stimmte. Der Vierbeiner war am Tischbein festgebunden und schaute zu mir auf. „Ja, was macht denn dein Herrchen für Sachen, lässt dich hier einfach zurück“. Ich kniete mich zu ihm und kraulte sein Kinn. Auf dem Tisch lag ein Zettel und Geld für das Frühstück. Als ich näher hinschaute war es bedeutend mehr Geld und der Impfpass seines Hundes lag auch dabei. Ich nahm den Zettel und begann zu lesen:

Liebe Elly,

ich bin eine kleine braune Mischlingshündin namens Fee und habe mein Herz an liebe

Menschen zu verschenken. Ich bin 2 Jahre alt, durch- geimpft, gechipt und kastriert. Bitte, sei meinem Herrchen nicht böse, dass er mich so einfach zurückgelassen hat, aber er hat im Moment keine andere Wahl. Er ist in tiefer Trauer, er hat vor kurzem seine Verlobte verloren. Die Beiden wollten heiraten, alles war schon arrangiert und dann dieser schreckliche Unfall. Der Tod kam so plötzlich, er steht immer noch unter Schock und ich auch, denn ich habe mein Frauchen verloren. Mein Herrchen hat sich von seiner Firma ins Ausland versetzen lassen, er will einfach nur weit weg, weg von all den quälenden Fragen und Erinnerungen. Seine Wohnung hat er schon gekündigt und nun ist er auf dem Weg zum Flughafen. Mein Herrchen sagt immer, ich sei ein ganz zauberhaftes Mädchen, deshalb der Name Fee, und ich hätte meinen Namen verdient. Ich denke, ich werde auch dir gefallen. Ich bin sehr anpassungsfähig, pflegeleicht, bin kein

Kläffer und mich kann man überall hin mitnehmen. Mein Herrchen heißt übrigens Sören Junkers, vielleicht sagt dir der Name etwas. Seine Großeltern und Eltern waren sehr gut mit deiner Tante befreundet und ich weiß, dass auch du ein Herz für Menschen und Tiere hast. Deshalb ist Sören auf dich gekommen, da könne er sich sicher sein, dass seine Fee bei dir gut aufgehoben ist. Er hat fürs Erste ein bisschen Geld dagelassen, er kommt auch für weitere Unkosten auf. Er meint, dass du ihm alles in Rechnung stellen kannst, Futter- und Impfkosten sowieso. Mein Herrchen beabsichtigt einige Zeit beruflich im Ausland zu bleiben, wenn er genug Abstand zu all dem Traurigen gewonnen hat, kommt er zurück und holt mich wieder ab. Er wollte mich Gott sei Dank nicht ins Tierheim geben, sondern mich in vertrauter Umgebung lassen. Ihm und mir ist die Trennung sehr schwer gefallen. Wir *wünschten uns, wir hätten eine andere Lösung gehabt. Mein Herrchen bedauert, mich zurückzulassen, und du sollst auf „sein Mädchen“ gut achtgeben und bitte verzeihe ihm diesen ungewöhnlichen Weg. Es grüßt dich ganz herzlich*

Deine Fee

Ich schaute auf die zauberhafte Fee und streichelte sie. „Na komm mal her, na sowas, jetzt sind wir für dich da. Weißt du, wir haben auch einen Hund, dann bist du nicht so allein, wenn wir arbeiten müssen.“ Ich ärgerte mich insgeheim, dass ich nicht nachgehakt habe. Ich hatte bemerkt, dass dieser Mann offensichtlich Kummer hatte. Er war sehr abwesend und irgendwo weit weg. Ich ärgerte mich, dass ich mich nicht mit ihm unterhalten habe und ihm in seiner Trauer geholfen habe. Ich machte Fee los und ließ sie Bekanntschaft mit Wolfi machen. Die beiden verstanden sich auf Anhieb. „Siehst Du, kleines Mädchen, jetzt hast du einen großen Freund.“

Christin bemerkte sofort unser neues Familienmitglied: „Oh, hallo, wen haben wir denn da?“ und bückte sich, um Fee ausgiebig zu streicheln und zu kraulen, die Hündin genoss es sichtlich. Ich erzählte ihr die Geschichte und Christin war davon sehr berührt. „Ja, das kenne ich, wenn auf einmal der Boden unter den Füßen weg ist. Bei mir war es zwar anders, aber wenn alles in Trümmern liegt, woran man geglaubt hat, ist das schon bitter.“ „Sie heißt übrigens Fee.“ „Na, das ist ja ein schöner Name, der passt zu dir, du bist ja eine Süße.“ „Ich glaube, sie mag dich ganz besonders“, stellte ich fest. „Vielleicht ist es deine Stimme, die sie an ihr verstorbenes Frauchen erinnert.“ „Hm, meinst du, Tante Elly, aber weißt du was, ich werde mich um sie kümmern. Bei uns ist sie doch sehr gut aufgehoben. Das war eine weise Entscheidung von diesem Sören.“ Und plötzlich hatte ich eine Eingebung. „Komm, Christin, pack Fee ein, wir müssen zum Flughafen, so fährt man nicht einfach weg. Er muss sich noch richtig verabschieden, schließlich sind wir dadurch irgendwie auch für ihn verantwortlich.“ „Du weißt doch gar nicht, ob er nicht schon abgeflogen ist und wohin er geflogen ist oder fliegen will.“ „Egal, ich lasse ihn ausrufen, wir müssen es einfach versuchen.“ Ich holte mein Auto, lud Christin und Fee ein und brauste los. Ich rief Jens von der Freisprechanlage meines Handys an, erklärte ihm, was wir vorhatten, und dass er sich keine Sorgen zu machen braucht. „Alles klar, dann weiß ich Bescheid, kommt gut zurück, bis später dann.“ Am Flughafen angekommen, parkte ich und wir sausten mit der kleinen Fee los. Ich schaute mich um, ob ich ihn irgendwo erspähte, aber nichts. Ich ging zum Informationsschalter und fragte, ob man einen gewissen Sören Junkers ausrufen könne, er hätte noch etwas Wichtiges vergessen. Nach der ersten Durchsage rührte sich nichts. Christin schüttelte den Kopf, „der ist schon abgeflogen, da kann man nichts machen.“ Ich versuchte es noch ein zweites Mal und ließ ausrufen: „Die kleine Fee möchte sich noch von ihrem Herrchen verabschieden.“ Christin hatte Fee auf dem Arm, als plötzlich ein Mann auf sie zu gesaust kam. „Oh, guten Tag, ich bin Sören Junkers, junge Dame, Sie haben mich ausrufen lassen?“ Sie schauten sich lange in die Augen, Christin bemerkte ganz verwirrt: „Ehm, nein, das war meine Tante.“ „Ah ja“ und wieder schauten sie sich lange an. Jetzt knuddelte er seine Fee, die schon ganz aufgeregt war. Ich ging zu den Beiden und nickte freundlich. „Hallo Herr Junkers, da freut sich aber eine, Sie wiederzusehen. Ich habe Ihren Zettel gelesen und wollte Sie ohne Trost nicht gehen lassen. Ich habe schon gemerkt, dass Sie Kummer haben und Sie irgendetwas bedrückt. Ich wollte Ihnen noch sagen, dass wir Sie in Ihrem Schmerz nicht alleine lassen und für Sie da sind. Wir werden gut auf Ihr kleines Mädchen aufpassen, meine Nichte und Ihre

Fee haben sofort Freundschaft geschlossen. Das ist übrigens Christin“, machte ich die beiden bekannt. „Oh, hallo, wer ich bin, wissen Sie ja bereits. Ich finde das sehr nett von Ihnen und bin ganz gerührt, dass Sie sich die Mühe gemacht haben, sich von mir zu verabschieden, obwohl Sie mich ja gar nicht kennen. Und mir dadurch auch die Gelegenheit geben, meine Fee noch mal zu sehen. Ich gebe Ihnen meine Handy-Nummer, dann können Sie mich jederzeit erreichen, falls irgendetwas mit Fee ist. Und Ihre hätte ich auch gerne, dass ich Sie mal anrufen kann.“ Sie tauschten ihre Handy-Nummern, gaben sich die Hand und schauten sich noch mal tief in die Augen. „Auf Wiedersehen, jetzt muss ich aber los, mein Flug nach London ist bereits aufgerufen“, und kraulte noch mal ausgiebig sein Hundchen. „Ja, beeilen Sie sich, sagte ich, „wenn Sie traurig sind oder über Ihren Kummer sprechen wollen, rufen Sie einfach an. Irgendwie gehören Sie ja jetzt dazu. Um Ihre Fee werden wir uns kümmern, keine Sorge.“ „Dessen bin ich mir sicher, ich bin froh, so eine Lösung gefunden zu haben. Aber die ist mir nicht leichtgefallen, ich hatte allerdings keine andere Wahl“, winkte und sprintete los. „Na“, sagte ich zu Christin, ich denke mal, Sören hat jetzt noch einen Grund mehr anzurufen, nicht nur wegen Fee.“ „Ja, wenn du meinst, warten wir alles ab. Jetzt werde ich mich jedenfalls um unseren neuen Familienzuwachs kümmern."

Wir fuhren wieder nach Hause und ich hörte meinen Engel sagen: „Gut gemacht Elly, du wirst sehen, alles wird gut", und zwinkerte mir zu. Ich musste lächeln, da hat diese süße kleine braune Hündin mit den Hängeohren und den braunen Kulleraugen tatsächlich Schicksal gespielt. Zu Hause angekommen hatte Jens bereits die Tische in unserem Bistro für den nächsten Tag neu eingedeckt und die Spülmaschine angestellt. Ich freute mich darüber und gab Jens einen Kuss. „Das war selbstverständlich, wir arbeiten doch Hand in Hand, anders geht es gar nicht." „Stimmt, und dafür liebe ich dich so sehr, ich weiß, dass ich mich immer auf dich verlassen kann und wir füreinander da sind". Jens zog mich an sich heran und küsste mich: „Tja, liebe Elly, so ist eben unsere Liebe, leidenschaftlich, lebendig, vertraut und verlässlich." Christin räusperte sich. „Also wir sind auch noch da. Jens, ich wollte dir eigentlich Fee vorstellen, unser neues Familienmitglied." Mein Mann drehte sich um, „ich habe schon von dir gehört, du bist aber wirklich goldig, da hast du Glück gehabt, dass du zu uns gekommen bist, weißt du das"? und streichelte sie, was das kleine Hundchen sichtlich genoss. Ich fügte noch hinzu: „Ja, Gott sei Dank ist sie nicht ausgesetzt worden, der Besitzer, Herr Junkers, scheint ein vernünftiger Mensch zu sein. Christin wollte sich um die Kleine kümmern.“ Lilly schaute skeptisch um die Ecke, wir mussten über ihren Gesichtsausdruck lachen. „Das wird schon“, war ich zuversichtlich, sie ist ja Hunde gewöhnt. Am Anfang zieren sie sich ein bisschen, danach sind sie die besten Freunde.“

Am Sonntag besuchten uns unsere Kinder mit deren Anhang. Birte gehörte mittlerweile schon richtig zur Familie. Fee kam angesaust und begrüßte unsere Gäste stürmisch und schwanzwedelnd. Birte ging in die Hocke und graulte unser neues Hundchen: „Oh, ist die aber süß, die würde ich auch direkt mitnehmen.“ „Nix da, die gehört zu mir, bis ihr Herrchen sie wieder abholt“, sagte Christin sehr energisch. „Hört, hört“, lachte Björn, „hat das vielleicht auch mit einem gewissen Sören Junkers zu tun?“ Christin wurde rot, sie fühlte sich ertappt und meinte dazu nur „vielleicht“. „Ja, und du musst bedenken“, wandte ich mich an Birte, „Fee ist mir anvertraut worden, da kann ich sie nicht einfach weitergeben. Das verstehst du doch, oder?“ „Natürlich, verstehe ich das, wenn Björn und ich euch besuchen kommen, sehe ich sie ja. Sie ist wirklich süß und kann Jedem das Herz erweichen“. Ich nickte, die kleine Dame mit ihrem rührenden Hundeblick kann Jeden um den Finger wickeln. „Kommt, lasst uns zu Mittag essen." Wir ließen es uns schmecken. Björn hatte noch seine neue Weinkollektion mitgebracht, die wir mal kosten sollten und die ausgezeichnet zu unserem Essen passte. Der Wein war geradezu für lauschige Sommerabende geschaffen. Leicht, beschwingt und unbeschwert mit einer feinen süßherben Fruchtnote. Sven sagte anerkennend zu meinem Sohn: „Björn, das ist ein Spitzenwein, den würde ich gerne meinen Gästen auf meiner Hochzeit servieren. Ich engagiere dich hiermit ganz offiziell, unser persönlicher Sommelier zu sein, " und erhob das Glas, „ein Prost auf dein Können". „Oh, das ehrt mich aber gewaltig, ich nehme dankend an", lachte mein Sohn und wir erhoben uns alle ganz feierlich von unseren Sitzen und ließen unsere Gläser klingen: „Auf unseren weltbesten Winzer des Jahres", riefen wir heiter. Mein Sohn ließ noch anklingen, dass er in unserer *Cafémühle* eine Weinprobe veranstalten wollte, sobald die Schotten wieder im Lande wären. „Ja, nächste Woche kommen sie wieder. Dann sind wir wieder komplett", informierte ich Björn. „Prima, dann machen wir noch einen Termin für die Weinverkostung aus. Es macht mir riesigen Spaß zu experimentieren und etwas Neues zu erschaffen, von A bis Z zu sehen, was daraus wird. Es ist der richtige Ausgleich zu meinen Prozessen und Aktenwälzen, dabei kann ich mich entspannen und abschalten." „Das braucht man auch, den gewissen Abstand vom Beruf zum Privatier", erklärte Jens, „das kenne ich aus eigener Erfahrung".

Birte machte den Vorschlag, bei der Weinprobe für die Blumendekoration zu sorgen. „Oh, das ist eine wunderbare Idee, das machen wir auch so. Vorher setzen wir uns nochmal zusammen und besprechen die Blumen- und Farbauswahl", äußerte ich mich sehr angetan. An Marie und Sven gewandt, meinte Birte: „Ich würde auch gerne die Dekoration bei eurer Hochzeit und deinen Brautstrauß übernehmen. Ich habe da schon ein paar Ideen". „Oh, ja gerne", rief Marie begeistert. Ich freute mich, dass sich meine Kinder und deren Partner so gut verstanden. Christin wollte in ihr Nähzimmer gehen: „Da ich sowieso noch mit Marie zur Anprobe wollte, schlage ich vor, kommst du jetzt einfach mit, dann kannst du dir schon mal ein Bild machen." Sie gingen in die Schneiderwerkstatt und Marie verschlug es die Sprache, als sie das Kleid sah. „Wow, so weit bist du schon, das Kleid ist ja hinreißend." „Gell, dass meine ich auch, tja eben Meisterhände." Die drei Frauen lachten. „Christin, du musst unbedingt meine Trauzeugin werden. Heute braucht man das ja nicht mehr, aber irgendwie finde ich es einfach schöner." „Oh, ja, das mache ich gerne. Wie weit seid ihr denn mit eurem Umbau?" „Es geht gut voran, Gott sei Dank, hat mein Vater die Oberaufsicht über die Handwerker, so dass alles pünktlich fertig wird. Und so wie es aussieht, bleibt es auch bei dem Termin der Praxiseröffnung." „Fein, und wie geht es dir und deinem Baby?" „Uns geht es hervorragend. Morgens ist es mir zwar übel, aber das legt sich dann schnell, ach ich freue mich ja so auf mein Kind." „Das kann ich gut verstehen, ich hoffe, dass sich mein Kinderwunsch auch noch erfüllt, aber vorher muss ich noch den passenden Mann dazu finden." „Den findest du schon oder hast du den in etwa schon gefunden? Irgendwie bist du verändert, du strahlst so von innen heraus. Ich habe so eine Ahnung, dass das mit dem Herrchen von Fee zu tun hat." „Ja, da kannst du recht haben, seit ich Fee adoptiert habe, habe ich das komische Gefühl, das dieses Hündchen mit meinem Schicksal zu tun hat. Ich habe das Gefühl, da draußen ist jemand, der auf mich wartet." „Na, siehst du, alles kommt zur rechten Zeit."

Ein paar Tage später erschien eine feingekleidete Dame mittleren Alters in unserem *Caféchen*. Sie hatte ein hübsches sommersprossiges Gesicht, einen offenen Blick und ihre roten Locken bändigte sie mit einem buntbedruckten Schal, den sie zu einem Haar-Reif gebunden hatte. Sie machte einen sehr aufgeräumten Eindruck und trällerte ein Liedchen vor sich hin. Sie bestellte ein englisches Frühstück und meinte frohgelaunt, was für ein schöner Tag heute sei: „Die Sonne scheint, es ist warm, die Natur steht in voller Blüte und ich bin endlich frei, Herz was willst du mehr!“ Als ich ihr das Frühstück servierte, sagte sie zu mir: „Na, das sieht ja gut aus und zum Sattwerden, heute habe ich nämlich viel vor, der sogenannte Start in mein neues Leben. Darüber freue ich mich sehr und ich genieße meine Freiheit in vollen Zügen, denn hinter mir liegt die Hölle. 20 Jahre Ehe, die sich allmählich wie ein Würgeband um meinen Hals legte. Ich drohte zu ersticken, ich bekam keine Luft mehr. Als ich meinen Mann kennen und lieben lernte, war er ein anderer, als er sich im Laufe der Jahre entpuppte. Er war ein aufstrebender Innenarchitekt und ich seine rechte Hand. Wir entwarfen gemeinsam die tollsten, schrägsten und buntesten Interieurs. Unsere Köpfe waren voller verrückter Ideen. Wir hatten uns und das genügte mir völlig. Berauscht durch unsere Liebe lief ich beschwingt durchs Leben. Ich sagte zu ihm euphorisch: *„Ich gehe mit dir bis ans Ende der Welt.“* Zu diesem Zeitpunkt merkte ich noch nicht, dass ich durch ihn isoliert lebte.

Ihm zuliebe brach ich meine ganzen alten Kontakte ab. Auch einen Kinderwunsch äußerte ich nicht, denn ich wusste, dass er das nicht wollte. Ich ordnete mein Leben, seinem unter. Mir war da noch nicht bewusst, wie er Menschen manipulieren konnte, er wollte immer bewundert werden und im Mittelpunkt stehen. Er war der King und andere waren für ihn Mittel zum Zweck. Auch ich. Es war schwer neben ihm zu existieren. Zu spät erkannte ich den Egomanen. Aber ich glaubte weiterhin an unsere große Liebe. Wir stellten auf Messen aus, gestalteten unseren eigenen Katalog und unsere eigene Website mit Online-Shop. Es dauerte nicht lange, bis führende Einrichtungshäuser sowie Privatleute, die pfiffige Wohnlandschaften suchten, auf uns aufmerksam wurden. Wir wurden bekannter, berühmter, gewannen Innovationspreise für unsere farbenfrohe, ideenreiche Kreativität und somit wuchs auch unser Wohlstand. Wir hetzten von Auftrag zu Auftrag, von Messe zu Messe und verloren auf diesem Wege unsere Liebe. Mein Mann wurde immer ungehaltener, wenn etwas nicht auf Anhieb klappte. Wenn andere nicht spurten, konnte er regelrecht jähzornig werden, schmiss mit Sachen um sich und glitt verbal in die Gossensprache ab. Er konnte einem regelrecht ein negatives Gefühl vermitteln, dass man sich schlecht fühlte und nicht wertgeschätzt, ja sogar in seiner Intelligenz untergraben fühlte. Mit einem Satz konnte er alles zu Nichte machen, sodass man ein Niemand war. Die ganze Bandbreite bekam ich meistens zu spüren, auch wenn ich damit nichts zu tun hatte. Er lud seinen ganzen Zorn auf mich ab. Ich wurde regelrecht Opfer seiner Launen. Mal war es mein Parfum, das er nicht mehr riechen konnte, ein anderes Mal war es mein Gesicht, was er nicht mehr sehen konnte, oder ich war ihm nicht schnell genug. Alles musste ja in einer rasenden Geschwindigkeit erledigt werden. Mein Mann hatte plötzlich so eine Negativausstrahlung und stand ständig unter Strom. Nach außen waren wir das liebende Paar, das sich perfekt ergänzte, zu viel hing geschäftlich davon ab. Im Nachhinein denke ich, dieser endlose Schrecken, all diese Kränkungen und Verletzungen, dieses ständige materielle Streben meines Mannes hätte ich früher beenden müssen. Doch mir fehlte ganz einfach die Courage. Ich hätte auch nicht gewusst, wo ich hingehen sollte. Ich war in der Falle drin, in die ich selbst vor Jahren einwilligte.

Als ich 50 wurde, überkam mich plötzlich eine Leere. Ich bedauerte kein Kind zu haben und kam zum Schluss, dass ich für mich was tun musste. So wollte und konnte ich nicht weitermachen. Ich hatte schon immer gern gemalt und gezeichnet, schon als Kind. Also fing ich wieder damit an. Aus meinem früheren Leben war ich mit einem Galeristen bekannt, zu dem ich nun wieder Kontakt aufnahm. Er war begeistert und vermittelte mir eine Ausstellung. Meine Bilder kamen sehr gut an, endlich konnte ich aus dem Schatten meines Mannes heraustreten, endlich war ich wer, ohne ihn. Sehr zu seinem Missfallen. Aber ich musste da durch. Jetzt gab es kein Zurück mehr, ich hatte mich dieser Aufgabe gestellt und wollte sie auch bewältigen. Endlich hatte ich mir stückchenweise mein Selbstvertrauen zurückerobert. Je mehr ich mich der Malerei widmete und auch Erfolge hatte, desto missmutiger und mürrischer wurde mein Mann. Er konnte es nicht ertragen, dass er nicht mehr so viel Macht über mich hatte. Seine Wutausbrüche und seine menschlichen Defizite kamen immer öfter zum Vorschein, mittlerweile auch in der Öffentlichkeit, was er früher geschickt zu kaschieren gewusst hatte. Mir wurde schlagartig klar, dass ich schon vor langer Zeit meine Seele an ihn verkauft und mich versklavt hatte, ohne es zu merken. Aber ich war auf dem besten Wege, mich zu befreien. Ich hatte wieder Kontakt zu Künstlern, die ich von früher her kannte und die mir gutgesonnen waren. Ich hatte mir eine kleine Wohnung hübsch eingerichtet und bereitete mich auf meine nächste Vernissage vor. Meine Bilder waren gemalte Botschaften für den Betrachter. Am Anfang waren es überwiegend dunkle Farben, die ich für meine Malerei benutzte, sie schufen eine düstere, bedrohliche Atmosphäre. Aber mit der Zeit kamen immer mehr helle, harmonische Farbnuancen zum Einsatz. Ich malte mich frei. Meine Ausstellung war gut besucht und meine Bilder wurden bewundernd begutachtet. Plötzlich war ich wieder wer und war auch sehr stolz darauf, dass ich mutig aus meinem Käfig herausgetreten war.

Plötzlich hörte ich Schreie und sah schon meinen Mann auf mich zukommen. Blind vor Wut und hasserfüllt schleuderte er mir entgegen: „Du gehörst zu mir, was fällt dir ein, einfach wegzulaufen, wie ein kleines Kind. Ich zeige dir jetzt mal, was ich von deinen Bildern halte, gleich sind sie nichts mehr wert.“ Er zog ein Messer aus seiner Jacke und attackierte damit meine sämtlichen Gemälde und Zeichnungen. Ich war wie gelähmt und hörte nur noch die entsetzten Aufschreie der Besucher. Ich dachte nur noch, wie kann ein Mensch nur so voller Wut und Hass sein. Wie konnte ich nur so lange mit ihm leben? Alles geschah in Sekundenschnelle und bevor die Security meinen Mann festhalten konnte, war er wieder verschwunden. Er lief voller Zorn auf die Straße, Autos hupten und quietschten, dann ein dumpfer Aufprall. Jemand kam herein und sagte, es gab einen tödlichen Verkehrsunfall, dein Mann war auf der Stelle tot. Ich musste mich setzen, mir liefen die Tränen die Wangen herunter, es waren befreiende Tränen, keine Tränen der Trauer. Ich dachte nur, hoffentlich hat diese arme verirrte Seele jetzt Ruhe und Frieden. Endlich war ich befreit von allen Demütigungen und Ängsten. Nachdem ich den Nachlass geregelt hatte, konnte mein Leben neu beginnen. Ich habe mich in einer Künstlerkolonie eingemietet, wo Menschen leben, die mir guttun. Sie geben mir die Wertschätzung, die Beachtung und die Anerkennung zurück, die mir durch ihn in all den Jahren verloren gegangen sind. Ich werde malen und ausstellen. Ich werde aber ganz gewiss nicht mehr meine Seele verraten und verkaufen."

Ich hörte ihr fassungslos zu, ich war erschüttert, wie ein Mann bei aller Emanzipation so eine Macht ausüben konnte. „Was Sie mir hier erzählt haben ist ja kaum zu glauben, sagte ich kopfschüttelnd, „das ist ja wie aus einem schlechten Film". „Ja, das glaubt mir kein Mensch, und doch ist es die Wahrheit. Süffisant gesagt: *„Die besten Geschichten schreibt das Leben".* „Meine Generation ist zum Anpassen erzogen worden und den Mund zu halten.

Aber ich habe einen Lernprozess durchgemacht. Ich habe diese Chance ergriffen und habe gelernt mich zu wehren." „Ich gratuliere Ihnen, dass Sie den Mut gefunden haben, die Fesseln abzustreifen, um Ihren eigenen Weg zu gehen. Ich verstehe nicht, was Menschen dazu veranlasst, andere zu unterdrücken und zu quälen, nur um sein eigenes krankes Ego zu befriedigen. In unserer zivilisierten und aufgeklärten Gesellschaft gibt es leider immer noch die häusliche Gewalt, auch wenn sie oft nur auf verbaler Ebene basiert. Man kann sie nicht beziffern, weil viele Frauen aus Angst schweigen, aber es sind stumme Hilferufe. Die Dunkelziffer ist weitaus höher als angenommen. Für Ihren weiteren Lebensweg wünsche ich Ihnen viel Glück und alles Gute."

„Danke, vielen Dank. Ich möchte eine Hilfsorganisation für solche Frauen ins Leben rufen, ihnen helfen, dass sie ihr eigenes Leben führen können und zwar ohne Angst. Dafür werde ich die Hälfte aus dem Erlös meiner Bilder verwenden, außerdem bin ich durch den Tod meines Mannes finanziell abgesichert. Ich möchte den Frauen, die durch ihre gewalttätigen Ehemänner Qualen erlitten haben, eine Perspektive geben und ihnen Mut machen, ihren eigenen Weg zu gehen. Ich kann es mir nicht erklären, aber es scheint so, dass manche Schicksale vorbestimmt sind. Fazit ist, manche Entscheidungen werden nicht nach der Ratio getroffen, sondern aus einem Bauchgefühl heraus, das unser Tun und Handeln bestimmt. Irgendeinen Lernprozess sollen wir durchwandern. Wir sind durch unser Elternhaus und die Zeit, in der wir aufgewachsen sind, geprägt. Das beeinflusst auch unser Agieren. Unsere Urgroßeltern- und Großelterngeneration ist zum Dienen und Gehorchen erzogen worden. Man ist immer die Summe seiner Erziehung. Das war bei mir nicht anders und mein Mann nutzte dies völlig zu meinem Verhängnis aus. Man darf sein Schicksal aber nicht so einfach hinnehmen, sondern muss Wege suchen, aus dieser Misere herauszukommen. Es kommt mir so vor, dass man manchmal durch die Hölle gehen muss, um den Himmel zu sehen. Durch meine Negativerfahrung bin ich aber nicht männerfeindlich geworden, im Gegenteil. Wenn die Liebe noch nicht ganz erloschen ist und Paare an einem gemeinsamen Leben festhalten wollen, vielleicht auch der Kinder wegen, müssen sie ein therapeutisches Gespräch suchen. Es darf nicht sein, dass Kinder ein negativ vorgelebtes Leben ihrer Eltern später als Erwachsene für ihr Leben übernehmen. Es ist ein erlerntes Verhalten, welches negative

Folgen haben kann, die es gilt zu mindern oder gar zu vermeiden. Kinder spiegeln ihre Eltern wider. Von allen Dingen muss man Möglichkeiten und Chancen finden, aus der Gewaltspirale herauszukommen. Ich habe die Begabung, mich in andere Menschen hineinzuversetzen und hineinzudenken. Ich fühle die Not und den Schmerz in ihnen. Diese Eigenschaft mache ich mir jetzt zu Nutze."

Ich war sehr überrascht, diese Frau war ein wahres Energiebündel, nach alldem, was sie mitgemacht hatte. Ihre Aura strahlte von innen heraus. Sie war voller Tatendrang. „Ich finde das sehr gut, was Sie da vorhaben, dafür wünsche ich Ihnen viel Kraft und Energie. Lassen Sie uns wissen, wie wir Ihnen helfen und Sie unterstützen können. Kommen Sie doch einfach nochmal vorbei und erzählen uns, wie weit Sie schon sind." „Danke, das werde ich. Mir schwebt vor, dass unser Verein eine Notfallnummer einrichtet, die gleichzeitig gekoppelt ist mit der Polizei und einem Familienanwalt, der beratend zur Seite steht". Sie schaute auf die Uhr. „Oh, jetzt muss ich aber aufbrechen, denn vor mir liegt noch eine weite Reise, aber ich lasse mich nicht mehr hetzen. Jetzt beginnt meine Zeit. Jetzt lebe ich nur noch nach meinem Gusto." Sie verabschiedete sich und ich ging zu Jens, der den letzten Rest unseres Gespräches mitbekommen hatte. „Jens, halt mich ganz fest!“ „Elly-Schatz, das tue ich doch schon mein ganzes Leben.“ Wir umarmten uns ganz fest und ich flüsterte ihm zu: „Ich bin so froh, dass ich dich habe. Ich liebe dich.“ „Ich dich auch.“

„Die Schotten sind wieder da“, hörte ich Carl rufen. „Hallo ist hier jemand?“ „Ja, hallo, oh ich freue mich ja so, dass ihr alle wieder gesund und munter zurück seid. Komm, Bruderherz, lass dich umarmen.“ Nelly, Lina, Elsa und Viktor kamen auch herein und wir begrüßten uns alle herzlich, umarmten uns und lachten. Jens hatte sie mit unserem *Seniorentaxi* vom Flughafen abgeholt. Carl sagte, die Studienreise sei sehr entspannt und stressfrei gewesen, sie wären ja auch eine illustre Gesellschaft gewesen. Fee sprang zwischen unseren Beinen und wollte auch begrüßt werden. Nelly und Elsa beugten sich runter, „Ja hallo, wen haben wir denn da? Du bist aber süß.“ Christin freute sich, ihre Eltern wiederzusehen. „Das ist unser Pflegehundchen, eine ganz Liebe, die hat uns schon alle unsere Herzen gestohlen“, lachte sie. Wolfi und Lilly wollten ebenfalls begrüßt werden. Lina knuddelte die Beiden. „Ihr werdet schon nicht vergessen, auch wenn vorübergehend ein neues Hundchen da ist.“ Ich war neugierig und wollte wissen, wie es ihr mit dem netten Herrn Luchser als Reisebegleiter gefallen hat. „Ganz wunderbar, Peter ist ein sehr gebildeter Mann und ein Kavalier der alten Schule. Wir haben uns sehr gut verstanden und sind uns auch näher gekommen. Das könnte etwas werden. Ich könnte mir vorstellen, dass wir unseren Lebensabend gemeinsam verbringen." „Oh, das sind ja tolle Neuigkeiten, das freut mich für dich." Nelly kam auf uns zu und richtete liebe Grüße von Mary und Leon aus und dass sie selbstverständlich zu Maries Hochzeit kommen. Das wäre fest eingeplant. „Das ist ja schön, die Kinder kommen auch gleich zum Abendessen, da haben wir uns alle viel zu erzählen". Und mit einem lauten „Hallo, hallo" kamen sie schon zur Tür hereingeschneit. Herzliche Umarmung, die Mitbringsel wurden übergeben, ein buntes Durcheinander von Stimmen und Gelächter, jeder freute sich, den anderen wiederzusehen. Ich war froh, und dankte Gott, dass alle wieder gut zu Hause waren. Jetzt war wieder Leben in der Hütte.

Beim Abendessen besprachen wir noch die kommende Weinverkostung. Björn verriet uns, er wolle seine neuen Sommerweine vorstellen und dazu kleine Häppchen reichen. „Oh, dafür bin ich zuständig", sagte Lina, „ich werde deinen Gästen einen Gourmetschmaus, der bestens zu deinen Weinen passt, servieren." „Ich helfe dir dabei,

Lina“, bot sich Birte an, ich wollte ohnehin für die passende Dekoration und den Blumenschmuck sorgen.“ „Fein, Mädchen, dann arbeiten wir nächste Woche Hand in Hand.“ Ich schlug vor „wir könnten doch eigentlich noch dazu einen kleinen Markt veranstalten. Wir bieten selbstgemachte Marmelade und Küchenkräuter sowie Tees an.“ „Sehr gute Idee, und ich biete meine geschneiderten Waren und Accessoires an“, erklärte Christin begeistert. „Dann könnte ich ja auch meine Pflanzen, Blumen und Gestecke, meine Geschenkartikel und alles, was das Gärtnerherz begehrt, ausstellen“, verkündete Birte freudig. Nelly reihte sich mit ein und wollte Scones backen, Shortbread und Fudges offerieren. „Das ist gebongt, das wird so gemacht, kaum sind wir zu Hause, wartet auch schon die Arbeit auf uns“, lachte Elsa“. Wir genossen den Abend gemütlich auf unserer Terrasse mit einem Glas Whisky, den Carl und Nelly mitgebracht hatten. Die Vögel sangen ihr Abendlied und die Sonne sagte Gute Nacht. Unsere Hunde lagen schläfrig auf der Wiese und Lilly war auf Mäusejagd. Wir erzählten uns bis spät in die Nacht und fielen todmüde in die Betten. Wir konnten ja ausschlafen, denn diesen Sonntag hatte unsere *Cafémühle* geschlossen.

Die Vorbereitungen für unsere Weinverkostung und unseren kleinen Basar liefen auf Hochtouren. Gleichzeitig wollten wir noch eine kleine Fashion-Show veranstalten. Elsa und Christin wollten die Kleider und Hüte vorstellen, die wir auf dem Dachboden gefunden hatten. Sie änderten und kombinierten geschickt und stilvoll um, sozusagen aus *Alt mach Neu*. Meine Cousine und ihre Tochter präsentierten mit Chic und Charme eine Zeitreise durch die Modewelt. So edel und modern kam der Retro- und Vintage-Look besonders gut zur Geltung. Sie führten ein Querbeet durch alle Moderichtungen vor. Der Charme der guten alten Zeit war gegenwärtig, wie auch trendige News. Elsa und Christin waren ohnehin keinem Modetrend unterworfen, sondern sie kreierten geschmackvoll ihren eigenen Stil und waren immer sehr schick und elegant gekleidet. Mit ein paar fleißigen Händen wurde ruck zuck ein Catwalk errichtet, um ihre Haute Couture für Jedermann vorzuführen. Die Show konnte beginnen. Natürliche Frauen mit ganz normaler Figur bewegten sich geschmeidig auf dem Laufsteg, Studentinnen und Hausfrauen besserten so ihren Geldbeutel auf. Sie arbeiteten schon lange für Elsa und Christin und waren dem Publikum vertraut. Die Beiden suchten sich gezielt keine makellosen Schönheiten und gestylte Models aus, schon gar nicht Magermodels, sondern legten Wert darauf, dass sie aussagekräftige Gesichter hatten, mit lebendigen, strahlenden Augen und nicht maskenhaft erschienen. Schließlich war ihre Mode ja auch alltagstauglich und für jeden Geschmack und jedes Portemonnaie geeignet und schmeichelte jeder Figur. Es war ein geschäftiges Treiben vor und hinter den Kulissen. Umziehen und Schminken, dann raus auf den Laufsteg. Während Björn die Wein- und Sektflaschen mit kleinen Probiergläsern auf die antike Anrichte unseres *Erzählcafés* stellte, lief die Modenschau mit großem Interesse und viel Applaus. Ich ging in unsere *Cafémühle* zu meinem Sohn und war angenehm überrascht: „Wow, die sehen aber sehr peppig aus. Da hast du dir aber was Tolles einfallen lassen.“ Die Weinflaschen waren aus buntem und teils mattiertem Glas und hatten ganz besondere Formen von grazil bis bauschig. Es waren richtige Schmuckstücke. Selbst die Etikettierung war unkonventionell, keine Aufkleber, sondern die Flaschen waren gold- oder silberfarben beschriftet. Sie waren ein echter Hingucker. „Tja, Mama“, kommentierte mein Sohn lässig, „man muss sich nicht nur geschmacklich, sondern auch optisch von der Konkurrenz abheben.“ „Das ist wahr, das stimmt. Dann wünsche ich dir viel Erfolg, mein Junge.“

Birte arrangierte den Blumenschmuck auf den Tischen und drapierte noch eine ansprechende Dekoration rund um den Weinanbau. Sie hatte ein sicheres Händchen für die Gestaltung. Anschließend half sie Lina und Nelly in der Küche bei den kulinarischen Winzerhäppchen. Jens und ich hatten Tische in die Laube gestellt, die Christin und ich jetzt mit unserer Ware bestückten. Christin und Elsa hängten bereits vor ihrer Modenschau ihre geschneiderten Stoffwaren auf die Äste unserer Bäume und legten modische Accessoires, wie Gürtel mit bunt glitzernden Steinchen verziert, die sie selbst genäht hatten, aus. Hinzu kamen noch Hüte, farbige Schals und passender Modeschmuck und sehr stilvolle Halsketten, Ohrringe, Broschen und Armbänder, die alle harmonisch mit ihren Textilien abgestimmt waren sowie Lavendelsäckchen, die sie aus Stoffresten genäht hatten. Alles war sehr wirkungsvoll konzipiert. Birte hängte ebenfalls ihre liebevollen Dekos, wie Herzen, Laternen, Hängeampeln, Vogelhäuschen, Engelsfiguren und Windspiele in die Zweige. Ein leichter Wind wehte und wiegte die Äste sanft im Sonnenlicht, so dass die Glöckchen eine sanfte Melodie spielten. Das erzeugte in mir ein Wohlgefühl und ich dachte, hier seien die Engel zu Hause. Wir stellten noch alte Kommoden und Regale von Tante Anneliese auf die Terrasse, auf die Birte ihre Blumen und Pflanzen sowie Pflanzgefäße und Nützliches rund um Haus und Garten platzierte. Ich war sehr zufrieden. „Das habt ihr aber sehr schön gemacht“, sagte ich lobend. „Gell, das meinen wir auch, ich denke, dass kommt auch bei der Kundschaft gut an“. Christin war sichtlich zufrieden. „Hast Du eigentlich noch mal was von Sören Junkers gehört? “ wollte ich wissen. „Ja, natürlich, wir stehen ständig in Kontakt, das tut uns beiden sehr gut und er erkundigt sich auch jedes Mal nach Fee. Glaube mir, die Entscheidung ist ihm nicht leichtgefallen, aber ich bin froh, dass es so gekommen ist. Übrigens kommt er uns heute besuchen, ich sollte eigentlich nichts verraten, es soll nämlich eine Überraschung sein.“ „Aha, nimmt er denn Fee wieder mit?“ „Nein, er bleibt nur zum Wochenende. Er wollte uns mal wiedersehen, alles andere ergibt sich. Wir verstehen uns gut, aber das alles muss wachsen und gedeihen. Ich war mal so was von verliebt, was daraus geworden ist, wisst ihr ja. Das passiert mir nicht noch einmal. Ein gebranntes Kind scheut das Feuer, erst muss das Fundament stimmen. Wir sind uns sehr sympathisch, ich finde es sehr prickelnd herauszufinden, was daraus wird.“ „Nur das allerbeste, mein Patenkind, ich weiß es einfach.“ „Ich freue mich ja auch, Sören kommt übrigens schon zur

Weinprobe." „Ja, das ist doch prima, da haben wir einen Weinkenner mehr an unserer Seite."

Nelly und Lina trugen ihr kaltes Buffet aus der Küche, Carl schnappte sich ein Häppchen und sagte kauend: „Hm, ist das lecker, ich bewundere ja immer wieder eure Kochkünste, köstlich, köstlich." „Dankeschön für das nette Kompliment, aber wie du weißt, alle Frauen in unserer Familie sind gute Köchinnen. Wir kochen alle gut und gern, jede von uns ist ein Lukullus". „Ich weiß, ich weiß, einfach himmlisch, diese Schnittchen." „Hey, iss bitte nicht alles auf", warnte ihn Lina und warf ihm einen strengen Blick zu. „Nein, nein, keine Sorge, ich bin nur der Vorkoster, lachte mein Bruder und ergatterte noch einen Happen, ich bin ja auch schon weg." „You are still a child", schmunzelte Nelly amüsiert und warf Carl einen Kuss zu. „Oh, wie appetitlich, da läuft einem ja das Wasser im Mund zusammen", sagte ich anerkennend. „Dann wären wir wohl soweit mit unseren Vorbereitungen fertig. Ich zünde schnell noch die Windlichter und Laternen an, dann kann es los gehen." Birte hatte einige Laternen aus Holz in die Zweige der Bäume gehängt. Der Clou war, auf dem Deckel saß eine kleine Tierfigur aus Rostfinish. Wenn es langsam dunkel wurde, gab dies eine ganz besondere Atmosphäre. Wenig später hörte ich Fee draußen ganz aufgeregt vor

Freude fiepen und ein freudiges Hallo von Christin. Ich ging vor die Tür und sah wie Sören von 2 Mädels herzlich begrüßt wurde. „Das ist ja eine Freude, schön Sie zu sehen, Christin hat Sie schon angekündigt.“ „Die Freude ist ganz meinerseits.“ Wir gaben uns die Hand und er bedankte sich noch mal bei uns, dass wir uns so gut um seine Fee kümmern. „Das machen wir gerne und das haben wir ja auch versprochen.“ Christin hakte sich bei ihm unter. „Komm wir gehen rein, Björn will mit seiner Weinpräsentation anfangen.“ Ich schaute ihnen nach und dachte, ein schönes Paar und freute mich, dass Christin wieder glücklich war.

„Meine Damen und Herren, liebe Weinkenner und Genießer. Ich möchte Sie herzlich zu einer kleinen Weinprobe einladen. Wie Sie sicherlich wissen, habe ich das Weingut von meiner Tante übernommen. Als Kind habe ich dort meine Ferien verbracht und später habe ich oft in den Semesterferien bei der Weinlese und beim Keltern geholfen. Meine Verwandten brachten mir alles von der Pike auf bei. Da ich sehr interessiert war, brauchte meine Tante auch nicht lange nach einem Nachfolger zu suchen. Das Know How hatte ich und so bin ich Winzer geworden. Zwar hobbymäßig, aber mit sehr viel Spaß und Elan an der Sache. Nicht, dass der Weinkeller meiner Tante etwa leer ist, aber ich wollte meine eigene Note kreieren und so habe ich ein wenig experimentiert und Wein- und Sektsorten eine neue Geschmacksrichtung gegeben. Herausgekommen ist ein Cocktail junger spritziger Sommerweine, die bereits nach dem ersten Schluck auf der Zunge zergehen. Sie sind hervorragend geeignet für lauschige Sommernächte im Freien. Dieses Feeling habe ich in meinen Weinen mit den Aromen und Düften des Sommers verewigt. So schmeckt der Sommer auch noch im Herbst". Unsere Gäste waren erheitert. Frohgelaunt fuhr mein Sohn fort: „Meine Fruchtweine sind feinherb, ohne dass sie auf der Zunge stauben oder eine gewisse Säure haben. Der fruchtige Geschmack entfaltet sich bereits mit dem ersten Schluck. Meine Weine sind hervorragend geeignet für die deftige sowie die leichte Küche. Es ist die feine Art, zu genießen. Sie schmecken und riechen nach Waldfrüchten, Erdbeeren, Himbeeren, Brombeeren und Johannisbeeren sowie einem Hauch von Melone. Überzeugen Sie sich selbst und kosten Sie, schon mit dem ersten Schluck verspürt man die Leichtigkeit des Sommers, man könnte auch sagen, die Unbeschwertheit der Jugend. Verwöhnen Sie prickelnd Ihren Gaumen und greifen Sie an unserem Winzerbuffet zu. Dazu fällt mir ein passender Spruch ein *„Good Friends,*

Good Wine, Good Times". In diesem Sinne „Auf Ihr Wohl."

Wir schenkten ein und es wurde probiert, gelacht und gegessen. Auch die schönen Dinge drinnen und draußen fanden großen Anklang. Es war eine heitere Stimmung. Jeder kam mit jedem ins Gespräch, Weinkenner tauschten sich aus und nickten Björn anerkennend zu. Christin und Sören unterhielten sich sehr angeregt, sie wirkten sehr gelöst und irgendwie verliebt, dachte ich. Als ich so in die Runde schaute, kamen Lina und der nette Herr Luchser auf mich zu. Sie hatte sich bei ihm untergehakt und strahlte. „Na, ihr zwei, genießt ihr einen guten Schluck?" „Also, das muss man sagen, die jungen Leute sind ja sehr ideenreich. Der Wein schmeckt hervorragend, genau wie das Essen, und dazu noch ein sehr schönes Ambiente, sehr gelungen, großes Lob." „Oh, vielen Dank, dann wünsche ich ihnen noch eine schöne Zeit und heiße Sie willkommen in unserer Genusswelt." Viele alte Bekannte hatten sich eingefunden und es gab ein großes Hallo, unsere Frau Engle mit Herrn Baum ebenso wie Frau Fichte mit ihrem Sohn Philipp und dessen Familie waren gekommen, auch Frau Steinle war mit Herrn Bärlie gekommen. Sie hatten alle die Reise nach Schottland mitgemacht und waren voll des Lobes für die Reisebegleitung und die gute Organisation.

Das freute natürlich Carl und Nelly und sie tauschten noch munter Erinnerungen aus. Jens prostete Björn zu: „Klasse, mein Junge, hast du fabelhaft gemacht, wir sind stolz auf dich." Marie und Sven hoben ebenfalls ihr Glas in die Richtung, wobei meine Marie als werdende Mutter nur Wasser trank. Sven scherzte „Das ist ja auch perlend, ich finde das auch sehr vernünftig." „Das ist doch selbstverständlich, und Marie streichelte über ihren Bauch, „nicht wahr, mein Kleines?" Björn hatte alle Hände voll zu tun, und Birte war ihm behilflich beim Ausschenken seiner spritzigen Fruchtweine. Sie waren auch hervorragend für Bowle geeignet. Elsa und Viktor halfen am Verkaufsstand von Christin mit und ich kümmerte mich um meine *Homemade Marmelades and Herbs* und hatte noch ein Auge auf Birtes Wohnaccessoires für Heim und Garten. Unsere Verkaufstische fanden regen Absatz und der junge Wein mundete unseren Gästen so gut, dass viele von ihnen ein paar Flaschen mit nach Hause nahmen. Die Veranstaltung war gelungen und mit Wohlwollen aufgenommen worden, was uns sehr zufrieden stimmte.

Endlich war es soweit. Marie und Sven zogen in ihr neues Zuhause um. Die Renovierung war abgeschlossen und die neue Küche installiert. Alles wurde *just in time* fertig. Wir schleppten Umzugskartons und Möbel herein und stellten alles an seinen Platz. Es war alles sehr wohnlich, hell und freundlich. Meine Tochter und Sven strahlten um die Wette. „Hier fühlen wir uns wohl, die Hochzeit und unser Kind können kommen“, meinte meine Marie mit lachenden Augen. Nach alter Tradition überreichten wir Brot und Salz. Mit den Wünschen verbunden: *„Brot und Salz, Gott erhalt`s“, „dass niemals Unglück über euer Haus kommt, nur Friede und Glück.“* Sven reichte jedem von uns ein Gläschen Schnaps und wir stießen auf den Einzug ins neue Heim an. „Also ich muss euch immer noch zu diesem Haus beglückwünschen“, meinte Jens anerkennend. „Es ist sehr geräumig und hat Platz für viele Kinder und natürlich den großen Garten mit den angrenzenden Weiden für eure Pferde, ganz zu schweigen von dem grandiosen Blick in die Natur“. „Ja, Papa, wir haben wirklich Glück gehabt. Das Haus bietet Platz und Raum für viele Kinder. Unser erstes Baby fühlt sich ja schon wohl in meinem Bauch“, lachte Marie. „Es wird auch noch ein Geschwisterchen bekommen. Keine Sorge Papa, ich habe deine Anspielung schon verstanden.“ Marie zeigte auf die Weidenflächen: „Schaut, ihr müsst unbedingt den Ausblick auf euch wirken lassen, der ist wirklich atemberaubend und ich habe meine Pferde Winnetou und Rocco im Blick, die fühlen sich auch schon hier zu Hause. Wir fühlen uns hier rundherum wohl. Die Praxisräume sind ebenfalls rechtzeitig fertig geworden und wir wollten die Praxis der Öffentlichkeit am Samstag vorstellen."

Dann war es soweit. Die Tierhalter mit ihren Vierbeinern konnten die neuen Praxisräume besichtigen und sich über neue Heilverfahren informieren. Marie hatte sich neben ihrem Studium zur Tierheilpraktikerin ausbilden lassen und wollte diese Alternativmedizin anbieten und anwenden. Das Angebot der neuen Praxis war vielfältig, dazu gehörte ein Operationssaal, modernste Geräte für Röntgen, Ultraschall, Magnetresonanztomographie (MRT)) und Computertomographie (CT), alles auf dem neuesten Stand der Technik. Mithilfe der Bilddaten konnten Marie und Sven eine präzise Diagnose stellen und die passende Therapie einleiten. Der Operationssaal war wie in einer Tierklinik ausgestattet, so dass die Tiere in vertrauter Umgebung und von vertrauten Menschen operiert werden konnten. Ein wichtiger Punkt kam noch hinzu: Bei Notfällen konnten Marie und Sven sofort handeln, ohne auf eine entfernte Tierklinik zu verweisen. Dadurch ging auch keine wertvolle Zeit verloren. Jeder Besucher wurde herzlich willkommen und mit einem Glas Sekt und einem kleinen Imbiss begrüßt und ihre vierbeinigen Freunde bekamen ein Leckerlie oder ein kleines Spielzeug.

Den Tierbesitzern gefielen die neuen Räumlichkeiten und sie waren sichtlich froh, dass wieder ein Tierarzt bzw. jetzt zwei Tierärzte vor Ort waren. Inmitten der vielen Leute kämpfte sich eine kleine ältere, rundliche Frau mit einem freundlichen Lächeln auf den Lippen zu Sven und Marie durch und sagte: „So, hier bin ich, Ihre neue Praxishelferin.“ „Oh, Frau Kutter, Sie haben wir ja beinahe vergessen. Willkommen in unserem Team, Sie werden jetzt fortan unsere gute Seele vorne am Empfang sein. Die Einzelheiten haben wir ja bereits besprochen.“ „Oh ja, und ich freue mich schon sehr darauf. Ich wollte die neuen Räume mir mal ansehen, also ich muss sagen, alles sehr hell und freundlich. Kein Vergleich zu der alten, in die Jahre gekommenen Praxis davor. Aber trotzdem war Ihr Vorgänger ein guter Tierarzt, ihm hat das Wohl der Tiere am Herzen gelegen. Er war ja auch schon alt, da hat er eben in die Praxis nichts mehr investiert. Aber was mir am besten gefällt, dass Sie technisch gut ausgerüstet sind. Ich wollte mich auch noch mal herzlich bei Ihnen bedanken, dass Sie einer älteren Frau wie mir noch eine Chance geben. Leider kann ich noch nicht in Rente gehen, ich bin auf die Arbeit angewiesen. Mein Mann ist durch seine Krankheit pflegebedürftig und braucht teure Medikamente.“ „Aber Frau Kutter“, beugte sich Sven ein wenig zu ihr runter, „Sie brauchen sich doch nicht zu rechtfertigen, das ist schon so in Ordnung. Außerdem kennen Sie die Leute hier, das kann von Vorteil sein. Hier, trinken Sie ein Gläschen Sekt und essen einen Happen. Wir sehen uns dann am Montagmorgen um 9:00 Uhr, und machen Sie sich nicht so viele Sorgen, das wird schon."

Am Montag war das Wartezimmer der neueröffneten Tierarztpraxis vollbesetzt. Frau Kutter nahm alle persönlichen Daten der Tiere und deren Halter auf und begleitete sie in den Behandlungsraum. Viele kamen zum Impfen oder wollten kleinere Wehwehchen abklären lassen. Als erste war eine verzweifelte ältere Frau mit einem großen, kranken Hund an der Reihe. „Na, wen haben wir denn da", nickte Sven den beiden freundlich zu. Frau Kutter überreichte die Karteikarte und schloss hinter sich die Tür. Die Hundebesitzerin gab Sven die Hand, stellte sich mit Frau Korbler vor und zeigte auf ihren Vierbeiner. „Das ist mein Hund Barry, ihm geht es seit gestern gar nicht gut. Er hat hohes Fieber, frisst nicht mehr, weil er das Maul nicht mehr richtig aufbekommt, sabbelt und fiept vor Schmerzen. Er ist noch sehr jung, gerade mal 2 Jahre. Mein Mann, der schon leider verstorben ist, und ich retteten ihn aus schlechter Haltung. Er ist ein ganz lieber, aber im Moment macht er mir großen Kummer." Marie kam herein: „Oh, wen haben wir denn da, du bist aber ein Hübscher, dir geht es aber nicht gut, das sieht man sofort." Die Besitzerin war sichtlich stolz. „Ja das sagt jeder. Barry ist übrigens ein Bernhardiner-Schäferhund-Mischling, aber es geht ihm überhaupt nicht gut. Vielleicht hat er sich beim Stöckchen spielen einen Holzsplitter im Maulbereich zugezogen?" „Das klären wir jetzt ab", kraulend tastete Sven sich bis zum Maul des Hundes vor, tastete den Kiefer ab und öffnete ganz vorsichtig den Fang. Barry jaulte vor Schmerzen und wich zurück. „Oh, ja, Ihr Hund hat große Schmerzen im Kieferbereich", stellte Sven fest. „Er kann es kaum öffnen, sieht ganz nach einer Kiefersperre aus. Die Ursache finden wir heraus. Wir machen jetzt folgendes: Wir sedieren kurz Ihren Hund, legen ihm ein Maulgatter an und röntgen seinen Kiefer. Sind Sie damit einverstanden?" „Ja, ja, natürlich, alles was meinem Barry weiterhilft". Der Hundebesitzerin war ihre Sorge anzusehen. Marie nahm sich ihr freundlich an und begleitete sie ins Wartezimmer. „Machen Sie sich keine Sorgen, wir helfen Ihrem Hund".

Marie half bei den Untersuchungen und beide konnten keinen Fremdkörper auf den Röntgenbildern entdecken. Während Barry eine Aufwachspritze bekam, holte Marie die Besitzerin dazu. Sie zeigte auf die Bilder und erklärte ihr: „Schauen Sie sich die Aufnahmen selbst an, da ist kein Holzsplitter oder dergleichen zu erkennen. Wir vermuten, dass eine Erkrankung vorliegt, die schließlich zu der Kiefersperre geführt hat. Wenn Sie sich die Muskeln Ihres Hundes näher betrachten, sehen Sie, dass sie eingefallen sind und dass sich im Kopfbereich Einbuchtungen gebildet haben. Wir haben Ihrem Hund Blut entnommen, das wir einschicken, und in zwei Tagen liegt das Ergebnis vor." Der Vierbeiner kam allmählich wieder zu sich und sein Frauchen streichelte ihn ausgiebig und beruhigte ihn mit leiser Stimme. „Was werden Sie jetzt machen?" „Um das Fieber zu senken, haben wir ihm eine Penizillinspritze gegeben und ihm eine Cortison Spritze gegeben, damit die Entzündung zurückgeht, gegen die Schmerzen hat er ebenfalls eine Spritze bekommen. Für die nächsten Tage sind Sie versorgt, ich werde Ihnen noch Schmerztabletten und Antibiotika mitgeben, danach kommen Sie bitte mit Ihrem Hund wieder. Wenn das Ergebnis der Blutuntersuchung da ist, werden wir Sie anrufen. Bis dahin wünschen wir Ihnen und Barry alles Gute". Marie gab Frau Korbler die Hand zum Abschied und fragte: „Sind Sie mit dem Auto da?" „Ja, ich stehe hier vor der Tür." „Gut, mein Mann wird Barry gleich in Ihr Auto tragen." Die Hundebesitzerin bedankte sich und hatte einen sehr besorgten Gesichtsausdruck als sie sich verabschiedete. Sie ging zum Empfang und bezahlte. Man sah ihr an, dass sie sich um ihren Hund sorgte. Frau Kutter tröstete sie: „Berta, ich weiß, dass ist nach dem Tod deines Mannes alles nicht einfach, aber dein Barry ist hier in den allerbesten Händen.“ „Ja, das weiß ich doch, aber ich weiß nicht, wie ich das alles bezahlen soll, wenn er jetzt was Schlimmes hat. Barry ist alles, was ich noch habe, nach dem Tod von Hans. Und die Kinder sind weit weg. Du weißt doch selbst, wie das ist.“ „Jetzt mach dir aber bitte keine unnötigen Sorgen, soweit ist es ja noch nicht. Gehe nach Hause, ihr braucht beide Ruhe, und wenn die Blutuntersuchung da ist, melden wir uns.“ „Danke, Jette, du kannst einen echt aufmuntern, so warst du schon in der Schule. Dann bis die Tage, tschüss.“ Sven trug den Vierbeiner ins Auto und wünschte den beiden noch viel Glück. „Wenn irgendetwas sein sollte, dann melden Sie sich bitte“. „Ach, Herr Doktor, Sie und Ihre Gattin sind ja so nett. Ich bin auch froh, dass wir hier wieder eine Tierarztpraxis haben, noch dazu mit Klinik, sonst hätte ich weit fahren müssen.“ „Ja, dafür sind wir ja auch da, ich wünsche Ihnen noch einen schönen Tag“.

In den darauffolgenden Tagen schaute Marie bei Christin vorbei. Sie wollte wissen, wie weit ihre Cousine mit dem

Nähen ihres Hochzeitkleides ist. „Ja, meine liebe Marie, du wirst staunen, *Tatatata, here we are*." Mit weitgeöffneten Mund stand Marie bewundernd vor ihrem Kleid. „Wow, das ist ja ein traumhaft schönes Märchenkleid. Du hast alle meine Wünsche vereint. Ein bisschen romantisch, ein bisschen verspielt, und ein bisschen klassisch. Die Perlenstickerei, die eingefasste Spitze im Decolletè und Rücken sowie an den Armen. Auf den ausgestellten Rock hast du sogar weiße Rosenblüten genäht. Oh, und das Diadem hast du ebenfalls mit weißen Rosen bestickt. Sogar der Schleier aus Spitze und Perlen ist schon fertig. Ich bin überwältigt. Das Kleid ist ein Traum. Du bist eine Meisterin deines Faches", lobte Marie ihre Cousine. „Ja, vielen Dank für die Lorbeeren, es freut mich, dass es dir gefällt. Tja, das ist das passende Kleid für eine Märchenprinzessin. Probier es mal an, ich hoffe, dass wir nicht noch kurzfristig etwas am Bauchumfang ändern müssen." „Du meinst, mein Kleines hat schon kräftig zugelegt." „Hm, es könnte knapp werden. Na, zieh mal an, dann sehen wir`s". Als Marie sich umzog, erzählte Christin ihr, dass sie das Wochenende in London mit Sören verbringen würde. „Hör ich da etwa Liebe raus?" wollte Marie neugierig wissen. „Ja, da hast du richtig gehört, ich freue mich wahnsinnig, Sören wiederzusehen. Wir haben uns behutsam angenähert, stehen jeden Tag miteinander in Kontakt, und als er bei der Weinverkostung hier war, hat es gefunkt.“ „Hoppla, das habe ich gar nicht so richtig mitbekommen. Aber nichts desto trotz freue ich mich wahnsinnig für dich. Das hast du auch verdient, wieder glücklich zu sein.“ Marie umarmte ihre Cousine in ihrem Hochzeitskleid. „Phantastisch, du sieht ja bezaubernd aus, wie eine Prinzessin.“ Christin prüfte noch einmal mit kritischem Blick das Kleid und stellte mit ihrem geübten Auge fest, dass am Bauchumfang die Nähte zu eng waren. „Das habe ich mir gedacht, ich muss den Umfang nochmals erweitern. Dann dürfte es aber passen und du und dein Baby könnt euch darin wohlfühlen.“ „Ja, hast du denn noch die Zeit, du wolltest doch nach London?“ „So viel Zeit habe ich noch. Du musst dich doch in deinem Kleid bewegen können.“ „Ja“, lachte Marie, es gibt ja nichts Peinlicheres, als wenn plötzlich eine Naht reißt. Lade doch Sören zu unserer Hochzeit ein. Er ist hiermit herzlich eingeladen.“ „Oh, das freut mich, ich werde es ihm ausrichten. Du glaubst ja gar nicht, wie unglaublich glücklich ich wieder bin, und das alles haben wir der kleinen Fee zu verdanken.“ „Ich gönne es dir von Herzen, vielleicht läuten für euch auch demnächst die Hochzeitsglocken.“ „So schnell ja mal nicht, eher für meine Eltern. Sie haben nämlich so etwas angedeutet, dass sie nach all den Jahren endlich ihre Liebe besiegeln wollen". „Ja, dann kommen wir ja aus dem Feiern gar nicht mehr raus. Das wird Tante Lina freuen, da ist sie ganz in ihrem Gourmet-Element." Die beiden Frauen mussten lachen und verließen die Schneiderei.

Christin und Marie kamen in die Küche. Ich war gerade dabei, mir Tee zu kochen. „Na, ihr beiden, wollt ihr auch eine Tasse? Ich habe auch noch Kekse." „Oh, da sage ich aber nicht Nein, und ich auch nicht", kam es wie aus einem Mund. Fee kam schwanzwedelnd hereingelaufen, als sie Christins Stimme hörte. „Na, mein kleines Mädchen, geht´s dir gut? Ja klar, bei uns bist du in den besten Händen", und knuddelte die Hündin ausgiebig, die ihre Streicheleinheiten sichtlich genoss. Wir saßen gemütlich zusammen, Wolfi und Lilli kamen noch hinzu und Marie schwärmte von ihrem Hochzeitskleid. „Mama, das ist das schönste Kleid, was ich je gesehen habe. Christin hat alles so umgesetzt, wie ich es mir gewünscht habe." „Ich weiß, mein Kind, ich habe es bereits vorher begutachtet und bin genauso begeistert wie du. Mein Patenkind hat eben Talent", und nickte Christin anerkennend zu. Christin und

Leon waren meine beiden Patenkinder, wobei ich Leon eher selten sah, da er auf der ganzen Welt zu Hause war. Aber wir korrespondieren natürlich miteinander und wenn er wieder mal hier im Lande war, freuten wir uns und feierten unser Wiedersehen mit einem guten Essen und der ganzen Familie. Wir sind uns trotz der Kontinente dazwischen sehr verbunden. Am nächsten steht mir aber Christin, sie ist wie meine zweite Tochter. Umso mehr freute ich mich, dass sie wieder glücklich war. Ich wusste von ihren Plänen, das Wochenende bei Sören in London zu verbringen. „Sag Sören einen schönen Gruß von uns allen, wir passen schon auf eure Fee auf, macht euch ein paar schöne Tage, sagte ich zu ihr.“ „Ja, das werden wir, ich freue mich schon wahnsinnig darauf. Marie hat ihn auch zur Hochzeit eingeladen“. „Oh, das finde ich aber nett, dann seht ihr euch ja öfters.“ „Ja, das hoffe ich doch, Sören erwägt zum Jahresende wieder in die Heimat zurückzukommen. Sein Chef hat ihm offengelassen, wie lange er beruflich in der Londoner Filiale bleiben will, und er hat es anfangs auch länger eingeplant. Aber da er Sehnsucht nach mir und Fee hat, will er den Aufenthalt jetzt verkürzen“. Christins Augen strahlten, als sie dies erzählte. Sie war wieder richtig glücklich. „Weißt du“, Tante

Elly, meinte sie zu mir, „man muss den Augenblick genießen, in unserem Alter erst recht, der kommt so nämlich nie wieder." „Ja, das stimmt, Augenblicke und Momente gehen vorüber, was am Ende bleibt, sind schöne Erinnerungen. Also genießt euer Glück, ich gönne es dir von Herzen." „Ich dir auch", stimmte Marie mit ein. „Ja, wenn das so ist, werde ich wohl fahren müssen", lachte Christin fröhlich, und ließ sich den Tee und das Gebäck schmecken.

Christin wollte sich in London noch mit Mary und Leon treffen. Beide lebten in festen Beziehungen und dachten daran, in nächster Zeit ebenfalls zu heiraten. Leon wollte nicht mehr so oft um die Welt jetten und von einem Konzert zum anderen hetzen. Er wollte eine Familie gründen und auch für sie da sein. Das sei sehr vernünftig, chattete ich mit ihm über Skype. Ich freute mich schon auf die schottische Hochzeit. „Der Termin steht aber noch nicht ganz fest, ihr werdet es noch rechtzeitig erfahren. Zuerst kommt ja mal Maries Hochzeit und ich freue mich über ein Wiedersehen mit euch allen, und dass wir die alten Traditionen wiederaufleben lassen." „Oh ja, unsere Familienfeste waren immer legendär, das wird wieder etwas ganz Besonderes. Deine Nancy ist übrigens auch eingeladen." *„I know, thanks a lot"*. *„You are welcome, see you* *soon and take care." „Thank you, the same for you. Bye, bye."* Es ist immer wieder ein Erlebnis, mit meinen Verwandten über den Ärmelkanal zu chatten. Als nächstes plauderte ich mit Mary und lud ebenfalls ihren Verlobten John ein. „Ja, wir kommen gerne. Das wird wieder eine große Familienzusammenführung und unser Clan weiß ja zu feiern. Darauf freue ich mich schon." „Ich auch, es ist ja nicht mehr lange bis zur Hochzeit. Christin ist auch schon mit dem Kleid fertig. Ein Traum aus Seide, Perlen und Spitze. Ihr trefft euch ja alle in London". „Ja, da lernen wir auch mal ihren Sören kennen, gehen chic essen, und den Rest vom Wochenende lassen wir die zwei Turteltäubchen aber alleine". „Das ist nett von euch, so können sie ihre Zweisamkeit genießen. *Have a nice time in London and see you in a few weeks. Take care". „You too, see you soon. Good bye."*

Christin wurde von Jens und uns mit unserem *Senioren-Taxi* zum Flughafen chauffiert. Fee war selbstverständlich auch dabei. Christin war so aufgeregt wie ein Teenager. „Dass ich mich nochmal so verlieben würde, hätte ich nicht gedacht." „Ja, mein Kind, unverhofft kommt oft. Das sieht man ja an mir und deinem Vater", sagte Elsa und drückte ihre Tochter ganz fest an sich. „Ach mein Mädchen, ich freue mich ja so für dich. Ich wünsche dir eine schöne Zeit, grüß' die Anderen und amüsiere dich gut. Komm gut wieder und pass' gut auf dich auf." Ich umarmte Christin ebenfalls und gab ihr alle guten Wünsche mit: „Dem schließe ich mich an. London ist ja im Moment mit Attentaten sehr gebeutelt. Bitte, gib acht auf dich". Wir waren schon ein bisschen besorgt. Viktor umarmte die beiden. „Ich bin so froh, dass wir uns wiedergefunden haben. Ihr seid mein größter Schatz." „Das wollen wir doch hoffen, aber du hast doch noch zwei Kinder aus erster Ehe", gab Elsa zurück. „Für sie war ich ein guter Vater und bin immer für sie dagewesen. Für Christin konnte ich das nicht. Du hast es mir ja verboten. Und nun ist eben Christin dran. Da habe ich eine Menge nachzuholen. Sag deinem Sören, wenn er dich nicht gut behandelt, bekommt er es mit mir zu tun", und machte eine Drohgebärde in die Luft. Wir lachten herzlich. Nun musste Christin sich aber beeilen, sie musste einchecken. Sie knuddelte nochmal Fee, umarmte jeden von uns, winkte mit beiden Händen und lief zum Schalter. Christin war glücklich, dass sie jetzt beide Eltern hatte und freute sich wahnsinnig auf Sören. Sie schlug ein neues Kapitel in ihrem Leben auf. Sie hob den Blick gen Himmel. „Danke, Glück kann so einfach sein."

Wir hatten schon länger vor, in unserem *Caféchen* einen Leseabend zu veranstalten und hatten einen Aushang an unserer Eingangstür angebracht:

> „Lesen gefährdet die Dummheit" – Wer dieser Gefahr aus dem Wege gehen will, ist bei uns bestens aufgehoben. Bei einem guten Glas Wein philosophieren wir über die Magie der Buchstaben und über Gott und die Welt.
>
> Wann: Sonntag, 16.00 Uhr
> Wo: Hier in unserer Cafémühle.
> Herzlich Willkommen, wir freuen uns auf Sie!

Unser Plakat fand regen Anklang. Unsere Idee wurde gut aufgenommen. Einige wollten wissen, ob sie ihre eigenen Bücher mitbringen könnten. „Aber natürlich", erwiderte ich, „das ist doch der Sinn der Sache. Jeder bringt sein Lieblingsbuch mit oder das Buch, welches ihn am meisten begleitet hat. Jeder kann einige Passagen daraus vorlesen oder einfach nur eine kurze Inhaltsangabe geben. Wir werden uns unterhalten, fachsimpeln, interpretieren und sinnieren. Ich denke, wir werden einen unterhaltsamen Nachmittag verbringen." Gesagt, getan! Wir boten einige Getränke an, etwas Süßes uns Salziges zum Naschen und saßen ganz ungezwungen auf dem Sofa und an den Tischen. Wir rückten zusammen, damit jeder den anderen verstehen konnte. Manche hatten sogar mehrere Bücher unter dem Arm und wollten nur zitieren, andere wiederum wollten ein Gedicht rezitieren. Lilly kam hereinspaziert und machte es sich in einer Ecke am Fenster auf einem Kissen gemütlich. Sie rollte sich ein, schlummerte und schnurrte vor sich hin. Frau Steinle war begeistert: „Ein absolutes Bild von Ruhe und Frieden. Sie scheint ja eine echte Lesekatze zu sein.“ „Oh, das ist sie“, bejahte Jens, „sie ist ein absoluter Fan des geschriebenen Wortes. Sie liest morgens mit mir immer die Zeitung.“ Ein allgemeines Schmunzeln ging durch die Reihen.

Frau Fichte ergriff als erste das Wort: „Ich möchte Ihnen ein Buch vorstellen, dass mich seit meiner Krankheit begleitet und mich nicht mehr loslässt. Wissen Sie, wenn man den Tod vor Augen hat, dann weiß man erst, wie kostbar Leben ist. Es handelt von einer jungen Frau, die gerade Abitur gemacht hat, unbeschwert und voller Zukunftspläne ist. Sie fährt mit ein paar Freunden in den Urlaub, wo ein schrecklicher Unfall ihr ganzes Leben verändert. Sie erleidet einen schweren Schwimmunfall und ist seitdem querschnittsgelähmt. Für lange Zeit ist das Krankenhaus ihr Zuhause. Sie muss lange kopfüber in einem

Spezialbett ausharren. Ihre Eltern sind in dieser Zeit ihre große Stütze. Anfangs kommen ihre Freunde noch, bis sie schließlich ganz ausbleiben. Bis auf einen netten jungen Mann, der zu ihrem Freundeskreis gehört und sie öfter besucht. Sie verliert den Glauben an Gott und die Menschen und hadert. Sie gewinnt aber neue Freunde und mit Hilfe des jungen Mannes kämpft sie sich mühsam ins Leben zurück und stellt fest, dass sie die ganze Zeit nicht alleine war. Eine höhere Macht hat sie getragen und über sie gewacht. Dadurch hat sie eine innere Kraft entwickelt und gewinnt an Stärke, die sie weiterleben lässt. Letztendlich nimmt sie ihr Schicksal an und lebt ihr Leben intensiver als jemals zuvor. Ja, sie ist sogar Mutter geworden.

Diese Geschichte hat mir persönlich Mut gemacht, mein Schicksal anzunehmen, und mit meiner Krebsdiagnose umzugehen. Wir wissen alle nicht, wann unsere letzte Stunde schlägt oder wann das Schicksal zuschlägt, aber wir können wenigstens den Jahren mehr Leben geben und so leben, dass wir am Ende nichts bereuen. Ich habe seit meiner Krankheit etwas Wunderbares erfahren, viele Menschen nehmen daran teil, führen mit mir tiefgründige Gespräche, ich konnte endlich mein Leben aufräumen, hatte endlich den Mut, meinen Sohn zu suchen und zu finden. Ich habe gespürt, Gott ist an meiner Seite. Ich danke ihm, dass die Ärzte den Krebs in den Griff bekommen haben, so habe ich, so Gott will, noch ein paar geschenkte Jahre vor mir, die ich sinnvoll nutzen kann. Mein Sohn und ich haben einiges nachzuholen. Wir haben erst kürzlich zusammen eine Reise nach Schottland mitgemacht. Wir beide würden auch gerne nächstes Jahr nach Irland mitfahren. Darauf freue ich mich schon ganz besonders.“

Wir waren alle sehr still und lauschten andächtig ihrer Erzählung. Frau Engle sagte leise: „Es ist richtig, seine Zeit hier auf Erden sinnvoll zu nutzen. Nachher läuft die Zeit davon, da kann man Versäumtes nicht mehr nachholen. Dann ist es zu spät. Wir sollten die Dinge positiv regeln, solange wir noch dazu in der Lage sind. Mir fällt da folgende Geschichte ein, die ich hier gerne erzählen möchte. Meine Schwester hatte vor Jahren einen Brief erhalten von einer früheren Freundin, die beiden hatten Jahrzehnte keinen Kontakt mehr, da sie im Streit auseinander gegangen waren. Die Freundin meiner Schwester war aus einem vornehmen Haus, die Eltern besaßen eine Fabrik mit Arbeitern und Angestellten. Sie arbeiteten hart und hatten einen gewissen Wohlstand erreicht. Sie konnten sich Dienstpersonal leisten. Für meine Schwester war dies eine andere Welt, da wir aus einfachen und bescheidenen Verhältnissen kamen. Sie freundeten sich während ihrer

Schulzeit an. Da sie die einzige Tochter war, waren andere Kinder in der Villa sehr willkommen. Sie hatte die schönsten Spielsachen, ein großes Puppenhaus, einen Kaufladen mit allerlei Waren, ein großes Schaukelpferd, Puppen und Bären, im Garten eine große Schaukel und einen Swimmingpool. Sie hatte alles was ein Kinderherz höherschlagen ließ. Davon konnten wir nur träumen. Trotzdem war sie nie hochnäsig oder hat auf andere herabgeschaut. Sie hatte ein gutes Herz und war immer sehr hilfsbereit. Eines Tages vertraute sie meiner Schwester ein Geheimnis an. Sie hatte sich verliebt, aber der junge Mann war ihren Eltern nicht standesgemäß genug. Da sie noch nicht volljährig war, verweigerten ihre Eltern die Zustimmung zur Hochzeit. Sie war todunglücklich, also planten sie die Flucht. Sie brannte mit dem jungen Mann bei Nacht und Nebel durch. Meiner Schwester verriet sie den Aufenthaltsort, aber sie dürfe zu keinem ein Sterbenswörtchen sagen, schon gar nicht ihren Eltern. Meine Schwester hielt sich daran. Doch es kam wie es kommen musste. Der Vater des jungen Mädchens ließ sie durch die Polizei suchen und finden. Den jungen Mann steckte man wegen Entführung ins Gefängnis. Das war damals ein Eklat der Extraklasse für einen reichen Fabrikbesitzer. Die Mutter des Mädchens hielt zu ihrer Tochter. Schließlich konnte diese aber ihre Eltern und die Polizei davon überzeugen, dass sie freiwillig mit dem Mann, den sie liebte, fortgegangen war. Der junge Mann war wieder auf freiem Fuß und nach diesem Skandal willigte der Vater endlich in die Hochzeit ein, denn er konnte sich kein weiteres Aufsehen leisten, zumal seine Tochter ein Kind erwartete. Wie Sie sicherlich erahnen können, war meine Schwester nicht zur Trauung eingeladen. Sie wurde des Verrats bezichtigt, sie beteuerte ihre Unschuld, fand aber kein Gehör. Nach mehr als 50 Jahren erreichte sie dann dieser Brief. Ihr Mann sei nun verstorben und auf dem Sterbebett habe er ihr gebeichtet, dass er einem Freund von der bevorstehenden Flucht erzählt hatte. Sie bat um Verzeihung und schrieb wie leid es ihr täte, sie damals zu Unrecht beschuldigt und damit ihre kostbare Freundschaft verraten und starrsinnig aufs Spiel gesetzt zu haben. Da sie nun selbst kränklich sei, wolle sie dies nun noch bereinigen." „Tja", kam Frau Engle zum Fazit, „es ist zwar nie zu spät um Verzeihung zu bitten, aber manche Dinge kommen einfach zu spät, all die Jahre, die vergeudet ins Land gezogen sind, die man ungenutzt gelassen hat um sich zu versöhnen. Und nun war es zu spät. Meine Schwester konnte den Brief nicht mehr beantworten, da sie schon längst beerdigt war. Versäumtes lässt sich eben nicht nachholen."

Wolfi trottete in seiner gelassenen Manier herein und legte sich behaglich neben mich auf den Boden. Herr Luchser, der nette Bekannte von Lina, lächelte wohlwollend. „Also, ich muss ja sagen, ich bin ein absoluter Hunde-Fan. Ich bin mit Hunden aufgewachsen. Mein Vater war Förster und wir hatten immer Jagdhunde, mit denen mein Vater auch auf die Jagd gegangen ist. Das war sehr interessant. Wir als Kinder, durften ab und an mit auf den Hochsitz. Natürlich mucksmäuschenstill beobachteten wir die Waldtiere. Das hat meine Liebe zur Natur und den Tieren geprägt. Mein Vater war ein sehr verantwortungsbewusster Jäger, der nur das Wild zur Minimierung der Population bejagte. An Weihnachten gab es bei uns entweder Wildschwein- oder Rehbraten, den meine Mutter stets sehr delikat zubereitete. Daran kann ich mich noch genau erinnern. Genauso an ein Mädchen namens Gisela, mit der ich in die gleiche Klasse ging. Sie lebte auf einem Bauernhof nicht unweit von meinem Elternhaus. Ich ging gern auf einen Sprung dort hin, denn sie hatten ja viel mehr Tiere als wir. Eines Tages erzählte sie mir von einem kleinen Gänschen, dass sie Bella nannte, und mit der Flasche großgezogen hatte. Bald folgte das kleine Gänslein ihr überall hin, wie ein Hund. Es kam aber bald die Weihnachtszeit und für den Festtagsbraten sollte

Bella geschlachtet werden. Gisela protestierte, aber es half nichts. Wir schmiedeten einen Plan, wir versteckten Bella bei uns im Schuppen. Das konnten wir doch nicht zulassen, schließlich war sie Handaufzucht und zahm wie ein Haustier. Ihre Eltern suchten die Gans überall und meine Freundin gab an, sie sei weggelaufen. Das glaubten ihre Eltern natürlich nicht und meine Eltern bewogen uns die Wahrheit zu sagen, denn es wäre sowieso rausgekommen, das Versteck war ja nur für vorübergehend. Meine Eltern boten sogar einen Wildbraten an, wenn sie Bella am Leben lassen würden. Giselas Eltern waren einverstanden, denn sie wussten ja, wie ihre Tochter an dem Tier hing. Und Bella erfreute sich eines langen Lebens und passte auf den Hof auf wie ein Wachhund. Das sind für mich schöne Kindheitserinnerungen. Ich bin glücklich darüber mit Tieren aufgewachsen zu sein. Das fördert ungemein das Sozialverhalten, die Empathie und die Verantwortung. Als Kind habe ich die Abenteuer von Lassie und Rintintin nur so verschlungen. Dazu fällt mir eine Geschichte aus dem Buch der indianischen Weisheiten ein, die ich gerne nacherzählen möchte."

„Sie handelt von einem Hund namens *Wolf Eyes*, die Augen des Wolfes. Er hatte Wolfsblut in sich, großväterlicherseits. Er war noch jung, schön, groß und kräftig und hatte eine ruhige und souveräne Art. Er gehörte einer alten Indianerin, die ihn in die Obhut eines jungen Mädchens gab, nennen wir sie Sunny. Die alte Frau musste nämlich zu Verwandten weiterziehen und konnte den Hund nicht mitnehmen, da dieser eine Wunde an seiner Pfote, verursacht durch einen Dorn, hatte. Er humpelte ein bisschen und die Verletzung musste erst ausheilen. Die junge Indianerin hatte einen steifen Fuß. Der Hund folgte ihr überall hin und sie gewann ihn bald lieb. Ein großes Fest wurde gefeiert und viele Besucher aus den umliegenden Stämmen eilten herbei. Es wurde gegessen und getanzt. Daran konnte Sunny wegen ihres Fußes nicht teilnehmen und war deswegen sehr traurig. Der Fuß war auch der Grund, warum sie noch nicht verheiratet war. Die Leute bewunderten *Wolf Eyes* und überall, wo das Mädchen mit ihm auftauchte, schaute man auf ihn und nicht auf ihren kranken Fuß. Viele wollten ihr den Hund für ein warmes Bärenfell für den kommenden Winter und Hirschhäute oder gar mit Goldmünzen abkaufen. Aber sie blieb stets standhaft und sagte: *„Der Hund gehört nicht mir. Er gehört einer alten Frau, die ihn auch wieder abholt."* Sie konnte ihn auch nicht hergeben, denn sie hatte ihn liebgewonnen. Und was man liebt, gibt man nicht wieder her. Zusammen mit ihrer Mutter und *Wolf Eyes* besuchte sie eine Familie, die kürzlich ihre Großmutter verloren hatte. Da war auch ein kleines Mädchen, das noch voller Trauer war, aber als sie den großen Hund sah, strahlten ihre Augen und sie lachte wieder. Die Mutter des kleinen Mädchens nahm Sunny zur Seite und bat sie, ihrer Familie den Hund zu überlassen, ihre Tochter hätte dank *Wolf Eyes* wieder ihre Fröhlichkeit zurückgewonnen. Auch diesmal lehnte das junge Mädchen ab, aber bot an, das Kind könne den Hund immer besuchen kommen. Und so wurde es gemacht. Monde und Sonnen vergingen, da kam die alte Indianerin wieder von ihrer Reise zurück. Sunny freute sich und fragte, ob die alte Frau eine gute Reise gehabt hätte. Sie gab zur Antwort: *„Alle Reisen sind gut, durch jede Reise lernen wir dazu und erweitern unseren Horizont. Wir müssen von Zeit zu Zeit eine Rast einlegen und warten, bis unsere Seelen uns wieder eingeholt haben, und die Kraft der Stille genießen"*. Das Mädchen erzählte, dass viele Leute *Wolf Eyes* haben wollten. *„Ich weiß, und du bist standfest geblieben."* *„Aber woher weißt du das?"* *„Ich weiß es eben. Das hätten nicht viele gemacht. Dafür ist die Verlockung des Goldes und der Felle zu groß. Deine geistige und emotionale Stärke wird eines Tages belohnt werden."* Die weise Indianerin schaute auf das kleine Mädchen neben Sunny. Sie holte aus ihrem Bündel ein kleines Fellknäuel hervor und gab es dem Kind. *„Oh, für mich, danke, woher hast du den Welpen?“ „Das Leben hält Geschenke für uns bereit, wenn wir wissen, wo wir sie suchen und finden“.* Die alte Frau holte aus ihrer Tasche einen kleinen Tiegel hervor und überreichte ihn Sunny. *„Mit der Salbe kannst du deinen Fuß einreiben.“* Das junge Mädchen bedankte sich und kochte mit ihrer Mutter ein gutes Abendmahl, das sie alle zusammen aßen. Am nächsten Morgen waren die alte Indianerin und *Wolf Eyes* schon weitergezogen. Sunny war sehr traurig darüber, aber merkte bald, wie die Salbe ihrem steifen Fuß guttat und sie ihn besser bewegen konnte. Sie vermisste die alte Frau und den Hund. Eines Tages kam ein junger gutaussehender Mann an ihrem Tipi vorbei. Er hatte einen erlegten Hirsch bei sich und bat Sunny, ihm davon eine gute Mahlzeit zu kochen, er wolle an den Fluss gehen, um sich zu waschen. Sunnys Mutter bemerkte, dass der junge Mann noch keine Frau hatte. Als er vom Fluss zurückkam, wartete bereits das Essen auf ihn. *„Du humpelst ein wenig, hast du dich verletzt?“ „Das ist nur ein Dorn, der sich in meine Schuhsohle gebohrt hat“. „Wie heißt du eigentlich?“* wollte das junge Mädchen wissen. *„Mein Name ist Wolf Eyes und wie heißt du?“*

„Wir sehen anhand dieser Erzählung, dass es sich lohnt, nicht jeder Versuchung nachzugeben. Gerade in unserer heutigen von Materialismus geprägten Zeit, lehrt uns diese Geschichte, dass es noch einen höheren Wert, einen ideellen Wert gibt, der unbezahlbar ist, nämlich den Wert, der von Liebe und innerer Stärke geprägt ist. Alles was mein Herz bereichert, erhellt es und wärmt es und dies kann nicht mit Gold aufgewogen werden. Wir warten immer auf die großen Wunder, verpassen dabei aber die kleinen. Dabei sind die kleinen Wunder die größten. Wenn man etwas nicht für richtig hält, sollte man es auch nicht tun. Wenn man standfest und beharrlich seinen überzeugten Weg geht, wird man am Ende belohnt. Und noch etwas lehrt uns diese Geschichte. Im Laufe unseres Lebens lernen wir verschiedene Menschen kennen. Die einen bleiben einem das ganze Leben treu und die anderen richten großen Schaden in unserem Leben an. Sie begehren das, was uns lieb und teuer ist oder saugen egoistisch unsere wertvolle Energie auf. Wir sollten den Mut haben, uns von unliebsamen Menschen zu trennen, die uns nicht guttun. Ich habe dies schon vor Jahren gemacht. Ich habe mich davon befreit, immer die Erwartungen anderer zu erfüllen. Und ich bin sehr froh darüber und es war sehr heilsam. Jetzt konzentriere ich mich nur auf das

Wesentlich und umgebe mich nur mit Menschen, die meine Energie auftanken und mir guttun". Peter Luchser schielte mit einem zwinkerten Auge auf Lina, die seinen Blick lächelnd erwiderte.

„Absolut wahr und richtig", stimmte Frau Steinle ihm zu. „Da bin ich ganz Ihrer Meinung. Menschen kommen und gehen. Einige hinterlassen Spuren in deinem Herzen, andere vergisst man am besten ganz schnell. Ich habe die Erfahrung gemacht, dass Tiere dich nicht enttäuschen. Sie sind treu an deiner Seite, sie sind nicht arglistig oder rachsüchtig oder gar habgierig. Sie wollen nur bei dir sein und dein Leben mit dir teilen. Es gibt einen schönen Spruch: *„Wer die Menschen kennt, liebt die Tiere"*. Deshalb kann ich nicht verstehen, dass man Tiere quält und ihnen schlimmes Leid antut. Von diesen Menschen geht eine grausame Diabolik aus. Im Mittelalter sind sogar Katzen dem Wahnsinn der Hexenverfolgung zum Opfer gefallen. Da ich ja ein großer Katzen-Fan bin, wie schon erwähnt, handelt meine Geschichte genau von diesem Thema. Die Handlung spielt im Mittelalter zur Zeit der Inquisition. Eine junge Frau namens Betty war eine weit über die Grenzen hinaus bekannte Kräuterkennerin. Sie sammelte ihre Kräuter im Wald und machte daraus Salben, Tinkturen und Heiltees. Sie verfügte über besondere Heilkräfte, und war durchaus fähig, Kranke zu heilen. Sie kannte sich ganz besonders in der Frauenheilkunde aus und half als Hebamme den werdenden Müttern bei der Geburt. In der damaligen Zeit war das ein nicht ungefährliches Unterfangen. Wenn ein Säugling oder die Mutter bei der Geburt starb, wurde die Kräuterfrau dafür verantwortlich gemacht. Zu jener Zeit dachte man, die Frau sei verhext und mit dem Teufel im Bunde. Frauen hatten nicht die gleichen Rechte wie die Männer, auch wenn sie medizinisch bewandert waren. Das besiegelte meistens auch das Schicksal dieser Frauen. Damals dachte man noch, die Welt sei eine Scheibe, und alles was man nicht verstand, war unheimlich und böse. Frauen, die außergewöhnliche Talente hatten, waren suspekt. Wenn ihnen ein Fehler unterlief, wurden sie als Hexe bezichtigt, ihnen wurde der Prozess gemacht und sie wurden unschuldig auf dem Scheiterhaufen verbrannt. Der Klerus hatte die Macht und er bestimmte was Gut und Böse war. Aus einer Kräuterfrau wurde schnell eine Kräuterhexe. Betty lebte im Wald in einer Holzhütte, wo sie Ratsuchende und Kranke empfing. Eines Tages beim Kräutersammeln hörte sie plötzlich ein klägliches Miauen. Sie schaute auf und entdeckte ein kleines weißes Kätzchen in einem Dornenbusch. Es hatte sich in den Dornen verfangen und konnte sich nicht mehr alleine befreien. Betty half dem Kätzchen, nahm es mit in ihre Hütte und pflegte es gesund. Es war noch sehr klein, dankbar und sehr anhänglich. Die junge Frau nannte es *Maja*. *Maja* verfügte über eine besondere Fähigkeit, in den Augen, der Mimik und der Stimme der Menschen zu lesen. Sie hatte die Gabe, Menschen zu lesen, ob sie gut oder böse waren. Bei jeder Sitzung saß sie dabei und blinzelte Betty zu, ob sie sich vor diesem Menschen in achtnehmen musste oder nicht. Die junge Frau hatte einen Geliebten, der in der Stadt lebte, in der Holzkunst bewandert war und eine eigene Werkstatt besaß. Er war gutaussehend und in der Stadt hochgeschätzt. Der edle Herr kam des Öfteren vorbei und blieb auch über Nacht. Ihr Freund war sehr besorgt, da Betty in Gefahr war: *„Du musst von hier fortgehen, sie haben dich im Visier. Angeblich hast du einer Frau die falsche Salbe gegeben. Sie hatte einen schrecklichen Ausschlag davon bekommen und ihr Gesicht ist seitdem entstellt. Nun schwört ihr Mann Rache und will, dass du verurteilt wirst“*. Betty aber weigerte sich: *„Ich habe doch nichts getan. Das mit dem Ausschlag tut mir leid. Aber ich hatte der Frau gesagt, dass sie die Salbe nur nachts auftragen und nicht damit in die Sonne gehen soll.“ „Aber das werden sie dir nicht glauben, für die bist du jetzt eine Hexe. Bitte höre auf mich, wenn die Häscher* *dich einmal gefunden haben, kann ich für dich nichts mehr tun."*

Betty hörte nicht auf den Ratschlag ihres Freundes, denn sie hatte sich schließlich nichts vorzuwerfen. Sie hatte nach bestem Gewissen gehandelt. Außerdem wollte sie nicht fort von ihrem Geliebten. Eines Tages betrat ein finsterer Mann die Hütte. *Maja* richtete sich auf, ihre Alarmglocken schrillten und sie blinzelte Betty zu, dass von diesem Mann eine große Gefahr ausging. Er sah sich in der Hütte um. Aber Betty missachtete *Majas* Warnsignale. Der Mann kaufte einen Tee für seine Magenbeschwerden und wollte wiederkommen, wenn dieser aufgebraucht sei. *Maja* bettelte Betty laut miauend an und lief aus der Hütte und kam wieder. Dies wiederholte sich einige Male. Betty war sehr ungehalten über das Verhalten ihrer Katze. *„Ich weiß nicht, was du hast. Der Mann war doch nett. Und nun verschwinde und fange Mäuse, ich habe noch zu tun."* Am Abend, als *Maja* immer noch nicht da war, überlegte Betty, dass sie doch sehr ungerecht zu ihrer Katze gewesen war und fing an, sie zu suchen. Sie lief aus der Hütte und rief ihren Namen. Nichts, sie konnte sie weder sehen noch hören. Sie lief immer weiter in den Wald und rief immer wieder ihren Namen. Da hörte sie ein freudiges Miauen. *„Maja, da bist du ja, ich habe dich so vermisst,* *bitte verzeih mir, dass ich dich fortgeschickt habe.“* Das Kätzchen schmiegte sich an Betty und schnurrte. Die Freude war auf beiden Seiten groß. *Maja* war sehr besorgt um ihre Freundin: *„Ist ja schon gut, du weißt ja, ich bin eine Menschenleserin, hoffentlich hörst du jetzt auf mich. Du musst weit weggehen, in ein anderes Land, wo es keine Hexenverfolgung gibt. Du musst dich beeilen, denn sie sind dir schon auf den Fersen.“* Da hörte sie schon den schnellen Hufschlag der Pferde, die schnellen Laufschritte ihrer Verfolger, die Laternen schwenkten. Betty holte ihr Kätzchen auf den Arm und lief so schnell sie nur konnte. Sie wusste, dass die Grenze bis ins benachbarte Ausland nicht mehr weit war. Sie lief und lief, plötzlich hörte sie hinter sich ein Pferd schnauben und wurde hochgerissen. Sie schloss die Augen und war sicher, dass sie jetzt geliefert sei. Sie rührte sich nicht und war starr vor Schreck, ihr Herz pochte ihr bis zum Halse und sie drohte ohnmächtig zu werden. Nach einer Weile sagte eine ihr vertraute Stimme: *„So, meine Liebe, du kannst jetzt wieder die Augen aufmachen, wir sind in Sicherheit.“* Sie fiel ihrem Geliebten um den Hals und dankte ihm, dass er sie und *Maja* gerettet hatte. Sie lebten von nun an glücklich zusammen in einem Land, wo es für Frauen und Katzen keine Gefahr mehr gab.“

„Eine zweite Geschichte möchte ich Ihnen noch ans Herz legen, die mich sehr gerührt hat“, nämlich die wahre Story von *„Bob, der Streuner“*. James Bowen, der Verfasser des Buches und Besitzer von *Bob*, ist ein ehemaliger Junkie, der auf der Straße lebte und ganz unten war. Jeden Tag spielte er auf seiner Gitarre in den Straßen von London ein paar Lieder, um so seinen Drogenkonsum zu finanzieren. Er wühlte in den Mülltonnen nach etwas Essbarem und schlief unter der Brücke. Seine Gedanken kreisten nur noch darum, wie er an Geld kommt, um sich den nächsten „Schuss“ zu setzen. Dann bekam er eine zweite Chance, bezog eine Sozialwohnung und war auf Methadon-Therapie, eine Ersatzdroge für Heroinabhängige. James Bowen verdiente seinen Lebensunterhalt als Straßenmusiker und auf dem Nachhauseweg traf er auf *„Bob“*. Der Kater lag schwer verletzt im Hausflur seines Mietshauses. James brachte ihn zum Tierarzt und pflegte ihn gesund. Er hatte Verantwortung übernommen, für sein Leben und für *Bob*. Der Kater wich von nun an nicht mehr von seiner Seite. Ja, er ging sogar mit zur „Arbeit“. Sein Herrchen spielte im Covent Garden, einem angesagten Künstlerviertel, Gitarre und unterhielt die vorbeieilenden Leute. Viele blieben begeistert stehen, machten Fotos, gaben Geld und Geschenke für *Bob*. Darunter waren auch gestrickte

Schals, die eine nette Dame extra für *Bob* angefertigt hatte. Mittlerweile war der rotgetigerte Kater eine Berühmtheit. James Bowen schaffte mithilfe von *Bob* den Drogenentzug, schrieb ein Buch über sein Leben und über seinen Kater, dem er viel zu verdanken hatte. Das Buch wurde ein Bestseller und wurde auch verfilmt. Es folgten weitere *„Bob-Bücher“*. Ich denke, *Bob* ist wohl einer der berühmtesten Kater der Welt. Man sagt ja, dass Katzen sich ihre Menschen selbst aussuchen. James traf auf *Bob* gerade in dem Moment, wo er Hilfe am Nötigsten hatte. Und *Bob*, schwer verletzt, brauchte ebenfalls Hilfe. Sie brauchten einander und halfen sich gegenseitig. Dadurch ist eine wunderbare Freundschaft entstanden. Jeder Mensch kann hinfallen, aber man muss wieder aufstehen können. Dazu bedarf es menschlichen und manchmal auch tierischen Beistand. Diese Geschichte zeigt uns aber auch, wenn man eine zweite Chance und Hilfe bekommt, sein Leben zu ändern, sollte man sie ergreifen und nutzen. So geschehen bei James Bowen und seinem Kater *Bob*. Es war für Beide die zweite Chance für ein besseres Leben.“

„Oh, ja, ich liebe solche Happy Ends“, meldete sich jetzt Herr Baum zu Wort. „Als Kind habe ich immer Märchen von meinem Großvater erzählt bekommen oder Weihnachtsgeschichten. Meine Eltern bewirtschafteten einen

Bauernhof, und so hatten sie manchmal wenig Zeit für uns Kinder. In den Wintermonaten ruhte zwar die Arbeit auf den Feldern, jedoch die Tiere mussten in den Ställen versorgt werden, und meine Geschwister und ich waren noch zu klein um mitzuhelfen. Meine Großmutter bereitete derweilen das Abendbrot vor und mein Großvater hatte es sich zur Aufgabe gemacht, uns Kindern Geschichten zu erzählen. Besonders schön war es aber in der Adventszeit, wenn wir Kinder schon in ungeduldiger Vorfreude auf das Christkind warteten. Da wurden Kerzen angezündet, der Kamin flackerte und strahlte eine behagliche Wärme aus. Draußen wurde es so langsam dunkel und wir Kinder saßen um unseren Großvater herum und lauschten seinen Erzählungen. Das waren kostbare Augenblicke, in denen ich die Zeit vergaß. Damals schien die Zeit als Kind schier unendlich zu sein, doch als Erwachsener musste ich feststellen, dass die Zeit nur so rennt, viel schneller, als mir lieb ist. Umso mehr erinnere ich mich immer wieder gerne an solche wertvollen Momente. Eine dieser Geschichten, die mir noch gut im Gedächtnis geblieben ist, erzählte uns mein Opa in der Heiligen Nacht. Sie handelte von einem Mann, der Kohlen holen wollte, damit seine Frau und sein soeben geborenes Kind nicht frieren mussten. Es war eine ganz besondere Nacht, man konnte ihren Zauber spüren.

Irgendetwas war anders als sonst. Der Mann klopfte an jede Tür, doch alle schliefen schon, denn es war tiefe Nacht. Und so ging der gute Mann weiter und sah einen Lichtschein auf einem Feld in weiter Ferne. Er kam näher und sah eine Herde Schafe, bewacht von großen Hunden und einem alten Hirten. Als die Hunde ihn bemerkten, wollten sie bellen, sie sperrten ihre Rachen auf, doch es kam kein Laut aus ihren Kehlen. Sie stürzten sich auf ihn. Einer schnappte seine Beine, einer seine Arme und der andere hing an seinem Hals. Aber ihre Zähne gehorchten ihnen nicht und der Mann erlitt keinen Schaden. So ging er weiter zu dem Hirten, doch als dieser ihn sah, schaute er grimmig auf und schleuderte seinen Stab nach ihm. Doch auch er prallte an ihm ab. Der Mann sagte zu ihm: *„Guter Hirte, ich komme nicht in böser Absicht, aber meine Frau hat soeben ein Kind geboren und ich bin gekommen, um Feuer zu holen, damit sie nicht frieren müssen, es ist doch so kalt."* Der mürrische Hirte sagte zu ihm: *„Hol dir so viel du tragen kannst"*, denn er wusste, dass das Feuer nur noch ein Gluthaufen war. Der Mann beugte sich hinunter, las die Kohlen mit bloßen Händen aus der Asche auf und steckte sie in seinen Mantel. Er versengte sich nicht die Hände, noch fing sein Mantel Feuer. Als der Hirte das sah, wunderte er sich, was dies für eine besondere Nacht war. Weder die Hunde konnten dem Mann etwas anhaben, noch das Feuer verbrannte ihn. Er folgte dem Fremden. Als er ankam, sah er, dass er nicht mal ein Haus besaß, sondern in einer kargen Höhle lebte, in der das Vieh beim Wetterumschwung Zuflucht suchte. Es gab nichts als kalte Steinwände. Der Hirte war ein harter Mann, aber als er das sah, war er davon sehr ergriffen und holte aus seinem Ranzen ein warmes Schaffell hervor. Er gab es dem fremden Mann für sein Kind, denn er wollte nicht, dass es erfriert. In diesem Augenblick der Barmherzigkeit wurden ihm die Augen geöffnet und er sah was es für eine geweihte Nacht war. Überall waren Engel, die im hellen Lichte standen und sangen, dass heute der Heiland geboren ist, um uns von unseren Sünden zu erlösen. Alles sah so friedlich und warm erleuchtet aus und die Menschen waren froh in ihren Herzen. Sie sangen mit den Engeln und jubilierten. Der Hirte fiel auf die Knie und dankte Gott für seine sehenden Augen. Mein Großvater schloss die Erzählung mit den Worten: *„Und das ist so wahr, wie ihr Kinder mich seht und ich euch sehe. Es kommt nicht auf das Licht der Lampen an, nicht auf Sonne und Mond, sondern, dass wir Augen haben für die Herrlichkeit Gottes.“*

„Dieses Wunder fasziniert mich jedes Mal wieder aufs Neue. Als ich noch ein kleiner Junge war, erzählte mein

Opa diese Geschichte und ich dachte damals schon, das kleine Kind in der Krippe soll die ganze Welt auf seinen Schultern tragen? Armes kleines Kind, und es tat mir leid. Später dann wollte ich noch viel mehr darüber erfahren und studierte sogar ein paar Semester Theologie. Aber ich war ein junger Mann und hungrig auf das Leben, so entschied ich mich um und studierte Landschaftsarchitektur. Ich wollte trotzdem im Garten Gottes dienen und mit der Natur leben. Aber dann kam eine Zeit in meinem Leben, die von Schicksalsschlägen geprägt war und ich haderte und zweifelte. Ich hatte meinen Glauben aufgegeben." Herr Baum schaute mich an und fuhr dann fort: „Ich fand ihn erst wieder, als ich bei Ihrer Tante eine Anstellung als Gärtner fand. Ihre Tante war so unerschütterlich in ihrem Glauben an Gott und an das Gute im Menschen, obwohl sie selbst vom Schicksal nicht verschont blieb. Sie sagte immer *„Wenn du nicht mehr weiter weißt, kommt von irgendwo ein Lichtlein her, wenn eine Tür zuschlägt, öffnet Gott dir die nächste"*. Ihre Tante hatte schon viel Elend in ihrem Leben gesehen, auch wenn sie mal verzagte, sie rappelte sich immer wieder auf. Sie ließ sich nicht unterkriegen, sie ging den aufrechten Weg. Sie sagte auch, dass jeder sein Leben meistern muss, Gott und seine Engel würden uns Menschen Hilfestellungen geben, aber sie lösen nicht für uns unsere Probleme oder unsere Aufgaben. Das müssten wir selbst machen. Sie war eine bemerkenswerte Frau.“

„Oh, ja das war sie. Das haben Sie sehr schön gesagt, ich hätte das nicht treffender formulieren können.“ Ich war ganz gerührt von seinem Plädoyer. Herr Baum nickte in die Runde: „Da ist aber noch etwas, was mich beschäftigt. Weihnachten ist ja das Fest der Liebe und des Friedens, das in die ganze Welt hinausgetragen wird. Die Schreckensnachrichten, die uns täglich erreichen, zeigen, dass von dieser Botschaft nicht viel übrig geblieben ist. Wissen Sie, meine Kinder sagen, sie seien in einer friedlichen Zeit aufgewachsen, heiter und unbeschwert. Jetzt hätten sie Angst auf das, was noch alles kommen mag. Ich übrigens auch. Die ganze Welt brodelt, überall werden Kriege, Attentate und Terror entfacht. Von Vernunft, Frieden und Liebe ist nichts mehr zu spüren, nur noch Angst und Schrecken. Ich frage mich da wirklich, warum lässt Gott das zu, die Not und die Qualen Unschuldiger? Warum ist er unsichtbar, warum kommt er nicht auf die Erde und sagt *„Hallo, so geht das nicht!“* Warum hilft er nicht den Gepeinigten? Da kann man wirklich von seinem Glauben abfallen. Wenn ich bedenke, dass ich heute Pfarrer wäre, ich wüsste nicht, ob ich dann mehr glauben würde. Wenn Religion in Fanatismus umschlägt ist das gefährlich wie Dynamit. Gott ist für alle da, gleich wie er in der jeweiligen Religion heißt. Es dürfen deswegen doch keine Kriege geführt werden, das ist nicht im Sinne Gottes. Religion wird meiner Meinung nach überbewertet. Es ist nicht richtig, wenn man einen anderen Glauben hat und deswegen angefeindet wird. Und der Atheist, der keine Religion vertritt, ist er dann ein schlechterer Mensch? Das politische Geschehen bereitet mir auch Sorgen, Amerika und die ganze Welt. Ich hoffe, dass nicht durch ein paar machtbesessene Politiker unser Weltfriede in Gefahr ist. Meine Kinder sehnen sich die Zeit zurück, in der sie in Frieden aufgewachsen sind. Ich sehne mich ebenfalls nach dieser Zeit zurück."

„Sie sprechen mir aus der Seele", kommentierte nun Viktor. „Ich denke ebenfalls, das, was im Moment in der Welt geschieht, ist noch nicht das Ende, das ist erst der Anfang. Der Zenit ist noch nicht erreicht. Die vielen Baustellen auf der Erde machen auch mir Angst. Es wird von uns viel abverlangt. Wir sollen weltoffen für eine bunte Welt sein, uns in Toleranz üben und uns dabei zurücknehmen. Wir dürfen aber unsere Werte und unsere Tradition nicht verleugnen und verraten. Denn was nutzt meine Toleranz, wenn sie von anderen mit Füßen getreten wird. Meine Freiheit endet da, wo andere meine Freiheit beschneiden. Die Achtung der Menschenwürde muss gewahrt bleiben. Toleranz ja, aber nicht bis zur Aufgabe unserer Werte und Prinzipien. Wir müssen uns alle anpassen, sonst funktioniert das gesellschaftliche Zusammenleben nicht. Wir müssen aber auch wieder Zivilcourage zeigen und uns nicht wegducken, wir müssen unseren Mut wiederfinden, uns zur Wehr setzen. Wir wissen, dass wir vom Gesetz allein gelassen werden. Parksünder werden härter bestraft als Gewalttäter. Derjenige, der helfend an die Seite eines Hilfsbedürftigen eilt, ist plötzlich der Täter, aber der Gewalttätige ist dann das Opfer, dem man mit allen Mitteln helfen muss. Da spielt die schlechte Kindheit eine Rolle, die Alkoholsucht oder der Drogenkonsum. Aber wer hilft dem Opfer oder dessen Angehörigen, mit den Traumata weiterzuleben. Was ist mit dem Opferschutz? Da läuft doch etwas aus dem Ruder in unserem Staat und stinkt eklatant zum Himmel. Wir müssen aber trotzdem den Mut aufbringen, dem Opfer Schutz gegenüber seinem Angreifer zu bieten. Das sind wir dem Unschuldigen schuldig. Es sagt keiner, dass wir uns selbst in Gefahr bringen sollen, aber über Handy Hilfe rufen oder andere Passanten auf die Tat aufmerksam machen, das kann man durchaus.

Ich glaube nicht, dass jemand ein Leben lang mit seiner unterlassenen Hilfeleistung leben kann. Wissen Sie, ich wünsche mir mehr solcher Heiligen Nächte und mehr solcher weihnachtlichen Wunder."

„Ich auch" äußerte ich mich nachdenklich. „Was wir unbedingt tun sollten, ist, für den Weltfrieden beten. Wir brauchen Gott dazu, alleine schaffen wir das nicht. Was mir immer ganz gut bisher geholfen hat, ist die Zwiesprache mit Gott und meinem Engel. Meine Wünsche und Bitten einfach vorzutragen, das hilft mir ungemein, auch nach Lösungen zu suchen. Es gibt auch Bücher, welche von Briefen an Gott handeln. Da schreibt jemand Briefe an Gott, das ist keine schlechte Idee. Ich habe auch einen solchen Brief zur Taufe meiner Kinder verfasst. Ich habe meine Gedanken zur Taufe niedergeschrieben und in der Kirche vorgetragen. Den werde ich euch jetzt mal vorlesen".

Meine lieben Kinder!

Heute ist ein ganz besonderer Tag in eurem noch jungen Leben. Ihr seid Gottes Kinder und durch die Taufe erhaltet ihr heute euren Segen. Heute hat Gott mit der Taufe versprochen, dass er bei euch sein will, euer ganzes Leben lang. Er wird nun euer Leben begleiten.

Lieber Gott, gib diesen beiden Kindern einen besonderen Schutzengel mit auf den Weg, behüte und beschütze sie, hilf uns, bei Gefahr ein wachsames Auge auf sie zu werfen, dass sie vor Missbrauch und Gewalt geschützt sind, dass sie Kinder sein dürfen, dass sie nie ihr Lachen verlieren, dass sie später ihren Platz im Leben finden und den richtigen Weg gehen.

Dafür werden wir beten.

Liebe Kinder, wir geben euch eine fröhliche Kindheit voll Liebe, Geborgenheit und Fürsorge. Wir werden für euch immer da sein, in Freude wie auch in Nöten, Ängsten und Kummer. Auch wenn es mal nicht so läuft, suchen wir gemeinsam nach einer Lösung.

Wir helfen euch glückliche und verantwortungsbewusste Menschen zu werden. Mit

Gottes Hilfe wird aus einem Menschlein ein Mensch.

Wir haben euch sehr lieb!

Eure Eltern

Es war sehr leise und andächtig in unserer *Cafémühle* geworden. Nachdem ich den Taufbrief meiner Kinder vorgelesen hatte, fügte ich noch hinzu: „Es ist nicht immer leicht, Kinder auf den richtigen Weg zu bringen. Da spielen äußere Einflüsse eine große Rolle. Mein Mann Jens und ich haben das ganz gut hinbekommen. Unsere Kinder haben den richtigen Weg eingeschlagen mit unserer und Gottes Hilfe. Ich kann die Existenz Gottes und seiner himmlischen Helfer nicht leugnen. Meine Kinder hatten stets einen Schutzengel an ihrer Seite, wenn es nötig war. Ich habe meinen Kindern aber auch mit auf den Weg gegeben, dass sie die Hilfe ihrer Schutzengel nicht überstrapazieren dürfen. Dieser Tage habe ich diesen Brief noch einmal gelesen und er erfüllt mich mit Stolz. Ich habe die Zeit nochmals Revue passieren lassen und bin dankbar, dass ich so zwei wunderbare Kinder habe. Da ich bald Oma werde, wie ihr wisst, werde ich einen neuen Taufbrief für mein Enkelkind verfassen. Das wird auch wieder ein Brief an Gott und seine Engel sein.“

„Da werde ich auch Elly unterstützen", sagte Jens in die Runde. „Oh ja, das muss sein, denn das sind die kleinen Dinge, die das ganze Leben bereichern. Später vielleicht, wenn die Eltern schon nicht mehr leben, ist dieser Taufbrief so etwas wie ein Vermächtnis. Das besagt, dass unsere Kinder willkommen waren, dass wir auf sie achtgegeben, sie beschützt, und ihnen einen guten Weg geebnet haben. Das ist es doch, was Elternliebe ausmacht. Das wünsche ich jedem Kind auf Erden".

„Da wir ja heute Abend zusammengekommen sind, um uns literarisch auszutauschen, möchte ich meine Bücher, sie sind wahre Begebenheiten und die ich vor kurzem gelesen habe, vorstellen. Wie ihr seht und wisst, ist unsere ganze Familie sehr tierlieb. Deshalb bekam ich zu meinem Geburtstag ein Buch geschenkt, von dem ihr bestimmt schon gehört habt". Jens hielt das Buch hoch, sodass es jeder sehen konnte. „Arthur" „Diese Geschichte hat mich tief bewegt. Sie erzählt von einem Extremsportler, der Adventur Racing betreibt. Ein Team besteht meistens aus 4 Sportlern, die über vier bis fünf Tage in unwegsamen Gebiet eine mörderische Strecke bei Gluthitze, Kälte, Sturm oder Dunkelheit laufend, schwimmend und mit dem Kanu absolvieren müssen und möglichst noch in einer guten Zeit. Diese Rennen gibt es auf der ganzen Welt und dieses fand in Ecuador, Südamerika statt. In der Wechselzone, wo die Sportler sich umziehen, war ein großer Hund plötzlich mittendrin, der still mit seinen Augen um Futter bettelte. Er war abgemagert und zottelig, natürlich auch dreckig und verletzt, aber er strahlte dennoch Würde und Ruhe aus. Dieser Hund war Arthur. Mikael Lindnord, ein Schwede, einer der Adventur-Racer nahm sich ihm an, nannte ihn nach König Arthur, weil er so würdevoll war. Er gab ihm etwas von seinem Essen und Wasser ab. Als er und sein Team wieder aufbrachen, folgte Arthur ihnen. Als sie einen Fluss mit einem Kanu durchqueren mussten, ließen sie Arthur auf einem Felsvorsprung zurück, in der Hoffnung der Hund würde ja wohl irgendjemanden gehören und sich um ihn kümmern. Zwar hatte das ganze Team Gewissensbisse und sie zwangen sich keinen Blick zurück zu schauen. Sie waren Extremsportler, die auch nach all den Strapazen am Ende mit einem ordentlichen Platz belohnt werden wollten. Mit dem Hund wäre das nicht so einfach gewesen. Besonders Mikael Lindnord tat es weh, Arthur zurückzulassen. Da hörten sie, wie die Zuschauer aufgeregt riefen und hörten schon das Platschen ins Wasser. Sie sahen, wie Arthur von dem Felsen in die Tiefe sprang und auf sie zu geschwommen kam. Er war kein guter Schwimmer und drohte unterzugehen. Mikael und sein Team zogen ihn ins Kanu, das beinahe kenterte. Ab diesem Zeitpunkt stand für Lindnord fest, dass er sich um diesen Hund kümmert. Gemeinsam durchquerten sie den Dschungel und erreichten das Ziel zu fünft. Arthur war mittlerweile das fünfte Teammitglied. Diese Bilder gingen um die Welt. Mikael Lindnord sagte später einmal, dass er sich nie einen Hund zu legen wollte, aber Arthur zu begegnen und ihn nach Hause zu bringen, wäre das Beste, was ihm je passiert ist. Nach dem Rennen ging er mit dem Hund zu einem Tierarzt, der Arthurs Wunden heilen sollte. Der Hund war schlimmer verletzt, als es den Anschein hatte. Er musste misshandelt worden sein und litt im Dschungel da draußen große Schmerzen, aber Arthur ließ alles geduldig und ruhig über sich ergehen. Für Mikael Lindnord war klar, Arthur musste mit nach Hause, koste es was es wolle. Um ihm ein Happy End zu ermöglichen und ihn mit nach Hause nach Schweden zubringen, waren sehr viele Hürden zu überwinden. Helena, seine Frau in Schweden, setzte schon alle Hebel in Bewegung, damit Arthur ausreisen konnte. Dazu gehörten Arztbesuche, Impfungen und Untersuchungen. Als es endlich soweit war konnte er jedoch noch nicht direkt in sein neues Zuhause umziehen, da er erst in die Quarantäne musste und sich einigen Operationen wegen seinen Verletzungen unterziehen musste. Dann war der Tag gekommen und der Hund aus dem Dschungel wurde ein neues Mitglied der Familie Lindnord, dazu gehörten neben Mikael und seiner Frau Helena auch zwei kleine Kinder. Arthur suchte so sehr nach einem neuen Zuhause, dass er sogar von einem Felsen in einen Fluss sprang, um bei seinem „Rudel“ zu sein. Arthur, der Hund, der den Dschungel durchquerte, um ein neues Zuhause zu finden“.

Wir waren sehr von der Geschichte gerührt. Wir lauschten alle gespannt Jens Worte. Nach einer kleinen Pause fuhr mein Mann fort: „Kürzlich ist auch der zweite Band erschienen. „Arthur und seine Freunde“. Mikael lässt in diesem Buch noch einmal die Geschehnisse mit seinem Hund Revue passieren und andere Hundebesitzer kommen ebenfalls zu Wort. Es sind schöne Schilderungen, die aussagen, dass ein Hund das Leben vieler Menschen bereichert. So auch Arthur, der bei seinen Menschen in seiner neuen Umgebung als neues Familienmitglied hundertprozentig angekommen ist. Da geht einem doch das Herz auf, wenn am Ende alles gut wird. So habe ich unlängst bei einem Einkaufsbummel in einer kleinen Buchhandlung ein ähnliches Buch entdeckt. Ich sage ähnlich, weil es durchaus Parallelen gibt, nur in einer anderen Umgebung. Mit

„Gobi durch die Wüste“ ist von Dion Leonard geschrieben, der ebenfalls Extremsportler ist, ein sogenannter Ultra-Marathonläufer, der ein Sieben-Tage Rennen durch die Wüste Gobi in China bestreiten wollte. Er hatte sich vorgenommen, den Wettkampf zu gewinnen. Beim Start fiel ihm eine kleine Hündin auf, die erst seine Schuhe betrachtete und dann ihn mit ihren großen braunen Augen anschaute. Sie lief mit, sie war sehr ausdauernd und blieb an seiner Seite. Sie begleitete ihn kilometerweit. Der Lauf war eine große Herausforderung. Bedingt durch die extremen klimatischen Wetterbedingungen hatte Dion Leonard immer wieder ans Aufhören gedacht. Doch die kleine Mischlingshündin machte ihm Mut und er erkannte, dass er durchhalten musste und nicht so schnell aufgeben durfte. Als Dion einen Fluss überqueren musste, ließ er Gobi zurück, da er dachte, sie würde schon einen anderen Weg finden. Doch sie fand keinen anderen Weg und bellte und jaulte so herzzerreißend, dass Dion umkehrte und sie durch den Fluss trug. Er hatte sie bereits so in sein Herz geschlossen, dass er sie nicht einfach zurücklassen konnte. Dion und Gobi schafften diesen Extremlauf gemeinsam und liefen dann letztendlich mit viel Applaus gemeinsam ins Ziel. Wieder wurden alle Hebel in Bewegung gesetzt, um die kleine Hündin mit nach Hause nach

Schottland zu holen. Seine Frau Lucja half ihm dabei. Dion konnte aber Gobi nicht sofort mitnehmen und vertraute sie einer Bekannten an. Doch plötzlich war Gobi verschwunden. Dion Leonard flog wieder nach China und machte sich auf die Suche nach ihr. Endlich fand er sie, aber sie war verletzt. Er ging mit ihr zum Tierarzt und verbrachte auch die Quarantäne Zeit mit ihr. Schließlich flog Dion mit seiner Gobi heim nach Schottland. Auch in dieser Geschichte hat sich alles zum Guten gewendet. Dion, Lucja und Gobi laufen jetzt gemeinsam ihre Trainingseinheiten bei Wind und Wetter in Schottland. Auch Gobi, die kleine braune Mischlingshündin mit ihren großen braunen Augen hat ein neues Zuhause gefunden, welches sie dringend brauchte. Gobi ist sehr gut in ihrer neuen Umgebung angekommen und hat viele Herzen erobert". „Ich finde solche Bücher sind für jeden Hundefreund ein Must-Have", ergänzte Jens noch zum Schluss.

Unser literarischer Abend war sehr gut angekommen und wir beschlossen, ihn alle zwei Monate zu wiederholen. Es gab schließlich genug Lesestoff, über den man sich lohnenswert austauschen konnte. Herr Luchser meinte zum Abschied, einer der nächsten Leseabende den Büchern von Karl May zu widmen. „Das müssen wir das nächste Mal unbedingt nachholen". „Oh, ja unbedingt", waren sich Jens und Carl einig. Carl erinnerte sich: „Meine Eltern haben mir meistens wunschgemäß zu Weihnachten und zum Geburtstag ein Buch von Karl May geschenkt. Die Romane haben mich dermaßen gefesselt, dass ich sogar nachts weitergelesen habe, bis mir vor Müdigkeit die Augen zufielen. Wir Jungs und einige Mädchen, darunter auch meine Schwester Elly, spielten dann draußen Cowboys und Indianer, kletterten auf Bäume, errichteten ein Lager, bauten kleine Holzhütten, kämpften und starben tausende Tode am Marterpfahl. Aber das Gute hat immer gesiegt. Unsere Gesichter schminkten wir mit Kriegsbemalung und befanden uns auf dem Kriegspfad. Wir schlichen durch die Gärten und Häuser, klauten Äpfel aus Nachbars Garten, schließlich hatte man als richtiger Krieger auch mal Hunger. Unser Indianerstamm war eine verschworene Gemeinschaft. Sogar einen eigenen Schlachtruf hatten wir. *„Huh, huh, huh, hier kommen die wilden Wölfe vom Stamme Großer Wolf.“* Unsere Phantasie und Abenteuerlust kannte keine Grenzen. Das hat uns sehr viel Spaß gemacht. Als die Filme dann ins Kino kamen, war das ein Familien-Event.“ „Stimmt“, schwelgte ich ebenfalls in der Vergangenheit. „Übrigens hat Marie, unsere Tochter, ihr Pferd nach dem edlen Apachen Häuptling benannt. Ich finde das ist doch ein wohlklingender Name für ein Pferdchen". Wir verabschiedeten uns und wollten uns in zwei Monaten wieder zu unserem Lesestammtisch treffen.

Frau Korbler hatte mit Barry wieder einen Termin in der Praxis. Sie unterhielt sich am Empfang mit Frau Kutter. „Na, wie geht es denn unserem Barry?" „Gar nicht mal so schlecht. Die Tabletten schlagen gut an, aber trotzdem bin ich sehr beunruhigt, was meinem Hund fehlt. Der Doktor hat das am Telefon so dringend gemacht." „Ihr seid auch gleich an der Reihe, Berta. Der Doktor verabschiedet nur noch einen Notfall, unser kleines *Notfellchen*." Sven und Marie hatten nämlich einem kleinen Kätzchen das Leben gerettet, welches von einem Auto angefahren wurde. Die Besitzer holten es strahlend und dankbar wieder ab. „So, Frau Korbler, dann kommen Sie mit Ihrem Hund mal bitte mit", zeigte Sven mit einer einladenden Bewegung in den Behandlungsraum. Er begrüßte den Bernhardinermischling, sprach mit ihm leise und ruhig und streichelte ihm über den Kopf. Dabei untersuchte er gleichzeitig seinen Maul- und Kieferbereich. „Ich sehe schon, die Schmerzen haben nachgelassen, er ist nicht mehr so schmerzempfindlich. Die Medikamente schlagen gut an. Wie ist das mit dem Füttern?" „Ich weiche sein Futter vorher ein, dann hat er auch nicht so Schmerzen beim Kauen", gab

Frau Korbler Auskunft. „Das können Sie ruhig so machen und noch eine Zeitlang so beibehalten. Die Sache ist, Barry hat eine Autoimmunerkrankung und kann deswegen seinen Kiefer nicht mehr weit genug öffnen. Er hat dabei große Schmerzen, die ihm auch seine Futteraufnahme erschweren. In der Fachsprache heißt das Kaumuskelmyositis, also eine Entzündung der Kaumuskulatur. Die Ursache ist bis heute noch nicht ganz geklärt, sie wird aber durch ein geschwächtes Immunsystem hervorgerufen. Der Körper bildet Antikörper, um die Entzündung zu bekämpfen, dabei werden aber gleichzeitig eigene Muskelzellen abgebaut. Also reagiert der Organismus kontraproduktiv, optisch deutlich hier erkennbar." Sven zeigte auf die zwei Einbuchtungen im Kopfbereich links und rechts, „dass sich hier zwischen Schädelknochen und Gesichtshaut keine Muskulatur mehr befindet. Durch das fehlende Muskelgewebe entsteht eine Maulsperre, die starke Schmerzen im Kiefer und Kopfbereich verursacht. Der Kiefer kann nur noch bedingt geöffnet werden, was auch die Nahrungsaufnahme erschwert".

Frau Korbler japste mit weitaufgerissenen Augen nach Luft. „Das ist ja der reinste Horror, was Sie mir hier erzählen. Heißt das, ich muss meinen Barry einschläfern lassen?" „Nein, Frau Korbler, aber bitte beruhigen Sie sich erst einmal. Wollen Sie einen Schluck Wasser?" „Oh, ja, das wäre sehr nett." Sven holte ein Glas Wasser und reichte es der Tierbesitzerin. Sie setzte sich auf einen Stuhl und trank in kleinen Schlucken. „Besser, Frau Korbler?" „Ja, danke, es geht schon wieder." „Gut, dann fahren wir jetzt weiter fort. Bei frühzeitiger Erkennung dieser Autoimmunerkrankung, und das haben wir, kann man durch medizinische Behandlung diese Krankheit eindämmen. Von einer Operation rate ich Ihnen allerdings ab, sie birgt zu viele Risiken und eine Besserung ist kaum möglich. Was ich vorschlage und wir tun können, ist erst einmal eine Cortison-Behandlung. Ihr Hund wird diese ein Leben lang benötigen. Zusätzlich kann man noch Vitaminpräparate geben, die den Aufbau des Immunsystems fördern. Was noch eine Möglichkeit wäre, ist die alternative Heilmethode. Meine Frau hat eine Zusatzausbildung zur Tierheilpraktikerin absolviert und kann parallel Ihren Barry beispielsweise zusätzlich homöopathisch behandeln." „Ach, du je!" Frau Korbler fasste sich verzweifelt an den Hals, „da haben Sie mir jetzt aber einen gewaltigen Schrecken eingejagt. Das hört sich alles an wie ein Fass ohne Boden. Da wird finanziell was auf mich zukommen. Ich beziehe nur eine kleine Rente, ich weiß nicht, wie ich die ganzen

Heilmethoden bezahlen soll und ob damit die Heilungschancen überhaupt verbessert werden. Andererseits ist Barry das Einzige, was mir noch von meinem verstorbenen Mann geblieben ist. Meine Kinder befinden sich beruflich im Ausland. Sie sind weit weg. Was mache ich denn jetzt bloß?" „Frau Korbler, denken Sie in Ruhe darüber nach. Auf alle Fälle ist aber eine Cortison-Spritze notwendig, die ich Ihrem Hund auch gleich geben werde. Sie müssten dann anfangs in einem vierwöchigen Turnus vorbeikommen. Wenn Sie das nicht bezahlen können, keine Bange. Wir finden eine Lösung." „Oh, Herr Doktor, darüber bin ich sehr froh, ich werde mir zu Hause das in Ruhe durch den Kopf gehen lassen und einen Kassensturz machen und dann weitersehen." „Tun Sie das, weichen Sie sein Futter auch weiterhin ein, wir sehen uns dann in vier Wochen wieder." Nachdem Sven dem Bernhardiner-Mischling die Spritze verabreicht hatte, gab er ihm noch ein Leckerlie und verabschiedete die Zwei.

An diesem Wochenende hatten Marie und Sven tierärztlichen Notdienst und hatten alle Hände voll zu tun. Es war spät geworden an diesem Samstagabend, Marie war gerade dabei die Praxistür zu schließen, als das Telefon klingelte. Sie hörte Sven sagen: „Kommen Sie bitte sofort mit Ihrem Hund vorbei, das hört sich nach Magendrehung an.

Wir müssen notoperieren, bitte beeilen Sie sich, wir dürfen keine Sekunde verlieren, Ihr Hund schwebt in akuter Lebensgefahr.“ Sven machte den OP-Tisch schnell klar und hoffte, dass der Besitzer keine wertvolle Zeit verlieren würde, denn es ging um Leben und Tod. Sven rief Jens an, und bat ihn rasch vorbeizukommen. Er schilderte ihm in knappen Sätzen, worum es ging. Er umarmte Marie, die hinauf in die Wohnung gehen wollte, um sich um das Abendessen zu kümmern. „Ich weiß, dass ich dir während deiner Schwangerschaft ein bisschen zu viel zumute, aber jetzt brauche ich dich nochmal. Gleich kommt ein Hund mit Magendrehung, den wir schnellstmöglich operieren müssen. Da brauche ich deine Hilfe. Danach bestellen wir uns eine Pizza und einen Salat dazu, legen die Beine auf dem Sofa hoch und kuscheln. Die Welt kann uns gestohlen bleiben, dann zählen nur noch du und ich.“ „Das klingt ja sehr verlockend. Auch wenn ich doch ein bisschen geschlaucht von dem heutigen Tag bin, helfe ich dir doch selbstverständlich, das ist doch keine Frage. Wir haben ja schließlich diesen Beruf ergriffen, um zu helfen und Leben zu retten.“ „Marie, du bist die wunderbarste Frau auf der ganzen Welt und noch dazu meine. Ich liebe Dich.“ Sven gab ihr einen innigen Kuss. In diesem Moment fuhr ein

Auto vor, ein großer, schlanker Mann klingelte und übergab Sven einen Schäferhund. „Kümmern Sie sich bitte um ihn, er hat anscheinend große Schmerzen. Ich kann leider nicht bei ihm bleiben, ich muss arbeiten. Ich melde mich morgen wieder bei Ihnen. Er hört auf den Namen Lupo und ist ein sehr friedlicher und freundlicher Hund. Ich muss jetzt aber weg, bitte nehmen Sie mir das nicht übel." Er lief eilenden Schrittes an sein Auto und fuhr davon. Just in diesem Moment erschien auch Jens in der Tür, stellte einen Korb auf den Tresen im Empfangsbereich und lief schnell in den OP-Saal. Man sah Lupo an, dass er litt und sich in einem lebensbedrohlichen Zustand befand. Er war sehr unruhig, speichelte, sein Bauchumfang war trommelartig aufgebläht und hart. Sven untersuchte ihn und hörte sein Herz ab und stellte ihn auf die Waage, um die Narkose zu berechnen. Er winkte Jens herbei. „Gut, dass du da bist, wir müssen uns jetzt sputen, für die OP habe ich schon alles vorbereitet. Wir müssen nur noch röntgen und ultraschallen um ganz sicher zu sein, dass es sich um eine Magendrehung handelt. Jens hilf mir bitte ihn hochzuheben. Du und Marie haltet ihn bitte mal fest." Der Schäferhund hatte große Schmerzen, aber merkte instinktiv, dass ihm bald geholfen wird. Marie beruhigte ihn sanft und summte leise eine Melodie. Er schnappte oder biss nicht.

„Wie ihr hier sehen könnt, hat sich der Verdacht leider bestätigt. Im Magen haben sich schon Fäulnisgase gebildet, die Milz hat sich mit dem Magen mitgedreht und ist bereits vom Blutkreislauf abgeschnitten. Auf geht's, wir müssen uns beeilen." Jens und Sven hievten den Patienten auf den OP-Tisch, während Marie die Narkosespritze aufzog. An der Vorderpfote wurde das Fell rasiert und eine Verweilkanüle gelegt, um über eine Infusion den Kreislauf zu stabilisieren. Lupo wurde schlafengelegt, sein Herz überwacht, er bekam einen Schlauch ins Maul und sein Bauchfell wurde rasiert. Alles wurde desinfiziert, dann wurde der Bauchraum mit einem Schnitt in der Bauchmitte geöffnet. Der Inhalt des Magens wurde von Gas und gärendem Futter geleert und schnellstens in seine Ursprungslage gedreht. Die Milz wurde dadurch wieder durchblutet und erholte sich rasch. Sven fixierte den Magen mit einer Naht an die innere Bauchwand, diese sollte den Magen vor einer erneuten Drehung schützen. Nach zwei Stunden war es geschafft. Lupos Leben war gerettet.

Marie und Sven atmeten auf. Jens war noch behilflich, den Schäferhund in eine Box zu legen, damit er sich in Ruhe erholen konnte. Jens wollte wissen: „Wie geht es denn jetzt mit dem Hund weiter? Wird er es schaffen? Die

Todesrate ist ja sehr hoch und es können immer noch Komplikationen auftauchen, trotz erfolgreicher Operation." „Stimmt, aber daran wollen wir im Moment nicht denken. Wir haben erst einmal sein Leben gerettet und wir tun alles erdenklich Mögliche, um das auch zu erhalten. Allerdings sind die nächsten Tage entscheidend und die kritische Phase ist noch nicht vorüber, aber er ist stabil. Sicher, es können immer noch Spätfolgen, wie etwa eine Bauchfellentzündung oder eine Blutvergiftung auftreten oder gar Herzversagen. Er kann auch hohes Fieber bekommen. Wir überwachen seinen Herzkreislauf und für die Nacht ist er medikamentös versorgt. Morgen bekommt er weiter Antibiotika und Schmerzmittel, und muss noch einen Tag fasten. Danach kleine Futtermengen, um seinen Magen zu schonen. Das behalten wir 14 Tage bei und darüber hinaus darf sein Magen nicht mehr überbelastet werden. Es ist ohnehin besser, kleinere Mahlzeiten über den Tag zu füttern, als eine große Portion abends. Toben und Springen ist auch erst einmal gecancelt. Wenn ich mir den goldigen Kerl so ansehe, ist er ja noch jung, schätzungsweise vier Jahre alt. Außerdem war seine Ausgangsposition gar nicht mal so schlecht. Sein Magen war nur dreiviertel gedreht, dadurch mussten wir keinen großen Bauchschnitt vornehmen, und das minimiert auch die Gefahr einer Bauchfellentzündung. Sein Besitzer hat Gott sei Dank rechtzeitig reagiert und hat ihn so schnell wie möglich hergebracht. Er ist hier unter ärztlicher Aufsicht und sein Allgemeinzustand ist zufriedenstellend. Also denke ich, er hat die allerbesten Chancen zu überleben. Warum sollte Lupo es nicht schaffen?"

Jens nickte. „Es ist spät geworden, ihr müsst jetzt auch mal zur Ruhe kommen. Hier in dem Korb sind gute Sachen drin, die hat mir Elly noch schnell eingepackt, bevor ich gefahren bin. Einen extra schönen Gruß soll ich euch ausrichten und ihr sollt es euch schmecken lassen." „Das ist aber nett, ja die Mama denkt einfach an alles. Sag ihr einen schönen Gruß von uns und vielen Dank, der Dank gilt auch dir, Papa, für deine Hilfe." Marie warf einen Blick in den Korb, „Hm, da läuft einem ja das Wasser im Mund zusammen. Ich muss gestehen, ich bin auch sehr hungrig." Sven kam hinzu und legte den Arm um Marie: „Na, ich erst, komm wir gehen hoch und dann gibt es nur noch uns zwei. Die Nacht schaue ich nochmal nach unserem Patienten, aber du schläfst dich morgen mal aus. Ich hoffe, dass es morgen ein bisschen ruhiger wird". Und zu Jens gewandt sagte er: „Richte viele Grüße aus, vielen Dank für das gute Essen und dass du so schnell gekommen bist."

„Das ist doch selbstverständlich, das mache ich doch gerne, dafür ist ja eine Familie da. Ich wünsche euch noch einen schönen Abend und Gute Nacht. Ach ja, Marie, ich soll dir noch von deiner Mutter ausrichten, dass du auf dich und dein Baby achten sollst und dich mehr schonst, gönn' dir einfach mal mehr Pausen." „Keine Sorge, das mache ich schon und Sven achtet auch strengsten darauf." Sven nickte, „wir sind zwar ein eingespieltes Team, aber Mutter und Kind gehen vor." „Das weiß ich doch. Eins beschäftigt mich allerdings noch. Was ist eigentlich, wenn der Besitzer seinen Hund nicht wiederhaben will? Der ist ja so schnell verschwunden, hat keinen Namen, keine Adresse oder Telefon-Nummer hinterlassen. Ich habe so ein komisches Gefühl. Der Halter machte zwar einen seriösen Eindruck, aber irgendwie war das komisch, er kam auch allein, irgendetwas stimmt da nicht. Das habe ich im Instinkt." „Daran wollen wir jetzt noch nicht denken, erst, wenn es soweit ist. Jetzt haben wir erst einmal Lupos Leben gerettet und das ist die Hauptsache." „Ja, Gott sei Dank, hoffentlich ist er bald überm Berg. Dann mache ich mich jetzt auf den Weg, tschüss und Gute Nacht." Jens verließ die Praxis und fuhr nach Hause. Sven schloss die Tür ab und schaute noch mal nach seinem Notfall. Der schlief, und zufrieden ging Sven die Treppe hinauf.

Am nächsten Morgen erkundigte sich Lupos Herrchen nach seinem Befinden. Er stellte sich als Herrn Holzer vor und entschuldigte sich für seinen schnellen Abgang. „Sie müssen mir das nachsehen, aber ich war gestern in Zeitdruck, da ich meine Kollegen ablösen musste. Ich komme jetzt gerade aus der Nachtschicht und bin hundemüde, aber ich wollte noch wissen, wie es Lupo geht. Ich arbeite als Arzt in der Notaufnahme und habe daher meistens keinen geregelten Feierabend. Gestern habe ich sofort bemerkt, dass es Lupo schlecht geht und es dramatisch werden kann. Als Mediziner weiß ich, wann es um Leben und Tod geht. Der Alptraum Magendrehung hat sich ja leider bestätigt. Deshalb habe ich ihn direkt zu Ihnen gebracht, ich wusste, dass jede Sekunde zählt." „Und das war auch gut so, damit haben Sie ihm das Leben gerettet. Er hat die Operation gut überstanden, Sie sehen ja, er ist wieder munter und freut sich, Sie zu sehen." Lupo kam schwanzwedelnd auf sein Herrchen zu. „Ja, ja, du Racker, alles gut, wir haben Glück gehabt." Sven wandte sich an Herrn Holzer: „Folgendes müssen Sie bitte in Zukunft beachten. Füttern Sie bitte kleinere Mengen, anstatt abends eine große Schüssel, und nicht nur Trockenfutter, sondern auch Nassfutter. Trockenfutter verbleibt länger im Magen bis es verdaut ist. Der Magen darf nicht mehr überlastet werden. Manche schwören auf Rohfütterung, das sogenannte Barfen, aber da muss man sich genausten auskennen. Nach dem Fressen sollte der Hund am besten zwei Stunden ruhen, also auf gar keinen Fall herumtollen, springen oder gar Treppen steigen. Zwar stellt die Magendrehung für jeden Hundebesitzer eine lebensbedrohliche Notfallsituation dar, aber wie sie letztendlich entsteht, ist noch nicht endgültig erforscht. Es sind auch nicht nur große Hunde davon betroffen. Ob es tatsächlich an großen Futterportionen liegt oder das hastige Nachtrinken, weiß man nicht. Es sind schon Hunde an einer Magendrehung erkrankt, die vorher nichts gegessen hatten. Bei vielen älteren Hunden entsteht das Risiko durch eine Bindegewebeschwäche, aber das trifft bei Ihrem Lupo noch nicht zu. Häufig sind Rassen mit einem großen und tiefen Brustkorb davon betroffen. Damit diese Gefahr für die Zukunft ausgeschlossen ist, haben wir den Magen mit einer Naht fixiert, dann sollte Ihr Hund normalerweise für sein weiteres Leben davon verschont bleiben." „Na, das ist ja wunderbar, aber ich habe eine Bitte, kann ich Lupo bis zur vollständigen Genesung in Ihrer Obhut lassen?"

„Ja, natürlich, meine Frau kümmert sich bereits rührend um ihn und er ist ja auch ein lieber Kerl.“ „Ja, das ist er wirklich, für mich ist er ein ganz besonderer Hund. An Lupo ist ein Mensch verloren gegangen. Aber ich will ehrlich zu Ihnen sein. Im Moment fehlt mir die Zeit, durch meine berufliche sowie private Situation, mich intensiv um ihn zu kümmern. Meine Frau hat mich vor ein paar Monaten verlassen und ist zu ihrem neuen Lover gezogen und wollte Lupo nicht mitnehmen. Sie wollte frei von allen Altlasten sein. Dabei habe ich das alles für sie getan und für unsere Kinder, die wir geplant hatten. Ich wollte so schnell wie möglich unser Haus abbezahlen. Aber sie hat sich wohl einsam gefühlt, ich habe ihrer Meinung nach zu viel gearbeitet und wie das so ist hat sie einen früheren Freund wiedergetroffen. Ach, was erzähle ich Ihnen da, jedenfalls, wenn Sie so wollen, ist Lupo ein Scheidungsopfer. Und genau das ist jetzt der springende Punkt. Meine Lebenssituation hat sich dadurch völlig verändert. Durch meine Tätigkeit im Krankenhaus, dazu ständiger Schichtwechsel und nie pünktlich Feierabend, fehlt mir einfach die Zeit, mich mit ihm zu beschäftigen. Ich kann ihm leider nicht mehr gerecht werden. Er ist so ein toller Hund, er hat es nicht verdient, so lange alleine zu sein und auf mich zu warten, bis ich endlich nach Hause komme. Er hat es verdient Familienanschluss zu haben, wo man sich ausgiebig um ihn kümmern kann. Er liebt lange Spaziergänge, Wanderungen, er kann mit Joggen gehen, er ist geübt am Rad mitzulaufen, er spielt gerne Bällchen und ist hervorragend in der Nasenarbeit. Er ist sehr gut erzogen und hört aufs Wort, er ist eine Seele von Hund und wer sein Herz erobert hat, dem weicht er nicht mehr von der Seite. So leid es mir tut, muss ich Lupo aus Zeitmangel schweren Herzens abgeben. Für die OP- und Behandlungskosten komme ich selbstverständlich auf sowie für alle weiteren anfallenden Kosten. Ich bitte Sie, für Lupo ein neues Zuhause zu finden. Sie kommen doch täglich mit so vielen Leuten zusammen, da ist doch bestimmt jemand dabei, der so einen tollen Hund will. Ich möchte ihn nicht zur Vermittlung ins Tierheim geben, er braucht dringend ein Zuhause, er ist auch keinen Zwinger gewöhnt. Ich habe schon mal den Impfpass mitgebracht und jede Menge Futter. Bitte denken Sie jetzt nicht schlecht von mir."

Sven und Marie tauschten Blicke. „Ja, das haben wir uns schon gedacht. Mein Schwiegervater hatte das auch schon geahnt. Sie haben wirklich großes Glück, dass meine Frau Lupo schon ins Herz geschlossen hat. Wir sind uns einig, dass er bei uns bleibt. Sie brauchen sich keine

Sorgen zu machen, wir verurteilen niemanden, Lebensumstände können sich eben ändern. Sie waren ja fair und haben mit offenen Karten gespielt. Da gab es schon ganz andere Fälle, wo die Besitzer einfach nicht mehr ihre Tiere abgeholt haben. Das finde ich unverzeihlich und nicht fair. Es gibt für alles eine Lösung, man muss nur ehrlich sein. Ein Tier ist kein Gegenstand, von dem man sich einfach so entledigen kann. Sie sind Lebewesen, das sollte sich jeder bewusst machen. Sobald man sich ein Fellknäul ins Haus holt, ist man verantwortlich bis an dessen Lebensende. Sie haben ihre eigenen Bedürfnisse, denen man gerecht werden muss. Sie müssen artgerecht gehalten werden, und dürfen nicht vermenschlicht werden. Da nimmt das Drama schon seinen Lauf. Dies hat nichts mehr mit Tierliebe zu tun, sondern ist eine Qual für jedes Tier. Sie sind erst recht kein Kindersatz." Marie nickte: „Wissen Sie, Lupo hatte einen Schutzengel gehabt. Und Sie auch, Ihr Engel war auch bei Ihnen, sie haben dafür gesorgt, dass Ihr Hund rechtzeitig Hilfe bekommen hat. Und wir sind durch Sie zu so einem guten Hund gekommen. Meine Großtante hatte auch ein großes Herz für Tiere und bei ihr wurden auch immer Vierbeiner abgegeben, die keiner mehr wollte." „Also da zähle ich mich aber nicht dazu", protestierte Herr Holzer energisch. „Ich hätte Lupo gerne behalten, aber meine jetzige Situation lässt dies einfach nicht zu. Und da sollte man zum Wohle des Hundes entscheiden. Aber mir fällt ein Stein vom Herzen und ich weiß, dass er bei Ihnen gut aufgehoben ist." „Das aber ganz bestimmt. Was halten sie eigentlich davon, wir haben vor, eine Tafel für Tiere einzurichten, wenn Sie regelmäßig Futter spenden würden? Wir haben sehr viele ältere oder alleinstehende Menschen, die eine kleine Rente beziehen oder von Harz IV leben müssen. Für sie sind meistens ihre Vierbeiner der einzige Trost, die sich aber leider am Ende des Monats, wenn das Geld knapp wird, kein Futter mehr leisten können. Oder wir behandeln auch die Tiere der Obdachlosen, auch ihnen wollen wir helfen. Meine Eltern betreiben ein kleines *Café* in der alten Mühle, sie haben eine Tafel für notleidende Menschen eingerichtet. Diese können sich was übrig geblieben ist abends abholen. So wird nichts weggeworfen und bedürftige Menschen werden satt". Herr Holzer unterbrach Marie: „Meinen Sie das schnuckelige *Caféchen* mit Wohlfühlcharakter?" „Ja, genau das meine ich." „Da war ich auch schon öfters, wirklich eine Oase mitten in der hektischen Welt. Ein Ort, wo man zur Ruhe kommt und sich mit guten Sachen verwöhnen lassen kann. Da stimmt einfach alles, vom Personal angefangen bis zum schnieken Ambiente. Dieses *Café* hat ein ganz besonderes Flair." „Oh ja, das hat es. Das Kompliment gebe ich gerne weiter, das wird meine Eltern und die ganze Belegschaft freuen." „Ja, machen Sie das ruhig, ein bisschen Lob tut immer gut. Dass mit der Futterspende finde ich eine super Idee. Das werde ich auch machen, dadurch sehe ich ab und zu auch noch meinen Lupo. Ich werde auch meine Freunde und Bekannte mobilisieren, sie dabei zu unterstützen. Wenn jeder ein bisschen abgibt, wäre die Not für Mensch und Tier gelindert, es tut keinem weh und davon wird auch keiner ärmer." „Das haben sie aber schön gesagt, ja da wäre die Welt vielleicht ein bisschen besser."

Jens und Carl chauffierten eine Gruppe älterer Herrschaften mit ihrem *Senioren-Taxi* zum Flughafen, sie wollten nach Lanzarote in den Urlaub fliegen und auf dem Rückweg wollte er Christin mitbringen, die aus London mit dem Flieger gelandet war. Zuhause angekommen rief Christin fröhlich: „Halli, hallo, ich bin wieder da." Elsa und Viktor stürmten auf ihre Tochter zu und waren ganz wissbegierig, wie der Trip in die königliche Hauptstadt war. „Oh, Mum and Dad, I am so happy, it was fantastic." Man merkte Christin an, dass sie sich noch nicht so ganz akklimatisiert hatte. „Also, nach deiner Euphorie zu urteilen hat es Sören mit dir gut gemeint", lachte ihr Vater zufrieden. „Aber natürlich, das war so ein richtiges Liebes- und Verwöhn-Wochenende. Wir sind jetzt fest zusammen, wir wollen es miteinander versuchen, ich habe nach meiner herben Enttäuschung jetzt ein sehr gutes Gefühl. Sören ist so anders als mein Ex. Er ist weltgewandt, hat Herz und Verstand und geht auf mich ein, ohne mich einzuengen. Bei Sören fühle ich mich wohl, er hat eine Art, Geborgenheit und Schutz zu geben, ohne Kontrolle auszuüben. Er ist einfach für mich da. Er tut mir sehr gut." „Ja, und das merkt man. Du strahlst und bist so fröhlich, wie schon lange nicht mehr." Elsa umarmte ihre Tochter: „Ich freue mich so für dich, mein Kind." Nelly kam hinzu und begrüßte Christin herzlich. „Ach ja, schöne Grüße von Mary und Leon soll ich ausrichten. Sie freuen sich schon auf Maries Hochzeit, auf ein Wiedersehen und auf ein rauschendes Familienfest." „Das wird es bestimmt", sagte ich freudig, als ich das Zimmer mit Fee betrat. „Komm mal her, lass dich umarmen, schön, dass du wieder da bist." „Ich freue mich auch und Fee, ja hallo kleine Süße, wie geht es dir? Gut, gell, mir auch, uns geht´s gut" und knuddelte den Hund. „Das sieht man dir an, die neue Liebe tut dir gut, stimmt's?" „Oh ja, Tante Elly, Sören kommt übrigens zur Hochzeit und bleibt ein paar Tage. Danach muss er wieder zurück nach London, da er noch ein berufliches Projekt fertigstellen muss. Aber sein Chef hat schon anklingen lassen, dass er ihn wieder in seiner Firma braucht, er hätte ihn lange genug an die britische Filiale ausgeliehen. Gute Leute braucht man eben." „Ach ja, weißt du schon, dass Marie und Sven jetzt auch auf den Hund gekommen sind?" berichtete ich die Neuigkeit. „Ein ganz toller Schäferhund, ein Prachtkerl. Wegen einer Magendrehung ist er gekommen und geblieben. Die Beiden haben ihm das Leben gerettet. Aus zeitlichen Gründen musste sein Halter ihn mit einem weinenden und einem lachenden Auge abgeben, denn er weiß ja, dass er bei Marie und Sven bestens aufgehoben ist." „Auf jeden Fall. Ja, Marie hat mir per WhatsApp ein Bild von ihm geschickt. Der ist ja wirklich bildhübsch und soll einen astreinen Charakter haben, klar im Kopf sein und ein sanftmütiges Wesen haben. Ich muss Marie sowieso noch mal herbitten wegen der letzten Anprobe vor der Hochzeit, um noch Feinheiten auszubessern. Da kann sie Lupo gleich mitbringen, mal sehen, wie Fee und Wolfi auf ihn reagieren." „Ich denke, das geht gut, alle drei sprechen eine klare Sprache, sie haben eine klare Mimik, jeder kann den anderen lesen, da gibt es wohl keine Missverständnisse. In ihrer Ausdrucksweise sind Hunde klarer als die Menschen. Jedoch wir Menschen tun uns manchmal schwer sie zu verstehen, wir interpretieren sie falsch, denn wir denken zu sehr menschlich und nicht hündisch genug. Da kommt es zu Missdeutungen, aber in der Regel nicht unter gut sozialisierten Hunden". „Ja, das ist auch meine Meinung, Tante Elly. So, jetzt mache ich mich ein bisschen frisch von der Reise und dann würde ich gerne etwas essen, denn ich habe einen Riesenhunger." „Den darfst du auch haben", sagte Viktor, „deine Mutter und ich haben gemeinsam gekocht. Wir essen alle zusammen und feiern das Leben." „Oh ja", fügte Elsa hinzu, „wer weiß, was noch alles auf uns zu kommt. Carpe diem."

Marie schaute mit Lupo vorbei. Sie wollte ihn den anderen vorstellen und ihr Hochzeitskleid nochmal anprobieren. Der Countdown war in greifbare Nähe gerückt. Jens begrüßte den Vierbeiner zuerst. „Ja, hallo, wen haben wir denn da, du goldiges Kerlchen. Wir waren sehr besorgt um dich, aber du hast es geschafft und hast sogar ein neues Zuhause gefunden." Der Schäferhund erkannte Jens sofort wieder und freute sich, ihn zu sehen. Wir bewunderten alle das neue Familienmitglied. Christin kam angerannt: „Marie, du hast wirklich nicht übertrieben, neben seiner Schönheit hat er auch ein sanftes Wesen." „Ja, sag ich doch, ein herziges Kerlchen", ergänzte Jens noch. „Dann geht ihr mal ins Schneideratelier und ich hole Wolfi und Fee, damit sie Lupo kennenlernen", schlug ich vor. Die beiden Frauen verschwanden und ich machte die Tür auf und Wolfi und Fee sausten hinaus. Sie hatten schon den neuen Hund gewittert. Und, wie ich es vorausgesagt hatte, gab es beim Kennenlernen keinerlei Probleme. Ich ging zu der großen Engelstatue, die sich im Garten mitten romantischer Rosen befand. Tante Anneliese hatte sie dort anbringen lassen, als ihr kleines Mädchen starb. Sie ging oft zu dieser Stelle. Sie sagte uns immer, dass der Engel ihr Kraft und Zuversicht gibt. Sie sprach auch mit dem Engel und er übermittelte ihr, dass es ihrer Kleinen gut geht. Es war ein magischer Ort, umgeben von duftenden Blumen und Rosen, die an einem Rosenbogen hinaufkletterten. In der Mitte stand eine Bank, die einlud einen Moment zu verweilen. Nicht weit davon plätscherte ein Brunnen. Es war ein herrlicher Platz. Wenn ich alleine war, ging ich oft dorthin, es war mittlerweile einer meiner Lieblingsplätze in diesem wunderschönen großen Garten.

Außerdem hatte ich alles im Blickfeld. Ich beobachtete, wie die Hunde sich gegenseitig zum Spiel aufforderten und dann faul in der Sonne dösten. Alles war so friedlich. Ich dachte, warum klappt das bei Hunden, und nicht bei Menschen. Da hörte ich meinen Engel sagen: „Hallo Elly,

Menschen sind um ein vielfaches komplizierter als andere Lebewesen. Der Mensch will alles kontrollieren, alles unterordnen, alles besitzen und alles zerstören. Menschen schauen immer zurück und meinen, sie hätten etwas verpasst oder es anders machen können. Dadurch blockieren sie aber ihre Gegenwart. Ihr Menschen solltet mal die Dinge so annehmen, wie sie sind und das Beste daraus machen. Ihr jammert auf hohem Niveau und schielt immer auf den anderen, der es vermeintlich besser hat. Dabei seht ihr euch nicht mehr. Ihr seid doch nicht nichtig und klein. Seid stolz auf dass, was ihr schon geschaffen habt und noch erreichen wollt. Glück ist immer individuell. Jeder hat ein anderes Glücksempfinden. Also schaut nicht auf andere, wer sagt denn, dass das Glück der anderen auch euer Glück ist. So ist es auch mit der Vergangenheit. Sie ist vorbei, man kann sie nicht mehr rückgängig machen. Und was die Zukunft bringt, weiß keiner, aber die Gegenwart könnt ihr sinnvoll gestalten. Was ihr heute sät, könnt ihr morgen ernten, und so zehrt ihr auch noch später davon. Alles kommt zur rechten Zeit. Alles hat seine Zeit. Ihr Menschen solltet so leben, dass ihr am Ende nichts bedauert. Hunde kümmert nicht die Vergangenheit oder die Zukunft, sie leben in der Gegenwart, im Hier und Jetzt. Danach handeln sie und folgen ihrem natürlichen Instinkt. Menschen wollen alles wissenschaftlich belegt haben und glauben mehr der Technik und der künstlichen Intelligenz als ihrem Verstand. Seit die mediale Welt in das Leben der Menschen einzog, hat sie auch Besitz von ihnen genommen, wie eine unsichtbare Seuche. Durch die Digitalisierung ist vieles einfacher geworden, aber auch komplizierter, unberechenbarer und gefährlicher. Frei nach Goethes Zauberlehrling *„Die Geister, die ich rief, werd ich nun nicht mehr los!“* werden sie eines Tages nicht mehr beherrschbar sein und ihr werdet hilflos ausgeliefert sein. Menschen dürfen nicht aufhören, sich ihres Verstandes zu bedienen. Sie blenden ihren Instinkt und ihre Sinne aus. Ich beobachte dies schon eine ganze Weile. Egoismus und Ellenbogen sind mittlerweile die gesellschaftlichen Rahmenbedingungen, dagegen Mitmenschlichkeit, Empathie und Herzensgüte sind Fremdwörter geworden. Ihr Menschen wollt euch nur noch selbst verwirklichen und Individualismus wird ganz großgeschrieben, ohne Rücksicht auf Verluste. Ihr Menschen seid so mit euch beschäftigt, dass ihr gar nicht merkt, dass die Kluft zwischen Arm und Reich immer größer wird. Das birgt Zündstoff. Macht und Geld spielen bei euch Menschen eine übergeordnete Rolle. Dabei verliert ihr euer Herz und eure Seele. Was nutzt euch der ganze Reichtum, wenn ihr nicht bereit seid, von Herzen zu teilen, oder niemanden habt, mit dem ihr teilen könnt. Dann seid ihr ärmer, als jemals zuvor. Auf die Reise in die andere Welt nehmt ihr auch nichts mit, also hat sich das Raffen nicht gelohnt. Deine Tante Anneliese hat einmal gesagt: *„Arm und Reich will ich nicht sein, aber die Mitte wäre fein.“* Danach solltet Ihr Menschen streben, denn nur der Soziale und der den Gegebenheiten Angepasste überlebt. Es gibt aber auch wohltuende Ausnahmen in dieser Welt. Es gibt immer noch Menschen mit Sinn für das Wohl der Allgemeinheit. Ich nenne sie immer meine Herz- und Seelenmenschen. Meine liebe Elly, du und deine Familie gehören dazu. Euer Garten und euer Haus und dessen Bewohner strahlen eine positive Aura aus. Ich komme gerne hierher. Menschen wie ihr lassen mich auf eine bessere Welt hoffen. Ihr Menschen habt es in der Hand, ob dieser Planet ein heller oder dunkler Ort ist, ein Ort des Friedens oder des Krieges, ob ihr im Licht steht oder ob eine dunkle Macht von euch Besitz ergreift. Nehmen wir wieder die Hunde als Beispiel. Sie sind Rudeltiere und leben in sozialer Gemeinschaft. Diese Eigenschaft haben sie nie abgelegt, trotz ihrer Domestizierung, als aus dem Wolf ein Hund wurde. Wenn man ein Rudel Wölfe beobachtet, sieht man, dass sie nach einer strengen Ordnung leben. Jeder hat seinen Posten, wer gegen die Regel verstößt, wird ausgegrenzt. Unter den Tieren gibt es viele, die in solchen Verbänden leben. Gemeinsam sind sie stark, bei der Jagd und bei der Aufzucht ihrer Jungen. Nur wer zusammen hält, kann sich gegen seine Feinde behaupten und erfolgreich zur Wehr setzen. Sie kennen keine Habsucht, keinen Hass, keinen Neid, keine Heuchelei, sie sind grundehrlich. Sie würden auch niemals ihre Art ausrotten. Tiere töten nicht aus Spaß, das macht nur der Mensch. Man könnte sagen, dass eigentlich die Tiere die besseren Geschöpfe sind. Man kann viel von ihnen lernen. Auch Menschen sind aufeinander angewiesen. Keiner kann auf Dauer für sich alleine existieren. Jeder hat seinen Platz im Leben. Was Menschen jedoch daraus machen, bleibt ihnen überlassen. Jeder hat die Wahl, den Kreislauf des Lebens aufrecht zu erhalten. Dies geschieht nur, wenn das Universum im Gleichgewicht ist. Wenn es außer Balance gerät, entsteht eine Disharmonie. Alles auf Erden hat seine Bedeutung und alles ist in der göttlichen Ordnung eingebunden. Es kommt darauf an, wie achtsam Menschen sind im Umgang miteinander, im Umgang mit der Natur und der Umwelt oder im Umgang mit denen, die ihnen anvertraut wurden. Dazu zählen auch die Tiere. Sie haben Bedürfnisse, denen man gerecht werden muss. Was ihr euch zu Eigen gemacht habt, dafür seid ihr verantwortlich. Die Tiere vertrauen euch Menschen, ihr dürft sie aber nicht enttäuschen. Sie haben auch eine Seele. Sie spüren genauso Freude, Schmerzen und Trauer, Glück und Unglück. Das ist übrigens ein Zitat von Charles Darwin und stammt nicht aus Forschungsergebnissen der Neuzeit. Rohlinge unter den Menschen sprechen ihnen dies ab. Solange Menschen denken, dass Tiere nicht fühlen, müssen Tiere fühlen, dass Menschen nicht denken. Man darf Tiere nicht quälen oder aus Wollust töten, man darf sie auch nicht einsperren. Wildtiere gehören nicht in die Häuser, in Käfige oder gar in den Zirkus oder Zoos, sie gehören in die Freiheit. Tiere sind nicht zur Belustigung der Menschen geschaffen worden, das ist wider die Natur. Der Mensch macht aus ihnen Sklaven. Sie brauchen eine artgerechte Umgebung. Menschen sollten Respekt und Achtung gegenüber ihren Mitgeschöpfen zeigen. Die Würde eines jeden Lebewesens ist unantastbar. Was Menschen anderen antun, tun sie letztendlich sich selbst an. Alles kommt wie ein Bumerang zurück. Wer die Erde zerstört, braucht sich am Ende nicht zu wundern, dass kein Lebensraum mehr für Mensch und Tier existiert. Wenn der letzte Baum gefällt, die letzten Felder abgeerntet, die letzten Rohstoffe aufgebraucht sind, das letzte Trinkwasser versiegt, die letzte Tierart ausgerottet ist, was ist dann? Wann werdet ihr Menschen je verstehen? Denkt ihr erst dann nach und um, wenn es zu spät ist? Ihr Menschen solltet schleunigst umdenken, bevor eure Erde untergeht".

„Ich danke dir, mein Engel für deine aufrüttelnden Worte, so sind auch meine Gedanken. Tante Anneliese hat die gleiche Betrachtung uns kurz vor ihrem Tod in einem Brief mitgeteilt." „Ich weiß, mit eurer Tante war ich kommunikativ sehr verbunden, und jetzt mit dir, es ist mir immer wieder eine Freude." „Mein Engel, unsere Gespräche tun mir gut, sie sind voller Hoffnung und Wärme. Was ich aber noch wissen möchte, fliegt ihr Engel auch zu denen, die eine finstere Seele haben"? „Ja, die ganze Engelschar ist auch bei denjenigen, die eine kranke Seele haben, aber sie nehmen uns nicht wahr und bemerken uns nicht. Zu groß ist der dunkle Schatten, der sich auf ihre Seelen gelegt hat. Manchmal sind auch wir machtlos, wenn sich das Böse in einen Menschen festgesetzt hat. Aber wir geben die Hoffnung nicht auf. Jeder bekommt die Chance zur Umkehr, man muss nur die Zeichen erkennen und es wollen. Jeder hat für sich und sein Leben eine Eigenverantwortung. Man kann sich nicht nur auf seinen Engel verlassen, man muss auch mitdenken und sich nicht unnötig in Gefahr begeben. Wer die Gefahr sucht, kommt darin um. Aber wir Engel sind bei allen Menschen, ganz besonders aber bei denen, die unsere Hilfe und unseren Schutz nötig haben. Wenn man uns ruft, sind wir zur Stelle.“ „Das ist gut, mein Engel. Ich habe noch die Bitte an dich, Marie, Sven und ihr Baby zu beschützen.“ „Aber klar doch, euer Schutzengel ist bei euch. Jetzt muss ich aber weiter. Es gibt noch andere Erdenbewohner, mit denen ich mich gerne unterhalte und wo ich mich gerne niederlasse. Wenn du Hilfe brauchst, weißt du ja, wo du mich findest“.

Auf dem Weingut meines Sohnes startete in diesem Sommer ein Kulturfestival der Superlative, das Ereignis des Jahres: *„Classic meets Rock & Pop“*. Klassische Musik gepaart mit modernen Rhythmen. Meilensteine der Musikgeschichte. Jeder von uns hatte seinen Aufgabenbereich. Björn kümmerte sich im Vorfeld um die Organisation und erzählte den Zuschauern zusammen mit Sven und Mary die Lyrics zu den Songtexten. Lina, Elsa, Marie und ich waren für die Küche eingeteilt. Jens, Carl, Peter, Viktor, John, Sören und Christin waren für den Servicebereich abkommandiert. Birte und Nancy wollten sich um die Tischdekoration kümmern und sich überall nützlich machen. Nelly und Leon waren am Flügel vorgesehen. Leon war für das Orchester mit Bläser, Streicher, Flötisten und Saxophonisten verantwortlich. Sören war extra aus London angereist, was Christin außerordentlich freute. Leon brachte seine Freundin Nancy mit und Mary ihren Freund John, wir konnten jede Unterstützung gebrauchen. Viele Künstler aus Nah und Fern fanden sich für dieses Wochenende ein. Ein buntes Bild bot sich dem Betrachter. Es wurde geprobt, gespielt und gesungen. Es lag eine gewisse Heiterkeit in der Luft. Das lag sicherlich auch an dem wunderschönen Gutshof, eingebettet inmitten der Weinberge. Dazwischen standen Tische und Stühle für die Besucher, die zahlreich einströmten, dazu guter Wein und gutes Essen. Es war ein warmer Sommerabend und ein laues Lüftchen wehte. Die Gäste flanierten zwischen den Bühnen und dem parkähnlichen Gelände hin und her. Das Weingut war vom Areal her eher klein und überschaubar, nicht so großflächig, wie man sich das bei einem Gut so vorstellt. Der Hof wirkte aber dadurch sehr idyllisch und versprühte einen romantischen Charme. Das wussten auch die Besucher zu schätzen. Sie unterhielten sich bei einem Glas Winzersekt und schauten dem künstlerischen Treiben zu. Eine gelöste, fröhliche Stimmung breitete sich aus. Sie ließen sich das gute Essen schmecken und den Wein munden. Neben den kulinarischen Genüssen wurden auch künstlerische Höhepunkte geboten. Es war für den Betrachter ein Gaumen-, Augen- und Ohrenschmaus.

Björn eröffnete das Festival und richtete ein paar Worte an das Publikum. „Liebe Gäste, ich heiße Sie auf das Herzlichste Willkommen zu unserem ersten Music-Session-Weekend und wünsche Ihnen unvergessliche Stunden. Unsere Familie hat von Haus aus schon immer eine besondere Liebe zur Musik gehabt. Bei unseren großen Familienfeiern wurde immer gesungen und getanzt. Jeder von uns spielte ein Instrument. Meine Großtante lud zur Hausmusik ein. Meine Tante Nelly ist ausgebildete Pianistin und Sängerin. Ihr Sohn Leon ist in den großen internationalen Konzertsälen zu Hause, ihre Tochter Mary singt und tanzt in einer schottischen Band. Und so kam mir der Gedanke, die Hausmusik wieder aufleben zu lassen, jedoch als ein Event der besonderen Art. Mein Organisations-Team und ich“, Björn zeigte mit einer ausholenden Geste auf uns, „versprechen Ihnen ein Fest für alle Sinne. Auf diesem Wege möchte ich ein dickes Lob für die ganze Mannschaft aussprechen und mich bei euch bedanken, dass ihr mir geholfen habt, meine Idee zu verwirklichen und mir den Rücken gestärkt habt. Danke euch, dass ihr bei den ganzen Vorbereitungen voll und ganz hinter mir gestanden habt, denn ohne euch wäre das alles nicht machbar gewesen“. Die Besucher klatschten einen Anerkennungsapplaus und wir nickten dankend in die Zuschauermenge. Mein Sohn setzte seine Rede fort:

„Sehr geehrtes Publikum, es gibt Songs, die man nie vergisst. Sie sind seit Jahrzehnten unsere Wegbegleiter, wir haben sie immer noch nach so vielen Jahren in unserem Ohr, weil wir sie mit einem bestimmten Ereignis verknüpfen. Denken wir doch an die Glasnost-Ära, wo allmählich das Eis geschmolzen ist, die Menschen im Osten Deutschlands 1989 friedlich die Mauer niederrissen und die Scorpions mit „Wind of change“ und Marius Müller-Westernhagen mit „Freiheit“ die Charts stürmten. Diese Lieder haben Grenzen gesprengt. Oder denken wir an das Jahr 1984. Internationale Popstars formierten sich zur „Band Aid“ und sammelten mit einem Song *„Do they know it's Christmas?“* Geld für die Opfer der Hungersnot in Äthiopien. Daraus wurde ein Weihnachtsklassiker, der tief unsere Herzen berührte. Im darauffolgenden Jahr organisierte Bob Geldorf für die notleidende Bevölkerung in Äthiopien ein Benefiz-Konzert „Live Aid“, mit internationalen Größen der damaligen Popmusikszene. Diese Musikveranstaltung war ein Mega-Ereignis und machte die Welt sensibel für die Not der Anderen. Musik kann so viele Emotionen in uns auslösen und Brücken schlagen, wo Worte fehlen. Musik ist die wundervollste Art, die ganze Welt miteinander zu verbinden, indem nur ein einziges Lied um die Welt geht. Dieses Lied wird in Tokio, Peking, New York, Sydney, London,

Paris genauso gehört, wie in Berlin. Musik verbindet alle Völker dieser Erde. Musik kann auch Mainstreams hervorbringen, wie Rap und HipHop. Aber gehen wir in das Jahr 1969 zurück. Wir erinnern uns an das legendäre Woodstock Festival, three days for Music and Peace. Das Open-Air Concert war auch gleichzeitig der Höhepunkt der Hippiebewegung. Lieder werden auch immer wieder zu politischen Protesten genutzt. Denken wir an die Friedens- und Bürgerrechtsbewegung in den 60er Jahren. Ganz vorne dabei waren zwei Folkesänger namens Joan Baez und Bob Dylan. Mit „We shall overcome" und „Where have all the flowers gone?" sowie „Blowin' in the wind" versammelten sie Menschenscharen hinter sich. Das Musical „Hair" richtete sich gegen den Vietnamkrieg und war eines der erfolgreichsten Musikstücke Ende der 60er Jahre. Für die 80er Jahre stehen U2 mit „Sunday Bloody Sunday" und Simple Minds mit „Belfast Child" für den Nordirlandkonflikt. Viele Melodien sind um die Welt gegangen, haben die Welt bewegt und Musikgeschichte geschrieben".

„Die klassischen Musikwerke spielen dabei eine ganz besondere Rolle. Wer kennt nicht Vivaldis „Die vier Jahreszeiten" oder Verdis Opern Rigoletto „La Donna E'Mobile" sowie aus Aida den „Triumphmarsch" und natürlich den Gefangenenchor von „Nabucco", Beethovens „Für Elise", das vielleicht schönste Liebeslied der Klassik und natürlich die Europahymne aus der 9. Sinfonie, oder Mozarts „Kleine Nachtmusik", um nur einige zu nennen. Später werden Sie, liebe Gäste, mehr davon hören. Es gibt auch Musikstücke, die Filmgeschichte schrieben und dadurch unsterblich wurden. Meine Eltern schauten sich in Edinburgh im Kino Anfang der 80er Jahre den Film „Ordinary People" von Robert Redford an, und seitdem gehört Pachelbels „Kanon" zu unserem Musik Repertoire. Die Älteren unter ihnen werden sich bestimmt noch daran erinnern. Nicht zu vergessen das meisterhafte Klavierstück „Comptine d'un autre été" von Yann Tiersen aus „Die fabelhafte Welt der Amèlie", es machte diesen Film weltberühmt. Wer diesen bezaubernden Film kennt, hat diese Komposition sicherlich noch im Ohr. Manche Filmmusik ist auch mit einem Oskar gekürt worden. Um nur ein Beispiel zu nennen, erwähne ich von Alfred Hitchcock aus dem Film „Der Mann, der zu viel wusste" „Que séra séra, What will be, will be" von Doris Day". Björn stimmte ein paar Takte an, und das Publikum fiel in den Refrain ein. „Aha, ich sehe, Sie kennen die Melodie" und dirigierte ins Publikum. „Das alles und noch viel mehr, werden Sie, liebes Publikum, gleich im Anschluss zu hören bekommen.

Auch die Werbung bedient sich der Tonkunst. Wir alle erinnern uns an eine Fluggesellschaft, die für sich mit sphärischen Klängen, glockenhellem Gesang und pittoresken Aufnahmen mit Delphinen für sich geworben hat. Sehr geschickt gemacht, wir haben sie heute noch bildlich vor Augen und im Ohr. Musik ruft in uns aber auch ganz persönliche Erinnerungen wach und starke Emotionen hervor. Wir erinnern uns an unsere jungen Jahre, zu einem bestimmten Lied der erste Kuss, die erste große Liebe, unbeschwerte Jahre oder gar traurige Momente. Jedes Jahr wurde ein neuer Sommerhit gekürt. Zu den Smash Hits haben wir uns auf der Tanzfläche die Füße wund getanzt und auf den Feten abgerockt und aus vollem Halse mitgesungen, bis die Bude gewackelt hat. Liebe Gäste, ich will Sie nicht länger auf die Folter spannen, aber bevor wir loslegen, möchte ich Ihnen noch meinen Schwager Sven und meine Cousine Mary aus Edinburgh vorstellen. Sie singt und tanzt in einer schottischen Folkband, wie ich anfangs schon erwähnte. Gemeinsam werden wir durchs Programm führen und Ihnen die Lyrik erzählen. Es darf getanzt, gerockt und gesungen werden. Enjoy the classical music and the rocking ballads. Love and music make the world to a much better place. So, let's go."

Den Auftakt machten die 60er und 70er Jahre. *„Night in white satin"*, gefolgt von *„Lady in Black", „Smoke on the water", „Somebody to love" , „American Pie", „Locomotiv Breath", „Crocodile Rock", „Dreadlock holiday" „Yesterday", „Bridge over troubled water", „The sound of silence", „San Francisco" ,„Atlantis", „The year of the cat", „Time Passages", „Streets of London", „Stairway to Heaven", „Candle in the wind", „Daniel", „The Night they drove old dixie down", „Country Road", Annie's Song (You fill up my senses)" „Maybe"* , um nur eine kleine Auswahl zu nennen. Das Publikum war sofort dabei, es wurde mitgesungen, geklatscht und getanzt. Viktor riss plötzlich die Tür zur Küche auf und schnappte sich Elsa bei der Hand: „Komm mit, da draußen spielen sie unser Lied *„You fill up my senses*", und zog sie mit sich. „Weißt du noch, bei diesem Lied haben wir uns auf einer Feier kennengelernt. Du warst mit ein paar Freunden da und hast dich plötzlich zu mir umgedreht und mir zugelächelt. Ich dachte nur, wow, was für eine umwerfend schöne Frau, und es war sofort um mich geschehen, du hast mich glatt umgehauen." „Ja, natürlich kann ich mich noch sehr genau daran erinnern. Wie könnte ich das vergessen. Du hast mir auch auf Anhieb gefallen, das ist mir so vorher noch nicht passiert. Es hat bei mir wirklich wie ein Blitz eingeschlagen, und aus uns wurde schnell ein Paar.“ Viktor wiegte sie mit dem Rhythmus sanft hin und her. „Weißt du, das waren unsere schönsten Jahre. Bis du schwanger wurdest, und mit mir Schluss gemacht hast.“ „Tja, mein Lieber, du warst verheiratet, schon vergessen? Ich wollte einen Mann für mich ganz alleine haben, und ihn nicht noch mit einer anderen Frau teilen. Außerdem hattest du bereits eine Familie, da habe ich eben die Entscheidung für uns getroffen.“ „Das war einer der größten Fehler meines Lebens, ich hätte um dich kämpfen sollen. Aber für Christin habe ich immer gesorgt, wie für meine beiden anderen Kinder. Dadurch konnte sie die teure Modeschule besuchen und sich selbständig machen.“ „Ja, obwohl ich ihr nie so richtig von dir erzählt habe, ich hatte mir in den Kopf gesetzt, es alleine zu schaffen, wollte unsere Tochter dich kennenlernen. Und so haben wir uns wiedergefunden“. Sie umarmte ihn und streichelte ihm zärtlich über den Rücken. „Jetzt hast du mich aber für dich ganz alleine“, und er fiel vor Elsa auf die Knie. „Meine liebste und teuerste Elsa, meine einzige und große Liebe, willst du meine Frau werden? Ich lasse dich nie wieder gehen.“ Elsa war gerührt und überwältigt: „Ja, Ja, Ja, ich will“, und hüpfte vor Freude in die Luft. Viktor erhob sich und es folgte ein langer Kuss. Wir hatten alles beobachtet und kamen näher und beglückwünschten das alte junge Paar. Elsa war glücklich und winkte Christin herbei. „Juhu, endlich, das wurde aber auch Zeit. Mum, Dad, ich freue mich ja so für euch“, ihre Stimme schlug Purzelbäume und umarmte jeden von ihnen innig-lich. Die Singfreude der Zuschauer sprang auf uns über. Wir sangen und tanzten mit.

„You fill up my senses
Like a night in a forest
Like a mountain in springtime
Like a walk in the rain
Like a storm in the desert
Like a sleepy blue ocean
You fill up my senses
Come fill me again.“

„Come let me love you
Let me give my life to you
Let me drown in your laughter
Let me die in your arms
Let me lay down beside you
Let me always be with you
Come let me love you
Come love me again“

„Let me always be with you
Come let me love you
Come love me again.“

„You fill up my senses
Like a night in a forest
Like a mountain in springtime
Like a walk in the rain
Like a storm in the dessert
Like a sleepy blue ocean
You fill up my senses
Come fill me again.“

Als die letzte Strophe verklungen war, umarmten sie sich und gaben sich noch einen langen Kuss. „Ich lass dich nie wieder los, du hast mich zum glücklichsten Menschen auf der ganzen Welt gemacht. Durch unser Lied haben wir wieder alte Zeiten aufleben lassen. Das wird nachher ordentlich gefeiert, bis die Heide wackelt“, lachte Viktor heiter. „Oh ja, das wird gebührend gefeiert, da lassen wir es wieder so richtig krachen. Irgendwie habe ich aber das

Gefühl, dass Björn oder die anderen wussten, dass das unser Lied ist.“ „Och“, Viktor guckte unschuldig gen Himmel. „Naja, jedenfalls danke ich dir für die Überraschung, sie ist dir gelungen. Jetzt muss ich aber wieder in die Küche“, sie umarmte Viktor nochmal und warf ihm einen Handkuss zu.

„So, liebe Gäste, wie ich sehe, haben Sie ordentlich Spaß“, rief Björn in die Menge. „Nach dem rockig-fetzigen Sound und den gefühlvollen Songs kommt jetzt der klassische Part. Sie dürfen ein bisschen verschnaufen, den romantischen Klängen lauschen, gutes Essen und guten Wein genießen. Freuen Sie sich auf Vivaldis „Die vier Jahreszeiten“, auf Verdi „La donna E'Mobile“ aus Rigoletto, „Nabucco“, den Gefangenchor, auf Puccini „Tosca“, „La Bohème“ „Kanon“ von Pachelbel“ Beethovens „Elise“ und Mozarts „Kleine Nachtmusik“ sowie die bezaubernde Filmmusik aus „Die fabelhafte Welt der Amèlie“. Ich wünsche Ihnen ein tolles Geschmacks- und Hörerlebnis“. Björn und sein Team wurden mit sehr viel Beifall bedacht. Die Besucher suchten wieder ihre Plätze auf, bestellten etwas zu essen und zu trinken, unterhielten sich leise und lauschten den klassischen Klängen. Nach der Pause ging es gemischt weiter. Querbeet durch die 80er, die 90er und aktuelle Hits.

„Hunting High and Low“, „Take on me“, „All you Zombies“, „Johnny B“, „500 Miles“, „The Mighty Atlantic/Mara Theme“, „Loch Lomond“, Moonlight Shadow“, „Get to France“, „Another day in Paradise“, „ I don't want to miss a Thing“, „An English man in New York“, „Smooth Operator“, „Why can't we live together?“, „Brothers in arms“, „Bochum“, „Mensch“, „Rebell Yell“, „This ist not America“„Don't you forget about me“, „Holding back the years“, „Fairground,“ „Careless whisper,“ „Circle of Love“, „Can you feel the love tonight,“ „Rolling in the Deep,“ „Hello“, „I promised myself,“ und viele andere Hits.

Nun war Sven an der Reihe. Er saß mit einem Hut auf dem Kopf lässig auf einem Hocker. Der Lichtkegel fiel nur auf ihn, der hintere Teil der Bühne war dunkel. „Jetzt kommt extra für Sie, liebes Publikum, ganz besondere Schmackerl. Wir fangen mit „*The Moonfleet Story*“ an. Die Lieder dieses Albums entstanden nach dem bedeutenden Abenteuerroman von J. Meade Falkner. Der Literaturklassiker wurde von Chris de Burgh vertont, der auch die Songs dazu schrieb. Die Geschichte erinnerte mich an meine Kindheit, wie wir uns an Karneval als Piraten verkleidet haben, in See stachen und nach vergrabenen Schätzen suchten. Die Story ist eine Legende aus dem

18. Jahrhundert und bietet so alles, was einen klassischen Jugendroman ausmacht. Der Küstenort „*Moonfleet*“, ist ein düsterer Ort und ein verarmtes Nest voller Schmuggler, Abenteurer, Plünderer und Schatzsucher. Eine gefährliche Jagd nach einem verschollenen Schatz beginnt, die tragisch endet. John Mohune, ein Aristokrat und Gründer dieser Ortschaft, wegen seines schwarzen Bartes auch Black Beard genannt, hatte ihn einst vergraben. Die Familie Mohune fand ihre letzte Ruhestätte in einer Gruft unterhalb der kleinen Kirche. Und es heißt, dass dort nachts der Geist von Black Beard umherirrt. Er hatte einen Diamanten unrechtmäßig an sich genommen, den er dem Armenhaus spenden wollte. Er vergrub ihn und verstarb. Seine Seele wird erst dann zur Ruhe kommen, wenn der Diamant gefunden wird und seinen ursprünglichen Zweck erfüllt hat. Die Geschichte handelt aber auch von einer unbesiegbaren Liebe, die allen Widrigkeiten trotzt.“

„Wir möchten Ihnen die *Moonfleet Overture* vorstellen, die gleichermaßen wie das Buch beginnt“:

> *„The village of Moonfleet lies half a mile from the sea on the right or west bank of the Fleet stream“...*

„Die beiden anderen Songs *„Have a care“* und *„The Storm“* die wir Ihnen vorstellen möchten, ist rhythmisch, temporeich und mitreisend. Liebe Gäste, gehen Sie mit uns auf eine Abenteuerreise der Extraklasse“. Die Zuschauer ließen sich nicht zweimal bitten, sie hörten fasziniert zu und bewegten sich im Takt der Musik.

Als der letzte Ton verklungen war, fiel der Lichtschein wieder auf Sven. „Nach diesen mitreisenden irischen Klängen, bleiben wir bei dem gleichen Interpreten. Wir lenken das letzte Drittel unserer Music Night in etwas ruhigeres Fahrwasser, wir lassen es besinnlicher werden. Die musikalischen Weisen sind weltberühmt und Sie, liebe Zuschauer, kennen sie alle. Wir fangen mit *„A Spaceman came travelling“* an. Bei diesem Song fasziniert mich imm er wieder neben der Melodie die Geschichte. Ein Astronaut kommt mit einer Mission in einem hellerleuchteten Raumschiff, das einem Stern gleicht, auf die Erde. Er besucht eine Hütte mit einer Mutter und ihrem Kind. Das Zimmer wurde in ein strahlendes Licht getaucht und der Raumfahrer glich einem Engel. Er sagte: *„Fürchtet euch nicht, denn ich bringe Hoffnung und Frieden.“* Eine süße Melodie ertönte, alle, die sie hörten, kamen näher und Ruhe und Stille breitete sich aus. Die

Menschen hielten inne und lauschten der wunderschönen Musik. Der Mann sagte: *„Nun muss ich aber weiter. Diese Melodie wird in 2000 Jahren eurer Zeitrechnung noch einmal ertönen, wenn ein Baby geboren wird“*. Seit dieser Zeit warten die Menschen auf Frieden und Wohlgefallen. *„Diese Zeit ist bald gekommen“*, sagte er, *„diese Melodie werdet ihr wieder hören mit dem Schrei eines Babys“*.

Refrain: *„And it goes la, la, la, la...*
Peace and goodwill to all men
and love for the child.
And I hear la, la, la, la
This song will begin once again
to a baby's cry.“

„Dieser Song wird meistens zu Weihnachten im Radio gespielt, weil er die Sehnsucht nach Hoffnung und Frieden in uns weckt. Da ich bald Vater werde, hoffe ich auf eine bessere Welt und dass meine Gebete erhört werden. Kinder sind unsere Zukunft, wir müssen auf sie achtgeben und ihnen unseren Schutz und unsere Bildung angedeihen lassen. Wir müssen nachhaltig denken, für unsere nachkommenden Generationen. Ich wünsche mir gegenseitigen Respekt und Anstand. Den Frieden innerhalb der Familie können wir hinaus in die Welt tragen. Wir sind alle aufgefordert, für unsere Kinder eine friedlichere und gerechtere Welt zu hinterlassen. Dazu passt auch das nächste Lied „*In the Ghetto*“. Der Song von Elvis Presley handelt genau davon, dass ein Kind in ein Elendsviertel hineingeboren wird. Seine Mutter weint, weil sie weiß, dass auch ihr Kind keine Chance hat, später aus dem Elend herauszukommen. Sein Weg ist vorprogrammiert“.

„On a cold and gray Chicago mornin'
A poor little child is born
In the Ghetto, in the Ghetto
And his mama cries…
People, don't you understand
The child needs a helping hand…
Then one night in desperation
A young man breaks away
He buys a gun, steals a car,
Tries to run, but he doesn't get far
And his mama cries…“

„Als nächstes singt unsere Mary für Sie das wunderschöne melodische „*Amazing Grace*“. Der Verfasser dieses Liedes, John Newton, war Kapitän eines Sklavenschiffes und geriet in einen heftigen Sturm, das Schiff drohte unterzugehen. John Newton hatte schon vor langer Zeit seinen Glauben verloren, hatte man ihm doch in seiner Kindheit und später als Heranwachsenden grausam mitgespielt. Seine geliebte Mutter starb früh, sie war eine gute Christin und hatte ihren Glauben auch an ihren Sohn weitergegeben. Als seine Mutter starb da war er noch nicht mal sieben Jahre alt. Sein Vater, der zur See fuhr, hatte keine Zeit für ihn und steckte ihn ins Heim. Dort herrschte strenge, lieblose Gehorsamspflicht. Mehr als einmal hatte er Prügel bezogen und er musste hungrig ins Bett gehen, da er nicht schnell genug arbeitete. An seinem 11. Geburtstag nahm sein Vater ihn mit auf sein Schiff. Aber sein Verhältnis zu seinem Vater blieb kühl und distanziert, wobei John das Wissen über die Seemannskunst seines Vaters bewunderte. Das Schicksal meinte es weiterhin nicht gut mit ihm, es folgten schwere Jahre auf See. Er wurde zur königlichen Marine eingezogen und versuchte zu desertieren. Man griff ihn schnell auf und peitschte ihn aus. Anschließend wurde ihm das Leben zur Hölle gemacht. Den Glauben an Gott hatte er nun vollends verloren. Was ihn am Leben hielt, war sein Liebe zu Mary, seiner Jugendliebe. Schließlich kam er auf ein anderes Schiff und wurde als Sklave verkauft. Dort musste er unter würdelosen Zuständen sein Dasein fristen. Er kam zurück nach England und stach mit der „Greyhound“, einem Sklavenschiff, in See. Als das Schiff durch einen Sturm fast untergegangen wäre, rief er die Gnade Gottes an und wurde erhört. Das war der Wendepunkt in seinem Leben. Er heiratete Mary, setzte sich vehement gegen Sklaverei ein, wurde später Pfarrer und verfasste ein Lied, das um die Welt ging. *„Amazing Grace“*. Dieses Lied erfreute sich großer Beliebtheit während des Amerikanischen Bürgerkrieges sowie bei den Indianern. Im Jahr 1838 wurden diese von ihrem Land vertrieben und es folgte ein Pfad der Tränen. Die Indianer begruben ihre Toten nach dieser Melodie. Auch heute noch wird in Amerika bei Gedenkfeiern oder Beerdigungen diese Komposition angestimmt. Zuletzt bei dem Begräbnis von Ronald Reagan.“

> *„Amazing grace! How sweet the sound*
> *that saved a wretch like me!*
> *I once was lost, but now am found,*
> *was blind, but now I see...“*

Als Mary anfing mit ihrer glasklaren Stimme die Strophen zu singen, war es im Publikum mucksmäuschenstill. Gefolgt von *„Hallelujah“:*

„Now I've heard there was a secret chord
That David played, and it pleased the Lord.
But you don't really care for music, do you?
It goes like this, the fourth, the fifth
The minor falls, the major lifts
The baffled king composing Hallelujah
Halleluja, Halleluja,
Halleluja, Halleluja…"

Die Zuschauer erhoben sich ehrfürchtig von ihren Sitzen. Sie sangen und summten die Melodie mit. Paare umarmten sich, hielten sich an den Händen und wiegten sich im Takt. Zum Schluss bildeten Mary und Leon ein Duett und sangen zum Abschied *„Time to say Goodbye"*. Tosender Applaus brandete auf. Es gab Standing Ovations für unser ganzes Team. Alle Mitwirkenden verneigten sich, winkten ins Publikum und gingen von der Bühne. Wir freuten uns über den gelungenen Abend. Wir hatten so viel Intensität in die Vorbereitung gesteckt, dies war nun der Lohn der Arbeit. Nachdem die Gäste gegangen waren, räumten wir rasch auf, dann wurde die Verlobung von Elsa und Viktor bis in die frühen Morgenstunden gefeiert.

Ein paar Tage später machten wir uns an die Vorbereitungen für die Hochzeit von Marie und Sven. Das nächste

Highlight näherte sich der Zielgeraden, Jens und Carl bereiteten eine Überraschung vor, in der nur Sven eingeweiht war. Die beiden Männer machten unsere alte Kutsche von Onkel Hubert wieder fahrtüchtig und polierten sie auf. Der Plan war, unsere Marie romantisch mit der Kutsche in die Kirche zu fahren. Winnetou und Rocco sollten davor gespannt werden. Früher waren sie einmal Sportpferde gewesen, als sie nicht mehr die Leistung erbrachten, sollten sie zum Schlachter. Marie und Sven kauften sie frei, beide waren geübte Reiter und kannten sich mit Pferden aus. Die beiden Pferdchen genossen hinter dem neuen Haus auf der Weide ihr Gnadenbrot. Sven ritt mit ihnen noch aus, aber meine Tochter im Moment nicht. Ich war mal gespannt, ob sie als Kutschpferde taugten. Es waren schöne und gutmütige Tiere. Winnetou ein Brauner und Rocco ein Schimmel. Jens und Carl wollten mit den Gäulen vorher noch üben, dass bloß nichts schiefgeht, und Sven gab die Anleitung dazu. Ich beobachtete alles und fand, dass es gar nicht so schlecht aussah, Jens und mein Bruder lernten schnell. Die erste Hürde war also genommen und beide waren sehr zufrieden mit ihrer Leistung. Jetzt mussten wir alle nur noch dichthalten und der heißersehnte Tag konnte kommen. Keiner verriet ein Sterbenswörtchen, aber Marie kam das schon komisch vor und sie meinte, wir würden so geheimnisvoll tun. Am Hochzeitstag sollte Marie morgens ohne Sven zu uns kommen, da das Kleid ohnedies bei Christin war und wir ihr beim Ankleiden behilflich sein wollten. Mit Sven war vereinbart, dass er in dieser Zeit die beiden Pferde auf den Anhänger verlädt und zu uns fährt. Lupo sollte auch mitkommen, der dann bei Wolfi, Fee und Lilly bleibt. Anschließend brachte Viktor Sven mit dem Auto wieder zurück, damit er sich ebenfalls hochzeitsfein machen konnte. Maries Wunsch war, dass ihr Vater sie zum Traualtar führt. Christin und Björn waren Trauzeugen. Die braucht man zwar heute nicht mehr, aber es sollte eine traditionelle Hochzeit werden. Marie war überwältigt von ihrem Hochzeitskleid, es war ein Meisterwerk. Das wäre das schönste, das sie je gesehen hätte, es war wirklich märchenhaft, ein Traum aus Seide, Spitze und Perlen. Der ausstehende Rock war mit kleinen weißen Rosen bestickt. Der Schleier war aus Spitze mit kleinen Perlen gefertigt. Dazu der zarte Haar-Reif, der filigran mit weißen Rosen bestickt war und wie ein Diadem wirkte. Schöne ovale Perlenohrringe betonten Maries schönes Gesicht. Alles war aufeinander abgestimmt.

Ich schaute meine Tochter andächtig und stolz an. Jens ging es genauso und er sagte zu mir: „Was wir für eine wunderschöne Tochter haben, ich bin ganz ergriffen." Christin schaute auf die Uhr: „Oh, allmählich müssen wir uns aber beeilen, Märchenprinzessin, sonst kommst du noch zu deiner eigenen Hochzeit zu spät." Ich drückte meine Tochter fest an mich: "Weißt du eigentlich, wie lieb ich dich habe, und wie stolz ich auf dich bin? Ich wünsche dir alles Glück dieser Erde und Gottes Segen auf all deinen Wegen." „Danke schön, dass wünsche ich dir und Papa auch und gebe das Kompliment an euch weiter. Ich habe die besten Eltern der Welt. Ich danke euch, dass ihr mir so viel ermöglicht habt, und für euren liebevollen und respektvollen Umgang." „Ups", Marie fasste sich an den Hals, „jetzt bin ich aber doch ein wenig aufgeregt." Jens nahm unsere Tochter bei der Hand: „Du wirst gleich staunen, wir haben nämlich noch eine Überraschung für dich. Komm, lass deinen Bräutigam nicht so lange warten." In diesem Moment erschien Carl mit Frack und Zylinder und bot Marie den Arm an. „Darf ich bitten, schöne Prinzessin, ich bin für heute Ihr Chauffeur, das Hochzeitsgefährt steht startklar vor der Tür". Jens zog ebenfalls seinen Frack über und nahm seinen Zylinder in die Hand und zwinkerte Marie verschwörerisch zu. Wir hatten uns für den *Aristo-Look* als Garderobe entschieden. Wenn schon eine Kutsche, dann aber so richtig edel, *like the Royals*. Die Damen in eleganten und feinsten Kostümen, natürlich die passenden Hüte dazu und die Herren mit Frack und Zylinder. Die Damen und Herren steckten sich noch eine farblich abstimmte Rose mit kleinen Perlen ins Revers. Hier bewies Birte einmal mehr ihr kreatives Talent. Es wirkte alles sehr nobel. Sogar die Pferdchen hatten eine Rose mit Perlen in ihrem Zaumzeug stecken. Die offene Kutsche war mit weißen und rosafarbenen Rosen geschmückt. Wir hatten keine Mühe und keine Arbeit für diesen Tag gescheut, es hat aber auch eine Menge Spaß gemacht, und das alles *very secret*. Es schaute sehr romantisch aus, eben wie es sich bei einer Märchenhochzeit gehört. Die Sonne lachte vom Himmel, das schönste Bilderbuchwetter. Carl und Jens gingen mit der Braut nach draußen, wir folgten. „Oh nein, das glaube ich jetzt nicht, das ist ja Wahnsinn. Ihr habt mir damit meinen Herzenswunsch erfüllt. Und ihr habt alle nichts verraten. Ich habe die beste Familie auf der ganzen Welt. Oh, ich danke euch ja so.“ Marie lief zu ihren Pferden und umarmte sie: „Winnetou und Rocco, ihr macht mir so eine Freude, mich zur Kirche zu bringen. Das wird der schönste Tag in meinem Leben“, jauchzte sie. „Aber bestimmt nicht der einzige, es kommen hoffentlich noch viele schöne Tage, meine kleine Marie“. So hatte mein Mann unsere Tochter genannt, als sie noch ein kleines Mädchen war. Er nahm als Brautvater neben ihr Platz, Carl kletterte auf den Kutschbock und wir fuhren mit unserem *Senioren-Taxi* hinterher. Viktor chauffierte uns. Wir hatten unser Taxi genauso mit Rosen geschmückt. Wir fuhren zu der kleinen Kirche am Ende des Ortes, wo sehnsüchtig Sven auf seine Marie wartete. Die Orgel fing an zu spielen, Jens geleitete seine Tochter zum Traualtar, während die Gäste sich von ihren Plätzen erhoben. Marie strahlte, sie war eine Schönheit. Als sie in der Mitte angekommen waren, fielen Sonnenstrahlen durch die Mosaikfenster und goldenes Licht auf sie. Es war wie im Märchen. Sven nahm sie in Empfang und strahlte ebenso. Sie waren ein schönes Paar, das sich hervorragend ergänzte. Jens nahm neben mir Platz und drückte meine Hand. Er war ein stolzer Vater, das sah man ihm an. Der Pfarrer eröffnete den Gottesdienst. Nachdem die Trauung beendet war und das Brautpaar sich küssen durfte, kam noch eine kleine Überraschung hinzu. Leon und Mary hatten ein kleines Orchester organisiert und spielten und sangen die *Love Theme* von Céline Dion *„My heart will go on“*. Ich war sehr ergriffen. Jens und ich hielten uns an den Händen und ein paar Tränen kullerten mir übers Gesicht. Es war eine schöne Zeremonie und unter Glockengeläut verließen wir die Kirche. Draußen standen schon Nachbarn, Freunde, Bekannte, Tierhalter von kleinen und großen Patienten sowie Geschäftspartner und warfen Reis und Rosen. Es wurde gratuliert, beglückwünscht und Präsente entgegengenommen. Natürlich wurden Handycameras gezückt und Bilder gemacht. Die professionellen Fotos sollte aber ein Fotograf in unserem Garten hinter der Mühle machen. Dann war der große Moment des Brautstraußes gekommen. Marie drehte sich um: „Achtung, Mädels“ und warf ihn im hohen Bogen hinter sich. Beifall und Gejohle, Birte hatte den Strauß gefangen. „Aha, dann steht ja bald die nächste Hochzeit ins Haus“ bemerkte mein Mann und ich ergänzte noch „Björn hat die richtige Wahl getroffen“. Ich nickte meinem Sohn und der strahlenden Birte zu. Mein Sohn verstand. Wir fuhren mit einem Hupkonzert zurück, hinten an der Kutsche waren Blechdosen befestigt und ein Schild, mit der Aufschrift *„Just married“*. Sven hielt Maries Hand fest und beide strahlten um die Wette, sie küssten sich und flüsterten sich zärtliche Worte ins Ohr, sie waren in diesem Moment die glücklichsten Menschen auf der ganzen Welt. Und wir waren in diesem Moment die glücklichsten Eltern auf der ganzen Welt. Bewohner unserer kleinen Stadt säumten die Straßen und winkten dem frischvermählten

Brautpaar zu. Zu Hause angekommen, ließen wir erst einmal die Champagnerkorken knallen.

Wir hatten die Tische unseres *Cafés* sowie die Tische draußen in der Laube eingedeckt. Die Schiebetür stand offen. Es war ein herrlicher, warmer Sommertag. Birte hatte sich um den Blumenschmuck gekümmert, was ihr sehr gelungen war. Die Hochzeitstische waren sehr geschmackvoll dekoriert. Nach dem kulinarischen Höhepunkt, Lina hatte es sich nicht nehmen lassen, sich selbst darum zu kümmern, wurde so richtig gefeiert. Wie in alten, legendären Zeiten, mit Musik, Tanz und Gesang. Eine Band spielte auf. Reden wurden gehalten. Es wurde dem Helfer-Team gedankt, ebenso der Meister-Schneiderin, der Meister-Köchin, der Meister-Dekorateurin, dem Meister-Chauffeur und den besten Eltern aller Zeiten. Jens erhob sich: „Vielen Dank, für das Kompliment, das geht wirklich runter wie Öl. Liebes Brautpaar, es wurde euch heute schon so viel Glück gewünscht, dem schließen sich Elly und ich an. Mit dem Glück und der Liebe ist das so eine Sache, beides ist sehr filigran und sehr zerbrechlich. Am Anfang ist man himmelhochjauchzend verliebt und sieht alles mit der rosaroten Brille. Verliebtsein ist ein schönes Gefühl, so unbeschwert und schwerelos. Dann kommt der

Status der tiefen Liebe. Die muss man hegen und pflegen, denn sie ist am fragilsten. Das ist harte Arbeit. Paare, die schon lange zusammen sind, werden immer wieder nach ihrem Erfolgsrezept gefragt. Deine Mutter und ich gehören auch dazu und wir wissen, wovon wir reden. Nun ja, es gibt kein Geheimrezept für die ewige Liebe. Liebe bedeutet, den anderen so zu lieben, wie er ist, und nicht versuchen, einen anderen Menschen aus ihm zu machen. Man muss dem Partner Freiraum gewähren, ihn sich entfalten lassen, jedoch gemeinsam sich weiterentwickeln, zwischen Nähe und Distanz die Balance halten und sich Vertrauen und Treue schenken. Man sollte sich sagen und zeigen, dass man sich liebt, gemeinsam in die gleiche Richtung blicken, ein verlässlicher Partner sein, attraktiv für den Partner bleiben, geistreiche Gespräche führen, Respekt und Achtung sowie einen liebevollen Umgang miteinander pflegen. Streitpunkte nicht unter den Teppich kehren, sondern, wenn die Wut verraucht ist, in Ruhe darüber reden. Man braucht keine Harmonie um jeden Preis, jedem platzt mal die Hutschnur, aber bitte keine verletzenden Worte. Böse Worte rutschen schnell heraus, die man später bereut, die gesagten Worte lassen sich so schnell nicht mehr revidieren. Besser aus der Gefahrenzone herausgehen und später ein faires Gespräch suchen. Wichtig ist auch, die Liebe nicht vom Alltag auffressen zu lassen. Ich könnte jetzt noch eine weitere Liste aufzählen und ich weiß, das hört sich alles sehr pathetisch an, aber der Liebe willen ist es die Mühe wert. Meine Elly und ich haben es bis hierher geschafft, darauf sind wir stolz. Wir hatten auch schon unsere Krisen, aber wir haben sie erfolgreich gemeistert. Die Liebe hat immer gesiegt".

„Liebes Brautpaar, das wünsche ich euch auch, dass ihr Höhen gemeinsam genießt und Tiefen gemeinsam meistert. Ein Satz noch zum Schluss: *„Liebe ist, wenn es Spaß macht, treu zu sein"*. Mein Mann lächelte mich charmant an und zog mich sanft vom Stuhl. „Komm her mein Elly-Schatz", umarmte mich und gab mir zärtlich einen langen Kuss. Die Gäste waren ganz angetan und klatschten Beifall. Ich ergänzte: „Meine liebe Marie und mein lieber Sven, an euch möchte ich auch ein paar Worte richten. Nur ein kleiner Satz, der mehr sagt als tausend Worte: *„Falling in love is easy. But staying in love is something very special!"* Das war bisher der Leitfaden für deinen Vater und mich. Das wünsche ich euch auch von ganzem Herzen". Jens erhob sein Glas: „Liebes Brautpaar, genug der schönen Worte, wir wollen auf euer Glück und eure Zukunft anstoßen." Alle erhoben sich von ihren Sitzen und prosteten dem frisch vermählten Paar zu.

Bevor die Hochzeitstorte angeschnitten wurde, ging ich rüber und ließ die Hunde und Lilly in den Garten. Wir hatten vorher eine kleine Absperrung gezogen, damit Gäste und Hunde für sich waren. Die Pferde grasten auf unserer Wiese, sie waren ebenfalls eingezäunt. Ich setzte mich kurz auf die Bank in meine Lieblingsecke. Da hörte ich meinen Engel sagen: „Hallo Elly, eine kleine Verschnaufpause hast du dir verdient. Die Hochzeit habt ihr schön gestaltet. Es ist ein gelungenes Fest. Ihr macht das schon gut. Auch die Trauung in der Kirche hat mir sehr gut gefallen. Mich freut es immer wieder, dass junge Paare sich auch vor Gott das Jawort geben. Es war sehr stimmig und festlich“. „Stimmt, es war wunderschön und ich muss zugeben, ich hatte auch ein paar Tränen der Rührung in den Augen.“ „Das darfst du auch, denn heute hat schließlich deine Tochter geheiratet. Hast du gesehen, wir Engel haben dem Brautpaar einen goldenen Gruß geschickt?“ „Ja, danke, sehr rührend von euch. Es war wie ein Segen, der die ganze Kirche und die Menschen in ein helles und warmes Licht tauchte.“ „Das sollte auch so sein. Weißt du, wir machen euch Menschen gerne eine Freude. Doch die meisten gehen achtlos vorüber und bemerken nicht, dass im kleinen Glück das große liegt“. Die Hunde lagen mir zu Füßen, und dösten ein bisschen. Ich ließ meinen Blick über sie schweifen und dachte, es ist schon ein großes Glück, dass unsere Tiere friedlich miteinander auskommen, meine Kinder den richtigen Partner an ihrer Seite haben und Jens und ich nach Jahrzehnten immer noch glücklich sind. „Das wissen wir auch zu schätzen und bemühen uns, das Glück festzuhalten“, sagte ich zu meinem Engel. „Für mich ist Familie das Wichtigste. Familie bedeutet für mich Rückhalt und Rückzugsort. Gerade in Krisenzeiten, wie wir sie zurzeit auf dieser Welt erleben. Man könnte meinen, es herrsche nur noch Gewalt und Terror. Ich möchte schöne Bilder vor Augen und in meinem Kopf haben, nicht die Schreckensnachrichten und die grauenhaften Bilder aus den Medien“. **„Ich weiß, meine liebe Elly, ihr seid eine ganz besondere Familie. Ich habe gerne mit euch zu tun. Ihr seid auf Werte orientiert und nicht materiell eingestellt. Obwohl ihr eine ganze Menge geschaffen habt und es euch gut geht, vergesst ihr die anderen nicht. Euer Credo lautet: *„Leben und leben lassen.“* oder *„Jedem das Seine und mir das Meine“* Bei aller Schufterei vergesst ihr das Leben, die Liebe und das Feiern nicht. Ihr habt ja so recht, das Leben ist zu kurz, um sich mit fiesen Lappalien aufzuhalten. Es gibt schon genug Baustellen auf der Welt“.** „Oh ja, die gibt es und davon eine ganze Menge. Vieles ist hausgemacht, jedoch die Probleme, die mittlerweile die ganze Welt betreffen, beunruhigen mich und meine Familie sehr. Manchmal denke ich, die ganze Erdkugel ist aus den Fugen geraten, das ist nicht mehr meine Welt".

Ich fuhr fort: „Auch etwas Anderes beschäftig mich. Dieser Tage habe ich einen Artikel in der Zeitung gelesen, da geht es um Irlands dunkle Vergangenheit, um Massengräber in Klöstern mit Kinderleichen. Sie sind erst kürzlich entdeckt worden, aber das muss Jahrzehnte so gegangen sein, bevor die Klöster aufgelöst wurden. Das waren sogenannte Heime für „gefallene Mädchen und Frauen", die keinen Ehepartner hatten. Die Nonnen herrschten dort mit Strenge und Unbarmherzigkeit. Diese Frauen wurden gedemütigt, sie wurden ihrer Kinder beraubt und mussten bis an ihre Grenzen schuften. Die hygienischen Zustände waren katastrophal. Deshalb gab es auch die hohe Sterblichkeitsrate der Kinder sowie die mangelnde ärztliche Versorgung und die Unterernährung. Entweder sind die Kinder adoptiert worden und konnten so der Hölle entfliehen oder sie sind vorher schon gestorben oder haben die dort herrschenden Zustände irgendwie überlebt. Die Überlebenden versuchen heute ihr Trauma zu bewältigen, indem sie damit an die Öffentlichkeit gehen. Es gibt viel Schmutz und Dreck und das alles unter dem Mantel der Kirche. Das gab es nicht nur in Irland, sondern auch bei uns und auf der ganzen Welt. Vielleicht sogar noch heute. Die Kreuzzüge, die Inquisition, der

Missbrauch, man muss sich das mal vorstellen, geschahen im Namen der Religion, im Namen des Glaubens. Wie so Vieles in unserer Welt im Namen Gottes falsch verstanden wird, das ist doch diabolisch. Da kommen mir immer wieder Zweifel und da hadere ich auch mit Gott. Ich frage mich immer wieder, wieso können Menschen anderen so viel Leid und Qual zu fügen und doch unentdeckt und unbeschadet bleiben? Wie tief muss ein Mensch sinken, um all diese Gewalttaten zu verüben. Mein Engel, jetzt sage bitte nicht, dass sind auch Gottes Kinder." **„Doch, es sind auch Gottes Kinder. Nur sie sind vom rechten Weg abgekommen. Sie haben die bösen Engel um sich. Denke nur an Luzifer, er war auch einmal in Gottes Gefolgschaft. Bis er in Ungnade fiel und andere Engel mit auf seine düstere Seite zog. Sie beherrschen die dunkle Macht. Wir guten Engel werden mit unserer Leuchtkraft von solchen Menschen nicht wahrgenommen. Aber sie kommen nicht unbeschadet davon. Jeder wird, wenn nicht im Leben, später vor seinem Schöpfer sich verantworten müssen. Jeder bekommt den Spiegel vorgehalten und wird zur Rechenschaft für seine Gräueltaten gezogen. Jeder Mensch fällt einmal in die Grube, die er sich selbst gegraben hat. Man braucht dafür nur Geduld, wie eine Katze, die vor dem Mauseloch sitzt. Abgerechnet wird zum Schluss, übrigens auch für Unterlassungen.**

Ihr dürft nicht wegschauen, wenn Mensch und Tier misshandelt und geschunden werden. Man muss sich nicht selbst in Gefahr begeben, aber es gibt Mittel und Wege, zu helfen. Jedoch mit *„Wegschauen“* und *„Geht uns nichts an“*, macht man sich mitschuldig und zum Mittäter. *Unrecht darf nicht Unrecht bleiben“*.

Mein Engel sprach weiter: „Es muss nicht soweit kommen, wenn ihr Menschen euch an ethische Regeln haltet und verantwortungsbewusst handelt. Jeder Mensch hat besondere Begabungen und Talente, die er sinnvoll nutzen sollte. Wenn sie ungenutzt bleiben, kommt irgendwann die Quittung. Es ist jedem freigestellt, sein Leben so zu leben, wie er will. Kein Mensch ist fehlerfrei oder frei von Verfehlungen. Das ist zutiefst menschlich. Jedoch durch Versäumnisse dürfen keine Missgunst und Hass entstehen, dann wird es gefährlich. Ihr Menschen kommt irgendwann an einen Punkt, wo ihr euer Leben hinterfragt, dann wird in den höchsten Tönen gejammert, wie es euch ergangen ist und was ihr alles nicht erreicht habt. Und Schuld an der eigenen Misere sind immer die Anderen. Menschen neigen auch dazu, in Lethargie zu verfallen, und vergeuden somit wertvolle und sinnvolle Zeit. Andere wiederum benutzen und spannen listig ihre Mitmenschen für ihre Belange ein. Ganz besonders perfide ist es, wenn sie auf „hilflos machen“ und so ihre Mitmenschen zwingen, für sie zu springen. Vor menschlichen Schlangen sollte man sich hüten. Diese suchen egoistisch ihren Vorteil, lassen es sich auf Kosten anderer gutgehen, wollen Nutznießer sein und strapazieren bösartig ihr Umfeld. Sie schaden, und das ist nicht in Ordnung! Genauso falsch ist es, selbstlos und aufopfernd zu sein, irgendwann ist die wertvolle Energie verflossen. Selbstlos handeln heißt verhungern. Der goldene Mittelweg wäre richtig. Die Waagschale muss zwischen Geben und Nehmen im Lot sein, ansonsten entsteht eine Disharmonie, die zu Konflikten führt. Die Rechnung geht nicht mehr auf und die Schonzeit ist dann endgültig vorbei. Wer so verfährt, den holt das Leben ein. Unzulänglichkeiten kann man nicht revidieren, die Uhr lässt sich nicht zurückdrehen. Wer bisher nicht vom Fleck gekommen ist, den holt die Wirklichkeit gnadenlos ein. „*Wer zu spät kommt, den bestraft das Leben*“. Die Jugend muss man genießen, die kommt nie wieder, aber auch gleichzeitig den Grundstein für die Zukunft legen. Später im Alter kann man eben keine Bäume mehr ausreißen. Alles hat seine Zeit. Gefährlich wird es auch dann, wenn das Verhältnis zwischen Zufriedensein und dem Drang nach immer Mehr aus den Fugen gerät. Das ist nur eine schmale Gratwanderung. Geld ist immer der Schlüssel zur Macht. Menschen handeln oftmals nach diesem Prinzip und sind sich selbst der Nächste und denken *„nach mir die Sintflut, die Hauptsache mir geht es gut“*. Das soziale Miteinander wird dadurch gestört. Aber ihr Menschen könnt auch anders und das gibt mir Hoffnung. Wenn ihr Menschen euch ein bisschen umschaut, senden wir euch viele Zeichen und geben euch dadurch eine Richtlinie. Wir halten wunderbare Geschenke für euch Menschen bereit, aber auspacken müsst ihr sie selbst.“ „Oh, das gefällt mir, was du eben gesagt hast. Mal sehen, welche Geschenke noch auf mich warten.“ „Liebe Elly, lass dich einfach überraschen.“ Ich schaute auf die Uhr, „Ich denke, ich sollte wieder reingehen, sonst verpasse ich noch die Hochzeitstorte. Die Zeit mit dir verfliegt immer im Nu, ich unterhalte mich gerne mit dir und freue mich auf ein nächstes Mal. Und bleib bitte bei uns und beschütze uns.“ „Aber sicher doch, dafür bin ich von Gott gesandt.“ Ich erhob mich mit einem Lächeln, holte die Hunde rein und ging wieder rüber in unsere alte Mühle.

„Ah, Mama, da bist du ja, wir wollten gerade die Hochzeitstorte anschneiden.“ Die Torte war eine süße Verführung vom Feinsten, mit Marzipan überzogen und mit Rosenblättern verziert. Oben drauf thronte ein Bärenpärchen. Die Bärenbraut mit weißen Kleid und Schleier und der Bärenbräutigam mit Frack und Zylinder. Die Bärchen sahen zu drollig aus und entlockten den Gästen ein *„ach wie süß“* und ein entzücktes Lächeln. Und wie die Torte erst schmeckte, ein Gedicht. Die Auswahl an Kuchen und Torten war reichlich und eine köstlicher als die andere. Es war eine muntere Gesellschaft an der Kaffeetafel. Es wurde viel erzählt und gelacht. Frau Kutter und Frau Korbler waren auch anwesend und amüsierten sich prächtig. Frau Korbler berichtete ihrer Freundin, dass es Barry schon viel besser ging, seit er regelmäßig seine Spritze bekommt. „Und stell dir vor, Jette, der nette Herr Doktor hat mir sogar einen Preisnachlass gewährt, weil ich ja nur eine schmale Rente von Hans bekomme. Und ich selbst bekomme keine, wie das eben früher so war, Kinder großgezogen, nebenbei gearbeitet, aber nicht auf Lohnsteuerkarte. Tja, das fehlt dann eben im Alter.“ „Ja, dicke haben wir es auch nicht. Mein Mann ist ja schwer krank. Deshalb muss ich noch weiter arbeiten gehen für die teuren Medikamente. Aber, Berta, ich bin froh, dass wir so nette Tierärzte haben, sie sind ein nettes Pärchen. Sie haben mir „oller Schachtel“ noch eine Chance gegeben, das hätte wohl kaum einer gemacht.“ „Ja, bestimmt nicht. Sie sind sehr sozial eingestellt. Die Behandlungskosten für meinen Barry kosten mich nur den halben Preis und Futter bekomme ich über die Tafel, sonst könnte ich mir das nicht leisten, ich müsste Barry abgeben. Aber er ist noch eine Verbindung zu Hans und dass ich nicht so alleine bin. Die Kinder sind weit weg, sie rufen zwar an, sie kümmern sich schon um mich aus der Ferne. Aber man muss sie auch machen lassen. Das ist nicht mehr so wie früher, im nächsten Ort die Arbeitsstelle finden. Heute winkt die ganze Welt. Prost, Jette, auf uns Altertümchen“. Sie stießen mit einem Likörchen an. „Oh, der schmeckt gut. Komm, Berta, wir genehmigen uns noch einen“. Sie schenkten sich nach. „Also, das finde ich eine feine Sache von unserem netten Herrn Doktor und seiner netten Frau Doktor, uns zu ihrer Hochzeit einzuladen. Ach, wenn ich mir so den netten Herrn Doktor anschaue, da wäre ich gerne noch mal jung. Er ist so nett und so gutaussehend, meinst du nicht auch, Jette?“ „Oh, doch“, kicherte Frau Kutter, „darauf trinken wir, Prost Berta. Aber was die zwei auch schon so alles auf die Beine gestellt haben, und das in kürzester Zeit. Also Hut ab! Ich wollte dich unlängst mal fragen, ob du dir vorstellen könntest, einen netten Bekannten zu haben. Ich meine, mit dem man mal reden kann, essen geht oder irgendetwas Kulturelles macht?“ „Du hast doch schon einen für mich ausgeguckt, sonst würdest du doch nicht so fragen." „Stimmt, Berta. Du kennst doch den Herrn Mauer, der hat doch letztes Jahr seine Frau verloren. Er kommt oft in die Praxis mit seiner Katze. Wir unterhalten uns dann sehr angeregt. Das ist ein sehr netter Mann. Er hat auch eine Wandlung vollzogen. Vor ein paar Jahren hätte ich mir den nicht mit einer Katze vorstellen können. Minko gehörte seiner verstorbenen Frau, er war bis dato nie ein Katzenfreund. Er tat ihm zwar nichts, befasste sich aber auch nicht mit ihm und ging ihm aus dem Weg. Er duldete den Kater, konnte aber sehr mürrisch werden, wenn er mal auf seinem Sessel oder seinem Bett saß. Er fütterte ihn auch nie. Dann kam die Zeit, wo seine Frau so krank wurde, sodass er alles übernehmen musste. Als es mit Frau Mauer zu Ende ging, musste er seiner Frau versprechen, Minko zu behalten und für ihn zu sorgen. Der Kater merkte die ganze Zeit, dass etwas nicht stimmte, und war sehr traurig, dass die gute Frau auf einmal nicht mehr da war. Er hatte keinen Bezug zu Herrn Mauer. Der Kater saß auf seiner Decke und schaute ihm in die Seele. Sein neues Herrchen war voller Trauer und weinte. Minko sprang auf seinen Schoß und tröstete ihn. Es geschah ein Wunder, er ließ es zu und fing an den Kater zu streicheln. Er redete leise mit ihm, dass sie ja beide in

Trauer seien. Von da an kümmerte er sich rührend um das Tier, sie sind ein Herz und eine Seele. Herr Mauer war jetzt auch freundlicher zu anderen Menschen und umgänglicher." „Jette, den willst du mir doch nicht etwa offerieren?" „Berta, einfach mal eine nette Unterhaltung führen, mehr muss doch nicht sein. Das entscheidest immer noch du. Weißt du, er kommt nächste Woche mit Minko zum Impfen und du mit Barry zur Cortison- Spritze. Im Wartezimmer seht ihr euch ja dann." „Tja, schaden kann es ja nicht, vielleicht entwickelt sich sogar daraus eine wunderbare Freundschaft." „Ja, meine ich doch, komm, darauf trinken wir noch ein Likörchen. Prost."

Nach dem üppigen Mittagessen und dem Tortenbuffet war erst mal Bewegung angesagt. Eine Band spielte für jeden Geschmack etwas und das Tanzbein wurde geschwungen. Es wurde eine lange Nacht. Wir hatten noch ein Mitternachtsbuffet vorbereitet. Mit allerlei delikaten Sachen, wie Käsesuppe mit Baguette und kleinen Brötchen, Obst, Käseplatte, verschiedene Desserts, unter anderem Apfel-Feigenstrudel mit Vanillesoße, Eismousse und Gebäck. Unsere Gäste waren voll des Lobes für unsere leckeren Speisen. Bis in die frühen Morgenstunden wurde gegessen, getanzt, gesungen und musiziert. Als die Schotten ihren Celtic Folk spielten, ging so richtig die Post ab. Der Rhythmus war so mitreißend, alle bewegten sich und klatschten mit. Auch Sören hielt wacker mit. Er gestand Christin, dass er eigentlich ein Tanzmuffel sei, aber das ignorierte Christin und zog ihn einfach mit. Eine ganz besondere Überraschung hielten Mary, John, Leon und Nancy noch bereit. In den frühen Morgenstunden sangen sie im Quartett, begleitet von Nelly am Klavier *„Can you feel the love tonight“* von Elton John. Oh, der Song zauberte Gänsehaut und alle Liebenden lagen sich in den Armen. Es war eine tolle Hochzeitsfeier und wieder einmal eines unserer legendären Familienfeste. Unsere Schotten waren maßgeblich am Erfolg beteiligt. Aber alles Schöne geht einmal zu Ende. Die Vögelchen zwitscherten schon, als wir todmüde, aber glücklich, ins Bett fielen. Marie und Sven nächtigten in der alten Mühle, wie auch unsere schottischen Verwandten. Um die Mittagszeit ging es ans Aufräumen. So richtig munter waren wir alle noch nicht, aber wir stärkten uns mit einem guten Kaffee, saßen noch lange zusammen und ließen uns die Reste schmecken. Dann war es Zeit, unsere schottischen Gäste zu verabschieden. Wir umarmten uns herzlich und hofften auf ein baldiges Wiedersehen. Leon meinte, spätestens bis zur nächsten Hochzeit. „Da bin ich aber mal gespannt, wer als nächster dran ist. Nach dem Brautstrauß zu urteilen, wären Björn und Birte an der Reihe", stellte Marie fest. „Tja, Schwesterchen, dann lass dich mal überraschen, grinste vielsagend mein Sohn und legte seinen Arm um seine Freundin.“„Vielleicht bricht ja jetzt so ein richtiger Hochzeitsboom aus und wir kommen gar nicht mehr aus dem Feiern heraus“, lachte Nelly. „Das verkraften wir auch noch“, lachte ich ebenfalls. „Mich hat es so gefreut, euch alle wiederzusehen. Wir chatten ja via Skype oft zusammen, aber wenn man sich sieht, ist das doch etwas anderes.“ „Oh, ja“, Mary schaute auf die Uhr, „jetzt müssen wir uns aber beeilen, sonst verpassen wir noch unseren Flieger“, drängte sie. Wir umarmten uns noch mal ganz fest, winkten ihnen nach und riefen „Bye, bye, see you soon.“ Jens, Carl und Nelly fuhren unsere Gäste mit dem *Seniorentaxi* zum Flughafen. Sven und Marie verabschiedeten sich ebenfalls herzlich von uns und bedankten sich nochmal für die schöne Hochzeitsfeier. Vorher verluden sie noch ihre Pferde in den Hänger und riefen nach Lupo, der angesprungen kam und vorne Platz nahm. Wir winkten, bis der Pferdetransporter nicht mehr zu sehen war. Christin hakte sich bei Sören unter und war froh, dass er erst am Montag zurück nach London musste. In ein paar Monaten würde er ohnehin ganz bei ihr bleiben, berichtete mir Christin glücklich. Als es Abend wurde, saßen wir noch gemütlich im Garten zusammen, genossen ein Glas Wein, und ich dankte meinem Engel für die schönen Tage und für meine wunderbare Familie.

Die Tage und Monate vergingen wie im Flug. Wir waren zufrieden mit unserem Leben. Wir waren in unserer Arbeit eingespannt und hatten gut zu tun. Unsere *„Cafémühle"* hatte mittlerweile Kultstatus erreicht. Die Leute kamen gerne in unsere, von uns auch liebevoll *„Caféchen"* genannt. Damit hatten wir eine Anlaufstelle für Ratsuchende geschaffen oder für Durchreisende, die einen Neubeginn wagten. Sie alle schütteten uns ihr Herz aus. Wir meisterten kleine und große Sorgen. Für Viele waren wir wie ein Seelsorger. Sie fühlten sich bei uns wohl und aufgehoben, weil auch kein Sterbenswörtchen nach Draußen drang. Für unsere Gäste war es ein Ort des Vertrauens und Zuhörens. Manchmal reichte ein kurzes Statement aus oder eine Umarmung, wo Worte fehlten. Unsere Besucher fühlten sich danach besser und suchten sich professionelle Hilfe. Wir hatten uns dies zur Aufgabe gemacht, anderen in Not beizustehen. Wir hatten so das Vermächtnis von Tante Anneliese in die Tat umgesetzt.

Ich erinnerte mich an die Worte meines Engels: „Ihr Menschen seid hier auf Erden, um zu lernen. Unsere Signale, die wir euch senden, helfen euch dabei und lehren euch".

Es war mittlerweile Dezember und der 1. Advent. Die ersten Schneeflocken wirbelten vom Himmel. Jens hatte das Feuer im Kamin entfacht. Ich hatte Tee und Plätzchen auf den Tisch gestellt. Die erste Kerze am Adventskranz brannte. Es war behaglich und gemütlich. Draußen wurde es allmählich dunkel. Wir erzählten uns, als das Telefon klingelte. Es war Sven, er war ganz außer Atem, bei Marie hatten die Wehen eingesetzt. „Ich habe schon die Hebamme aus unserem Geburtsvorbereitungskurs angerufen, aber sie steckt im Stau und kann so schnell nicht kommen. Die Wehen kommen jetzt in kurzen Abständen, ich denke, unser Kleiner hat es besonders eilig." „Keine Panik, Elly und ich machen uns direkt auf den Weg. Wir sind gleich bei euch." Ich blies die Kerze aus, packte noch ein paar Plätzchen ein und sagte den anderen Bescheid. Jens drückte auf die Tube und wir waren schnell da. Als wir zur Tür hereinkamen, lag Marie schon auf dem Bett und keuchte vor Schmerzen: „Oh, Mama, ich bin dir so dankbar, dass du da bist. Unser kleiner Junge möchte unbedingt so schnell wie möglich auf die Welt kommen, ins Krankenhaus können wir jetzt nicht mehr fahren." „Alles wird gut, mein Schatz, hab keine Angst, wir machen das schon“. Ich wies die Männer an, frische Handtücher und frisches Wasser zu holen. Ganz ruhig redete ich mit meiner Tochter und sagte mit jeder Wehe „Einatmen und Ausatmen“. Marie hatte große Schmerzen. „Ich weiß, mein lieber Schatz, so eine Geburt ist sehr schmerzhaft, aber wenn der Kleine erst mal da ist, sind alle Schmerzen vergessen und du bist der glücklichste Mensch auf Erden“. Ich betete zu Gott, dass alles gut geht und uns die Engel beistehen. Sven kam herein und hielt Maries Hand ganz fest, streichelte ihre Wange und strich ihr übers Haar. „Das machst du gut, du schaffst das.“ Jens wollte Tee kochen und meinte, er würde sowieso nur im Weg stehen. Marie wehklagte laut vor Schmerzen und ich sah schon das Köpfchen. „Du musst jetzt weiter pressen, weiter, weiter, du machst das gut, du hast es bald geschafft“. Meine Tochter arbeitete gut mit und der kleine Marvin erblickte schreiend das Licht der Welt. Es war einer der schönsten Momente für Eltern und Großeltern. Ein neues Leben war geboren. Marie und Sven waren überglücklich. Ich legte das Neugeborene in Maries Arme und direkt in die Geborgenheit seiner Familie und sagte: *„Willkommen auf der Welt, kleiner Schatz.“* Es war ein heiliger, inniger Moment. Marie spürte dieses unsichtbare Band zwischen

Mutter und Kind, ein Glücksgefühl durchströmte ihren Körper, ein Gefühl, das sie vorher so noch nicht gekannt hatte. Und die Welt stand für uns einen Augenblick still. Ich dankte meinem Engel für seinen Schutz und dieses Glück und hörte ihn sagen „Well done, Elly“. Ich dachte, Glück kann so einfach sein, kein Geld oder Gold dieser Welt kann dieses aufwerten. Sven hatte ein paar Tränen in den Augen und küsste zärtlich seine Marie und seinen Sohn: „Marie, ich danke dir. Du hast mich zum glücklichsten Menschen gemacht.“ Wir wickelten das Baby in Decken, damit es nicht auskühlt. Marvin war zufrieden in den Armen seiner Mutter. Er spürte ihre Liebe und ihren Schutz. Jens kam die Treppe hoch gerannt. „Habe ich da eben richtig gehört, unser Enkelkind ist da?“ Mein Mann war ganz gerührt, „Oh, ist der süß und winzig. Das kleine Köpfchen, die kleinen Händchen und Füßchen, es ist immer wieder ein neues Wunder.“ „Ja, das ist es“ flüsterte ich. „Ein Wunder, wenn aus Liebe Leben wird. Ich freue mich immer darüber, wenn die Familie wächst und zusammen hält und lebendig bleibt. Was gibt es Schöneres, als Kindern Wärme, Geborgenheit und Zuneigung zu geben, dass aus dem kleinen Menschlein in Liebe ein Mensch wachsen kann. Was wäre die Welt ohne Kinderlachen". „Das ist wahr", stimmte mir Marie zu und liebkoste ihr Baby. „Wir hatten zwar keine Hausgeburt geplant, aber unser Kleiner konnte nicht abwarten. Im Nachhinein bin ich froh, dass Marvin in der häuslichen Umgebung, in einer intimen und für mich vertrauten Atmosphäre auf die Welt gekommen ist. Gott sei Dank ist ja auch alles gut gegangen. Danke Mama, dass du mir beigestanden hast." „Das habe ich von Herzen gern gemacht. Ich bin auch froh, dass alles gut verlaufen ist. So eine Geburt ist ein sehr tiefes Erlebnis für Mutter und Kind. Da kamen mir meine Erfahrung und mein Mutterinstinkt sehr zugute. Du wirst sehen, bei deinem zweiten Kind bist du schon viel gelassener." Marvin meldete sich wieder lautstark zu Wort. „Oh", meinte Sven, „da hat einer wohl Hunger. Hm, kleiner Mann, der Start ins Leben hat dich hungrig gemacht." Der Kleine suchte die Brust seiner Mutter. Meine Tochter stillte ihr Kind und sang ihrem Söhnchen ein Kinderlied vor: „Weißt du, wieviel Sterne stehen an dem blauen Himmelszelt?" und sagte leise zu ihm: „Ich bin überglücklich mein Schatz, dass du da bist. Guck, das ist dein Papa, deine Oma, die mir geholfen hat, dich auf die Welt zu bringen und das ist dein Opa". Marvin gähnte und schlief zufrieden wieder ein.

Die Türklingel schellte. „Das wird die Hebamme sein, ich mach schon auf.“ Jens ging die Treppe runter und öffnete die Tür. „Ah, da sind Sie ja, kommen Sie, mein Enkelkind ist schon auf der Welt“. Die Hebamme betrat zusammen mit Jens das Schlafzimmer. Sie war eine gestandene Frau und hatte eine mütterliche Ausstrahlung. Ihr sah man an, dass sie schon vielen Babies auf die Welt geholfen hat. Sie entschuldigte sich: „Ich habe es leider nicht früher geschafft, das Wetter hat mir einen Strich durch die Rechnung gemacht. Sobald die ersten Schneeflocken fallen, können die meisten Leute kein Auto mehr fahren. Es ging nichts mehr und danach ging es nur schleppend voran. Oh, ich sehe ja, Sie haben alles auch ohne mich gemeistert.“ „Naja“, meinte ich dazu, „sagen wir mal so, wir haben uns alle angestrengt. Meine Tochter, der Kleine und ich als Geburtshelferin.“ „Und ich habe meine Frau getröstet und ihr die Hand gehalten und ich als werdender Opa habe Tee gekocht.“ „Schön, die Männer müssen auch was zu tun haben, sagte sie ganz lapidar. Sehen wir uns mal das Baby und die Mutter an.“ Die Hebamme durchtrennte fachmännisch die Nabelschnur und untersuchte die beiden. Sie begutachtete das Gewicht und die Reflexe meines Enkelsohnes und notierte alles sowie das Geschlecht des Kindes. Sie verabreichte dem Baby noch Vitamin-K-Tropfen, die wichtig für die Blutgerinnung sind. Wir gingen derweilen hinunter in die Küche. Jens hatte schon Tee gekocht und ich legte die Plätzchen auf eine Gebäckschale. Auf dem Tisch stand der Adventskranz. Ich entzündete die erste Kerze. Mittlerweile war es stockdunkel draußen. Nach einer Weile kam Sven mit der Hebamme die Treppe hinunter. „Ich bin sehr zufrieden. Mutter und Kind sind wohlauf, das haben Sie sehr gut gemacht. Das Baby ist jetzt gebadet und liegt schlummernd in den Armen seiner Mutter. Ich schaue morgen noch mal vorbei, sehe nach dem rechten und gebe Marvin noch mal die Vitamin K-Tropfen. Die dritte Gabe der Tropfen muss bei der 3. Untersuchung erfolgen. Ich habe Ihrem Schwiegersohn schon gesagt, dass Ihre Tochter noch ein bisschen Ruhe braucht und übermorgen können dann Ihr Gynäkologe und der Kinderarzt übernehmen. Nicht vergessen, das Kind muss beim hiesigen Standesamt angemeldet werden.“ „Das ist klar“, sagte Sven, „das mache ich gleich morgen früh.“ „Fein, dann ist für mich hier meine Mission beendet und ich verabschiede mich. Falls irgendetwas wider Erwarten sein sollte, bitte rufen Sie mich sofort an.“ „Danke, das machen wir, aber bevor Sie gehen, trinken Sie doch noch eine gute Tasse Tee und nehmen Sie sich von unseren selbstgebackenen Plätzchen“. Ich bot ihr eine Tasse Tee und Gebäck an. „Danke, das ist nett von Ihnen, aber ich muss wieder los, die nächste Geburt wartet schon. Aber einen Keks hol‘ ich mir. Für Süßes sterbe ich und das gerade zu dieser Jahreszeit. Ich wünsche Ihnen noch einen schönen Abend, bis morgen dann.“ Sven geleitete sie zur Tür. Wir trugen Tee und Plätzchen auf einem Tablett nach oben und saßen gemütlich mit Marie, Sven und unserem ersten Enkelkind zusammen und feierten besinnlich den ersten Advent.

Zuhause angekommen wurden wir von den anderen schon sehnsüchtig erwartet. Wir hatten ihnen kurz über WhatsApp mitgeteilt: *„Baby Marvin ist da“.* Und nun wollten sie alles wissen, wie groß, welche Augen- und Haarfarbe, die Händchen und die Füßchen. Jens war ganz stolzer Opa und gab bereitwillig Auskunft: „Die Augenfarbe ändert sich ja noch, aber momentan noch blau“. Wir saßen gemütlich bei einem Glas Sekt zusammen und waren die glücklichsten Großeltern, die man sich nur vorstellen konnte. Die anderen wollten in den nächsten Tagen bei den Dreien einen Besuch abstatten. Kleine Geschenke und eine Karte dazu hatten sie schon vorher besorgt, der Geburtstermin stand ja fest. „Wir hatten ein paar Tage später mit der Geburt gerechnet. Aber wie das so ist mit den Babies, sie lassen sich nicht immer Zeit“, berichtete ich. Elsa stellte noch fest: „Der Kleine ist ja ein richtiges Sonntagskind. Sonntagskinder haben Glück im Leben, weißt du das?“ „Das wäre schön, aber das hat jedes Kind verdient, egal an welchem Tag es geboren ist“. „Stimmt, darauf heben wir unser Glas und stoßen auf Klein-Marvin und alle Kinder dieser Welt an.“ Am nächsten Morgen fuhr Sven direkt zum Standesamt und meldete die Geburt seines Sohnes an. Im Laufe des Tages schaute die Hebamme wieder vorbei und untersuchte Mutter und Kind noch einmal. Es war alles zufriedenstellend und in Ordnung. Am darauffolgenden Tag fuhr Sven seine kleine Familie zum Kinderarzt für Marvins dritte U-Untersuchung. Das war unserem Kleinen aber gar nicht geheuer, dies tat er auch lautstark kund. Der Arzt meinte „Oh, der Kleine hat aber eine starke Lunge“. Nach eingehender Untersuchung gab er wie die Hebamme grünes Licht. „Gratulation, ihr Söhnchen ist kerngesund“. Sie machten noch einen Ersttermin für die Impfung aus und fuhren dann weiter zu Maries Gynäkologen. Der Frauenarzt bescheinigte Marie ebenfalls, dass nach der Geburt alles in Ordnung sei. Das war eine gute Nachricht und die kleine Familie fuhr wieder nach Hause. Im Briefkasten lagen Glückwunschkarten und im Foyer der Tierarztpraxis hatten die

Tierbesitzer bei Frau Kutter allerlei Geschenke abgegeben, über Teddybären und Spielsachen bis zum Strampler. Bei uns im *Caféchen* überhäuften uns unsere Stammgäste ebenfalls mit Glückwunschkarten und Geschenken für Baby Marvin. Frau Fichte kam als erste die Tür herein. Sie hatte sich extra Zeit genommen und trug einen Teddybären unter dem Arm. Sie sagte ganz gerührt: „Ich wollte nicht versäumen, den frischgebackenen Großeltern zu gratulieren und persönlich mein Geschenk abzugeben. Ich wollte Ihnen noch sagen, wie schön es ist, wenn man eine intakte Familie hat. Wenn man aufeinander achtet und sich gegenseitig hilft. Wenn Kinder willkommen sind und sie in der Geborgenheit ihrer Familie wachsen und heranwachsen können. Wissen Sie, das hätte ich auch gerne gehabt, aber es ist alles anders gekommen.“ Ich bedankte mich, nahm das Geschenk entgegen und fragte sie: „Wie geht es Ihnen denn? Geht es Ihnen gut?“ „Nun ja, ich bin zufrieden. Es ist halt ein Auf und Ab mit dieser Krankheit. An manchen Tagen geht es mir gut und an manchen Tagen geht es mir weniger gut. Die erste Bestrahlung hat ja sehr gut angeschlagen, und bald ist die zweite dran. Aber die Ärzte sind guten Mutes, und ich auch. Ich will mich nicht beklagen, es hätte schlimmer kommen können. Dass ich, dank Ihrer Hilfe, meinen Sohn wiedergefunden habe, gab mir noch mal so einen Schub Überlebenswillen. Das ist ja schon komisch, was die Psyche für eine Auswirkung auf unseren Körper hat." Die alte Dame schaute sich in unserem *Café* um und bewunderte die weihnachtliche Atmosphäre. „Ach, Sie haben wieder so schön jahreszeitlich geschmückt. Und überall brennen Kerzen. Schön, das erwärmt die Herzen. Da haben Sie ja ein Händchen für, das bewundere ich immer wieder. Ich komme immer wieder gern hierher. Bei Ihnen findet man die eigene zentrale Mitte wieder. Mit Ihnen und Ihrem Team kann man sich auch so wunderbar unterhalten. Sie hören zu und verurteilen nicht. Bei Ihnen fühlt man sich nicht schlecht oder schuldig. Sie geben denen, die am Boden zerstört sind, ihre Würde wieder zurück. Jeder hat seine Wertschätzung bei Ihnen. Sie stehen auch mit guten Ratschlägen zur Seite und geben Ihren Gästen das Gefühl, nicht so alleine zu sein. Es ist einfach heilsam in ihrem *Café* zu sitzen und die Seele baumeln zu lassen". Ich dankte ihr für die wohltuende Resonanz. „Ja meine Kinder sagen auch immer: „Euer *Caféchen* ist wie *„Just like coming home."* „Schön, dass es Ihnen gefällt. Was darf ich Ihnen denn zum Frühstück bringen?" „Hm, lassen sie mich nachdenken. Oh, ja ich hätte Lust auf ein französisches Croissant mit Butter und Marmelade und noch ein Mohnbrötchen mit Käse und Salami. Dazu trinke ich einen Latte Macchiato." „Kommt sofort, lehnen Sie sich zurück und entspannen sich, ich bringe Ihnen gleich noch die Zeitung." „Fein, wissen Sie, Ihr Service weiß ich zu schätzen."

Die Tür ging auf. Frau Steinle und Herr Bärlie riefen fröhlich im Chor: „Guten Morgen, ihr frischgebackenen Großeltern." Jens servierte Frau Fichte ihr Frühstück. „Bitteschön, lassen Sie es sich schmecken" und wandte sich den beiden Herrschaften zu. „Ja hallo, guten Morgen. Heute ist hier aber was los. Doch nicht etwa wegen des Babies"? „Oh doch", antwortete Frau Steinle. „Aber natürlich, wir wollten eine Kleinigkeit abgeben und Henning und ich wollten hier frühstücken und uns mal wieder von Ihren Köstlichkeiten verwöhnen lassen." „Eine weise Entscheidung, was darf ich Ihnen denn bringen?" „Erst einmal überreichen wir Ihnen dieses hier für Ihr Enkelkind". Frau Steinle drückte Jens ein Päckchen und einen Umschlag in die Hand. „Ich bedanke mich ganz herzlich auch im Namen von Marie, Sven und Marvin." „Ah, Marvin heißt der kleine Bub. Wir haben schon gerätselt, ob es wohl ein Mädchen oder Junge ist. Marvin, ein schöner Name", Frau Steinle nickte bekräftigend und ergriff wieder das Wort. „Ich muss Ihnen ganz ehrlich sagen, man muss sich im Leben auf etwas freuen können und etwas Schönes im Leben haben. Wenn ich überall die Schreckensmeldungen höre oder sehe, wird es mir übel. Ich traue mich schon gar nicht mehr die Nachrichten einzuschalten. Da wird nur Negatives berichtet, kaum was Positives. Da ist doch die Geburt eines Kindes tausendmal hoffnungsvoller als alle Hiobsbotschaften zusammen. Wissen Sie, wir müssen Kindern ein liebevolles Zuhause geben, sie liebevoll an die Hand nehmen, sie begleiten und positiv bestärken, so dass sie sich positiv entfalten und entwickeln können. Später gehen sie dann gut gerüstet hinaus in die Welt. Das ist doch ein Hoffnungsschimmer". „Sie sprechen mir aus der Seele, genauso haben Elly und ich unsere Kinder erzogen, zu verantwortungsbewussten und engagierten Menschen, die ihr Leben meistern. Sie mischen sich ein, wenn ihnen irgendetwas nicht gefällt. Sie sagen ihre Meinung und sind Teil dieser Gesellschaft. Wichtig ist aber auch, wie es die Eltern vorleben. Wir haben ihnen Werte, Respekt und Anstand vermittelt. Eltern sind Vorbilder für ihre Kinder. Man kann ihnen nichts verbieten, wenn Eltern sich selbst nicht daran halten, dann sind sie nicht mehr glaubhaft. Eltern sollten für ihre Kinder immer glaubwürdig sein. Genauso ist es mit der Freiheit, die oftmals falsch verstanden wird. Bitte nicht zu verwechseln mit Tun und

Lassen können was man will. Es gibt Grenzen, auch mit der Toleranz, die es gilt zu akzeptieren und zu respektieren. Elly und ich waren immer *open minded* und weltoffen, ohne unsere Werte und Traditionen zu vergessen. Wir leben nicht um zu arbeiten, sondern wir arbeiten um zu leben. Sonn- und Feiertage sind für uns wertvolle Ruhetage. Für uns steht der Wohlstand nicht an erster Stelle. Wir haben bisher immer nach der Maxime gelebt, soviel um gut zu leben, und noch einige Extras. Damit sind wir bisher immer gut gefahren. Bei uns war auch nie Platz für Mobbing oder Ausgrenzung. Es gibt ein Zitat von Edmund Burke, das mir besonders gut gefällt: *„Das Böse triumphiert allein dadurch, dass gute Menschen nichts unternehmen."* „Oh, ja, das haben Sie jetzt aber gut gesagt, wenn das mal alles so einfach wäre" meinte Herr Bärlie. Jens nickte: „Einfach ist das nicht, seine Stimme zu erheben und gegen Ungerechtigkeiten aufzustehen. Wer alles jedoch so hinnimmt und nichts dagegen unternimmt, kann auch nichts gewinnen." „Recht so", Herr Bärlie war ganz begeistert von der flammenden Rede meines Mannes. „Aber jetzt haben wir Hunger, vom Philosophieren allein wird man nicht satt. Lieselotte, hast du dir schon etwas ausgesucht?" „Ja, ich nehme ein englisches Frühstück, dazu Toast und Ihre homemade marmelade. Die schmeckt ja himmlisch. Sie verraten mir nicht das Rezept, oder?" Ich schmunzelte und schüttelte den Kopf: „Nein, das ist ein altes, geheimes Familienrezept und soll es auch bleiben. Immer wenn wir als Kinder bei Tante Anneliese zu Besuch waren, schmierte sie uns Brote mit dicker Landbutter und ihrer berühmten Erdbeermarmelade. Ich kann Ihnen sagen, ein Gedicht. Das weckt heute noch Kindheitserinnerungen in mir. Ich habe heute noch den Geschmack auf der Zunge und den Geruch nach frischen Erdbeeren in der Nase." „Schade, dann kann man nichts machen. Einen Cappuccino hätte ich aber noch gerne." „Ich nehme dasselbe, aber bitte vorher noch ein Früchtemüsli, ich habe nämlich einen Riesenhunger und bitte einen Café Crema." „Wird gemacht und kommt sogleich". Jens und ich servierten ihre gewünschte Bestellung und stellten alles auf den Tisch. „Ach, das duftet ja köstlich, ich muss gestehen, ich habe großen Hunger mitgebracht." „Das freut uns, genießen Sie Ihr Frühstück". „Oh, ja das werden wir. Ach, ich muss Ihnen und Ihrer Mannschaft noch ein dickes und anerkennendes Lob aussprechen. Bei Ihnen wird Service großgeschrieben und der Mensch steht im Mittelpunkt. In Ihrem *Café* fühlt man sich ausgesprochen wohl. Bei Ihnen ist noch die Minute 60 Sekunden lang. Wissen

Sie, wir waren neulich in einer Bäckerei mit angrenzendem Café. Vorne an der Theke konnte man sich etwas aussuchen. Ich kann es nicht leiden, wie der Blitz bedient zu werden. „Noch etwas, noch etwas." Man muss sich blitzschnell entschieden haben, ansonsten bekommt man das mit strafenden Blicken zu spüren. *Time is Money*. Man wird daran erinnert, ganz schnell zu bezahlen und das Café zu verlassen, indem man ungeduldig mit den Fingern auf die Ladentheke trommelt. Dann wird schon gerufen „Der Nächste bitte". Ist das nicht unverschämt? Da kann man sich doch nicht wohlfühlen. Wir sind doch keine Düsenjets. Da gehen wir auch nicht noch mal hin." „Das müssen Sie ja auch nicht, uns freut es, dass es Ihnen hier so gut gefällt. Ich wünsche Ihnen einen Guten Appetit und entfernte mich.

Frau Engle und Herr Baum standen im Türrahmen und begrüßten uns herzlich. „Hallo, ihr beiden, wir wollten zu dem freudigen Ereignis ein kleines Geschenk vorbei bringen." „Ja, hallo, die Geburt unseres Enkelsohnes hat sich aber schnell rumgesprochen."„Na, ja, bei einer Kleinstadt wie Himmelsberg spricht sich so etwas schnell herum", lachte Frau Engle gut gelaunt und überreichte mir ein Päckchen. „Danke schön, darf ich Ihnen etwas bringen?"

„Ja, wir wollten schon hier frühstücken. Ein Kännchen Kaffee, Brötchen, Wurst und Käse und zum Abschluss einige von Ihren selbstgebackenen Weihnachtsplätzchen." „Wird gemacht. Die Plätzchen müssen Sie unbedingt probieren, sie habe ich nach einem alten Rezept meiner Tante Anneliese gebacken." „Hm, da kann ich mich noch bestens dran erinnern. Die sind wirklich köstlich, nicht wahr, Bertram?" „Oh, ja Agathe, einfach lecker. Ihre Tante hat uns in der Adventszeit immer zu einer Tasse Tee und zu ihren deliziösen Plätzchen eingeladen und natürlich zu einem Plausch. Ihre Tante war wirklich eine gute Seele. Sie hat uns nicht behandelt wie Personal, die für Sie gearbeitet haben, sondern ist uns auf Augenhöhe begegnet. Wie Sie ja wissen, hat Ihre Tante die Menschen nicht nach Ihrem Stand oder Geld beurteilt, für sie waren alle Menschen gleich. Für sie war ein Bettler genauso viel Wert wie ein König. Das war das Besondere an ihr. Sie hatte Herz und Verstand, aber besonders das Herz auf dem rechten Fleck. Sie war ein außergewöhnlicher Mensch und Gott hat sie 90 Jahre Gutes tun lassen. Solche Menschen suchen heutzutage Ihresgleichen. Aber Ihre Tante hat ja mit Ihrer Familie würdige Nachfolger. Und das ist gut so. Menschen wie sie machen die Welt doch ein bisschen besser."

„Das hoffen wir. Uns war es wichtig, alles so im Sinne meiner Tante weiterzuführen. Es hat alles seine Bestimmung. Nicht nur Menschen und Tiere, sondern auch Dinge und Sachen, sogar Häuser. Dieses Haus sollte wieder mit Leben gefüllt werden, eine Begegnungsstätte für Jung und Alt werden, die sich lebendig miteinander austauschen. So war das Vermächtnis meiner Tante Anneliese. Und das haben wir in die Tat umgesetzt." „Das ist Ihnen und Ihrer Familie mehr als gelungen. Dickes Lob an sie alle." „Das hören wir gern. Bei der Umsetzung hatten wir auch eine Menge Spaß. Zu sehen, wie alles wird, wie man sich das so vorstellt, das ist schon toll. Allerdings funktioniert das nur, wenn alle zusammenhalten und an einem Strang ziehen." „Um Ihre Familie beneide ich Sie", sagte Herr Baum gedankenversunken. „Haben Sie ein bisschen Zeit, ich würde Ihnen gerne etwas erzählen. Agathe kennt die Geschichte, aber ich würde sie gerne auch Ihnen erzählen, außerdem brauche ich Ihren Rat." „Ja, gerne, ich bringe gleich Ihr Frühstück und dann setze ich mich zu Ihnen." Jens half mir mit dem Tablett und ich setzte mich zu den beiden. „Lassen Sie es sich schmecken." Frau Engle griff sich ein Brötchen: „Das werden wir, bei den leckeren Sachen kann man ja nicht widerstehen". Herr Baum schenkte Agathe und sich Kaffee ein und begann zu erzählen.

„Also, wie Sie ja wissen, hat mir Ihre Tante sozusagen das Leben gerettet. Sie müssen wissen, dass ich die ersten vier Jahre ein Heimkind war und nie so richtig Liebe erfahren habe, noch nicht mal von meiner Mutter. Meine Eltern stammen aus der damaligen DDR, wo meine Mutter mich auch zur Welt gebracht hat und mich in die Obhut eines Kinderheimes gab. Dort herrschten strenge Regeln. Meine Mutter ist einfach ohne mich in den Westen geflohen. Mein Vater und seine Eltern sind schon vorher durch Ausreiseantrag in den Westen gekommen. Meine Eltern waren nicht miteinander verheiratet und mein Vater wusste nichts von mir. Er hat auch meine Mutter nie wieder gesehen und wollte es auch nicht. Er und seine Eltern kauften sich einen Bauernhof und mein Vater gründete eine Familie. Wie er von meiner Existenz erfuhr, weiß ich nicht. Jedenfalls wurde ich auf abenteuerliche Weise in den Westen geschmuggelt. So kam ich zu meinem Vater und dessen Familie. Sie hatten bereits Kinder und meine Stiefmutter hatte für mich nichts übrig. Sie war auch nicht damit einverstanden. Ich war das lästige uneheliche Anhängsel, das man jetzt auch noch durchfüttern musste. Oft ließ sie ihren Zorn an mir aus. Und mein Vater war zu labil, um sich ihr entgegenzustellen. Statt Liebe gab es Hiebe. Sie war eine sehr harte Frau und ich denke, mein Vater war auch nicht glücklich mit ihr. Ob mein Vater mich mochte, kann ich im Nachhinein gar nicht mehr sagen. Er konnte seine Liebe gegenüber seinen Kindern nicht zeigen. Die einzigen Menschen, die richtig gut zu mir waren, waren meine Großeltern und meine Geschwister. Sie machten überhaupt keinen Unterscheid. In der Schule strengte ich mich umso mehr an und dachte: „Euch zeige ich es." Mein Abitur habe ich mit Bravour bestanden. Meine Großeltern waren stolz auf mich und mein Vater wohl auch, aber er konnte es einfach nicht zeigen. Ich war endlich frei und konnte von Zuhause weg. Ich studierte ein paar Semester Theologie, doch ich merkte, dass mich immer mehr die schlechten Jahre meiner Kindheit einholten. Und ich haderte mit Gott und meinem Glauben, ich stellte meinen Glauben infrage. Ich konnte unmöglich etwas predigen, an das ich nicht mehr glaubte. Ich wollte auch das Leben genießen und mich nicht schon in jungen Jahren mit ernsthaften Dingen beschäftigen. Ich brach das Theologiestudium ab und entschied mich für die Landschaftsarchitektur. In den Semesterferien arbeitete ich in einer großen Gärtnerei. Ich schaute mir alle Handgriffe ab und nach einiger Zeit wusste ich, wie man Bäume stutzt und wann der beste Zeitpunkt war, Bäume, Sträucher und Hecken zu pflanzen, welche Pflanzen zu jeder Jahreszeit in die Erde kamen und welche winterhart waren. Ja, ich habe sogar Rosen gezüchtet. Ich lernte, worauf man bei der Veredelung achten musste, auch bei der Pflege, beim Rückschnitt und der Bekämpfung der Schädlinge. Und was mein ganzer Stolz war, ich kannte alle lateinischen Namen der gesamten Botanik. Das kam bei der Kundschaft besonders gut an. Mein Chef wurde auf mich aufmerksam und ich konnte nach Abschluss meines Studiums bei ihm direkt anfangen. Ich spürte das erste Mal Anerkennung und Stolz. Das Leben meinte es für eine Weile gut mit mir. Ich lernte eine nette Frau kennen, wir heirateten und bekamen Kinder. Doch ich war, durch meine Kindheit geprägt, ein schlechter Ehemann und Vater. Diese Ehe hielt nicht allzu lange, denn auch ich war einfach nicht fähig, Liebe zu geben und zu zeigen. Ich begann mein ganzes Leben infrage zu stellen und zu trinken. Dadurch war ich in der Gärtnerei nicht mehr zuverlässig und nicht mehr tragbar, ich verlor meine Stelle. Ich war jetzt ganz unten. Dann las ich eine Annonce, in der Ihre Tante einen Gärtner für ihr Anwesen suchte. Es war wohl ein Wink des Schicksals. Sie schaute mich mit lebendigen und wachen Augen an und hatte gleich gemerkt, dass mit mir etwas nicht stimmte.

Ich erzählte ihr ehrlich mein Leben. Sie gab mir eine zweite Chance unter fünf Bedingungen: Ich musste von der Flasche weg, ich musste mein Leben ordnen, mich mit meinen Kindern aussprechen, mich einer Therapie unterziehen, damit ich endlich zu Gefühlen fähig war, und meine Mutter aufsuchen. Sie sagte, ich müsse endlich Antworten auf meine Fragen bekommen. Dann könnte ich wiederkommen. Ich hielt das alles für einen Scherz, und war im ersten Moment empört und sagte zu ihr: „Wollen Sie mir jetzt hier die Welt erklären?" Aber ihr war es ernst. Mit ruhigem, aber bestimmten Ton sagte sie zu mir: „Wie Sie Ihr Leben gestalten, ist Ihre Sache. Ihrem Leben aber eine andere Richtung zu geben und Ihr Leben zu überdenken, ist eine ganz andere Sache. Wenn Sie der Meinung sind, dass Sie keinen Job brauchen, brechen wir das Gespräch hiermit ab. Ich habe nämlich genug Anfragen und Bewerber für diese Stelle. Hier in unserem Land verhungert auch keiner, also können Sie getrost so weitermachen. Aber das wollen Sie ja nicht, sonst wären Sie ja nicht hier. Ihr Start ins Leben war nicht optimal. Das stimmt. Jedoch Jammern und Bemitleiden kommt bei mir nicht gut an und hilft auch nicht weiter, genauso wenig wie die Schuld Ihrer schlechten Kindheit zu geben oder die Schuld anderen zuzuschieben. Mit Selbstmitleid bewegt man nichts. Selbstverantwortung und Mitverantwortung muss jeder für sein Leben übernehmen. Vom Nichtstun kommt Nichts, Stillstand ist der Tod. Denken Sie einmal darüber nach.“ „Diese Worte hatten es in sich. Ihre Tante war zwar ein kleines, zierliches Persönchen, steckte aber voller Power und Energie. Sie war eine warmherzige Frau, konnte aber auch sehr resolut und überzeugend sein. Sie war eine Persönlichkeit mit einer Ausstrahlungskraft und einer Herzensgüte, die es heutzutage auf der Welt nicht mehr oft gibt. Sie sah immer den Menschen hinter der Fassade und nahm an seinem Schicksal teil. Sie gab mir etwas Wichtiges mit auf den Weg. Auf einmal wusste ich, wenn ich mein Leben meistern wollte, musste ich Ordnung in mein Leben bringen. Mit meinen Kindern habe ich heute ein gutes Verhältnis. Ihre Mutter hat sie übrigens gut erzogen. Sie haben die Liebe ihrer Mutter erfahren, die ich nie hatte. Meine Mutter war nicht begeistert, mich zu sehen, es war wie ein Eisblock zwischen uns. Sie entschuldigte sich lediglich, dass sie so hätte handeln müssen. Sie war wohl als Spionin für die Stasi tätig und aus irgendeinem Grund in Ungnade gefallen. Die Stasi wäre ihr auf die Schliche gekommen, sie hätte fliehen und untertauchen müssen, da wäre ja wohl ein Kind hinderlich gewesen. Das hat mich tief getroffen und trifft mich auch heute noch. Aber dadurch konnte ich wenigstens alles hinter mir lassen und so neu anfangen. Aufgefangen haben mich Ihre Tante Anneliese und Agathe. Wir sind jetzt sogar verheiratet.“ „Oh, dann gratuliere ich Ihnen aber ganz herzlich“, unterbrach ich seine Rede. „Danke, aber lassen Sie mich noch zu Ende erzählen, ich bin noch nicht fertig“ und nahm einen großen Schluck aus seiner Kaffeetasse. „Also, meine Mutter ist gestorben und ich bin angeschrieben worden, dass ich mich um die Beerdigung und den Nachlass kümmern soll. Das hat mich wütend gemacht und gewurmt. Das alles für eine Frau, die zwar meine Mutter auf dem Papier ist, aber ansonsten mit mir nichts zu tun haben wollte. Aber Agathe war der Meinung, dass ich erst mit der Vergangenheit abschließen könne, wenn alles erledigt wäre. So auch die Einsicht in die Stasi-Akte. Ich solle endlich Frieden schließen.“ „Da hat Ihre Agathe recht, machen Sie das. Fahren Sie hin oder fordern Sie die Akte an, nur so können Sie das Kapitel zuschlagen.“ „Das habe ich mir auch gedacht, aber ich wollte nochmal so etwas wie eine Bestätigung von einem Außenstehenden haben. Dann werde ich das auch tun, Agathe wird mich begleiten. Ich danke Ihnen, dass Sie mir zugehört haben und sich Zeit genommen haben.“

„Dafür sind wir da, nicht nur der Magen braucht Nahrung, auch die Seele darf nicht verhungern."

Bald war Weihnachten und unser kleiner Marvin entwickelte sich prächtig. Er war ein munteres und strammes Kerlchen. Wir freuten uns alle auf die Feiertage. Dieses Jahr feierten wir Weihnachten alle zusammen mit unserem ersten Enkelkind. Ich musste lächeln, als ich an früher denken musste, als meine Kinder noch so klein waren. Sie waren immer voller Erwartung und konnten kaum erwarten, das Christkind zu sehen. Was ja niemals der Fall war. Wir erklärten unseren Kindern, dass das Christkind noch viele andere Kinder beschenken müsse und schnell aus dem Fenster geflogen wäre. Sie standen staunend vor dem geschmückten und strahlenden Weihnachtsbaum. Die Weihnachtskrippe hatte es ihnen besonders angetan, mit den Figuren konnte man so wunderbar spielen. Jedoch als meine Kinder älter wurden war der Zauber verflogen. Sie wussten, woher die Geschenke kamen, und wer den Christbaum schmückte. Aber der Geist der Weihnacht blieb erhalten. Der kleine Marvin war zwar noch zu klein, um alles mitzubekommen, er schlief ja noch die meiste Zeit, aber der Zauber war wieder da. Wir feierten Weihnachten in der alten Mühle, da war Platz genug für alle. Wir holten die Weihnachtskrippe von Onkel Hubert vom Dachboden, sie war ein echtes Unikat. Die Laterne im Stall hatte ein kleines Licht unter dem Dachbalken und leuchtete den ganzen Innenraum aus. Draußen vor dem Stall flackerten die Holzscheiden wie echtes Feuer, das war besonders romantisch. Die Hirten saßen um das Feuer herum und wärmten sich, daneben ihre schlafende Schafherde, die von einem Schäferhund bewacht wurde. Onkel Hubert hatte die Krippe und die Figuren so detailgetreu aus Holz geschnitzt, dass es für uns immer wieder ein kleines Wunder war. Die Gesichtszüge der Heiligen Familie sowie aller Figuren waren so lebensecht, dass man in ihnen lesen konnte. Die Krippe strahlte eine heimelige Wärme und Atmosphäre aus. Wir waren ganz andächtig. Ohne diese Krippe würde unserem Weihnachtsfest etwas fehlen. Am Heiligen Abend trafen wir uns alle spätnachmittags in der Kirche, um die Geburt Jesu zu feiern. Es begann schon dunkel zu werden und ganz fein rieselten die Schneeflocken vom Himmel. Klein-Marvin schlummerte zufrieden im Arm seiner Mutter. Als wir wieder zu Hause waren, wurde so richtig nach alter Familientradition Weihnachten gefeiert. Jens entzündete den Kamin und eine wohlige Wärme breitete sich aus. Den großen Tisch hatte ich schon vorher eingedeckt, die Kerzen wurden entzündet sowie die Lichter am Tannenbaum angeschaltet. Die ganze Familie war versammelt, jeder brachte etwas mit. Björn war für den Wein zuständig, Birte für die Plätzchen, Marie und Sven brachten große Salatschüsseln mit, Lina und Peter verschiedene Desserts, Carl und Nelly sorgten für den traditionellen Plumpudding, Elsa und Viktor stellten Schüsseln mit Gemüse und Kartoffeln auf den Tisch, Christin und Sören hatten Christstollen mitgebracht, Mary und John, Leon und Nancy hatten Portwein und Whisky im Gepäck. Und ich verköstigte alle hungrigen Münder mit zwei knusprigen Gänsen nach altem Familienrezept, gefüllt mit Maronen und Äpfeln. Alle hatten großen Hunger mitgebracht. Unsere ganze Familie war um den großen Tisch versammelt. Es wurde königlich getafelt und fürstlich getrunken, gelacht und erzählt. Es war herrlich.

Nach dem fulminanten Essen packten wir die Geschenke aus. Jeder schenkte dem anderen eine Kleinigkeit. Die großen Geschenke hatten wir schon lange abgeschafft. Stattdessen beschenkten wir die Armen und die Obdachlosen mit ihren Hunden, damit sie auch den Geist der Weihnacht spürten. Die meisten Leute kannten wir von unserer Tafel, sie waren mittlerweile liebe Bekannte geworden. Kinder- und Tierheimen ließen wir Geld- und

Sachspenden zukommen, Marie und Sven verschenkten Tierfutter von ihrer Tafel den hiesigen Tierschutzorganisationen. Wir waren dankbar, dass wir in einem glücklichen Familienverband lebten und uns einen gewissen Wohlstand erarbeitet hatten. Das Leben ist ein Zickzackkurs, das Schicksal kann sehr ungerecht und grausam sein. Längst sind nicht alle auf der Gewinnerseite. Und so haben wir vor Jahren beschlossen, die Not und die Armut ein wenig zu lindern. Wir wollten etwas von unserem Glück an Andere abgeben. Das war uns wichtig. Nicht nur, aber gerade an Weihnachten, wo durch die Geburt des kleinen Kindes in der Krippe die ganze Welt beschenkt wurde, schenkten wir Wärme und Hoffnung. Ich kann mich noch sehr genau daran erinnern, als wir vor ein paar Jahren an einem kalten Wintertag Kindern in einem Heim in Rumänien Kleidung, warme Decken und Spielsachen persönlich brachten. Man kann sich das gar nicht vorstellen, es fehlte an allem. Umso größer waren die Freude, die Tränen, das Lächeln und die großen Augen der Kinder, in denen sich Dankbarkeit spiegelte. Das hat mich tief berührt. Dann fuhren wir weiter in ein Tierheim und gaben dort ebenfalls warme Decken und Futter ab. Die Hunde konnten zwar nicht „Danke“ sagen, aber sie freuten sich über jede Zuwendung und in ihren Augen konnte man Dankbarkeit, gemischt mit großer Traurigkeit, lesen. Das Elend auf beiden Seiten war groß. Auf dem Heimweg verspürte ich große Dankbarkeit und Zufriedenheit. Aber ich war auch traurig, dass wir nicht mehr tun konnten. Da hörte ich meinen Engel sagen: „**Elly, du und deine Familie tun was in eurem Rahmen möglich ist. Ihr könnt nicht die ganze Welt retten. Andere sind auch noch da. Ihr macht das schon gut, vor allen Dingen auch nachhaltig. Well done, Elly**".

Nach dem köstlichen Dinner und Geschenke auspacken musizierten wir. Alle in unserer Familie beherrschten ein Instrument. Zu Lebzeiten unserer Tante Anneliese veranstaltete sie regelmäßig Hauskonzerte. Das hat immer viel Spaß gemacht und die ganze Familie war wieder mal beisammen. Klavier, Geige, Flöte und Querflöte, Saxophon, Harfe und Gesang präsentierten ihr Können. Meiner Tante gefiel ganz besonders das Spiel auf der Harfe, sie sagte dann immer: *„Das Instrument der Götter, ein himmlischer Klang."* Wir stimmten Weihnachtslieder an und ruhige, besinnliche Töne. Unser kleiner Enkelsohn meldete sich auch zu Wort und trällerte mit. Marie hatte ihn auf dem Arm, schmuste mit ihm und wiegte ihn hin und her. Die Musik schien ihm zu gefallen, zufrieden schlummerte er wieder ein. Den Schlussakkord setzten wir mit *„What a* *wonderful world"* von Louis Armstrong. Wir versammelten uns um Nelly und ihr Klavier und sangen das Lied inbrünstig mit, auch unser Kleinster. *„What a wonderful world. Yes, I think to myself, what a wonderful world. Oh yeah."* Ich denke, dieser Song ist melodiös wie auch textlich gerade in unserer heutigen und unruhigen Zeit, wo die Welt aus den Angeln zu brechen droht, ein positiver Lichtblick. Danach ging es gemütlich weiter. Im Kamin prasselte das Feuer, Leon entkorkte den Portwein und den Sherry, schenkte jedem ein Gläschen ein. Dazu wurden noch Plätzchen und Stollen gegessen. Wir erzählten uns noch bis spät in die Nacht. Es waren schöne, besinnliche Weihnachten ohne Hektik und Stress. Nach alter Familientradition stellte ich Brotscheiben draußen auf den Tisch, damit sie in der Heiligen Nacht gesegnet werden. Da hielt ich ein bisschen inne und merkte, dass mein Engel neben mir war: **„Hallo Elly, ich wünsche dir und deiner Familie gesegnete Weihnachten."** „Hallo, das wünsche ich dir auch. Feiert ihr Engel im Himmel eigentlich auch Weihnachten?" **„Natürlich, was denkst du denn. Weihnachten ist nicht nur für die irdischen Bewohner, sondern auch für die himmlischen Bewohner, nur die Geschenke fallen weg. Dafür beschenken wir die Erdbewohner, nur einige merken es nicht. Wir sind für euch** da, wenn ihr es zulasst und euch darauf einlasst. Wir sorgen für euren Schutz und senden euch Zeichen, die euch eine Richtung ermöglichen, leichter und positiver durchs Leben zu gehen, wenn ihr unsere Signale bemerkt und versteht. Viele Fehler könnten dann vermieden werden." „Mein Engel, heute ist Weihnachten und ich möchte einfach nicht an die Welt da draußen erinnert werden. Das ist einfach nicht der richtige Zeitpunkt. Was in dieser Welt momentan vor sich geht, hat alles nichts mehr mit Positiv zu tun. Die Nachrichten bringen häufig nur noch Negativmeldungen. Es scheint, dass die Welt sich am Abgrund befindet. Mich beschäftigt ganz besonders, wenn Menschen oder auch Tiere unschuldig leiden müssen. Egal, ob durch eine Krankheit oder durch Gewalt. Ich bin auch eigentlich in einem Alter, da stecke ich solche Nachrichten nicht mehr so gut weg. Ich habe den Eindruck, dass sich die Gewaltspirale immer weiter dreht und die Gewaltbereitschaft immer mehr zunimmt. Die Gesellschaft verroht zunehmend. Es gelten keine Regeln, keine Grenzen und sogar keine Gesetze mehr. Das hat mittlerweile eine Dimension angenommen, da wird einem angst und bange. Es herrscht ein Desinteresse an Traditionen, Sitten und Gebräuchen. Es werden Sonn- und Feiertage nicht mehr als Ruhetage eingehalten. Wir müssen aufpassen, dass sie nicht eines Tages abgeschafft werden. In unserer modernen und säkularen Gesellschaft steht der

Selbstverwirklichungstrip ganz hoch im Kurs. Was ist da nur los? Das kann doch nicht in eurem Sinne sein?" „Ist es auch nicht. Ich kann mich nur wiederholen, Ihr Menschen achtet nicht auf unsere Zeichen und lasst euch von Neid, Hass, Habgier und schier der Gier nach Mehr leiten. Neid und Hass ist die Wurzel allen Übels. Und wenn ihr dann im Schlamassel sitzt, dann ruft ihr Gott an. Und der soll dann bitteschön direkt helfen. Warum fragt ihr Menschen eigentlich nicht vorher um Rat. Dann wäre sicherlich nicht so viel schief gelaufen. Es gibt aber auch Menschen wie du und deine Familie, die mit uns kommunizieren und uns in ihr Leben mit einbeziehen. Und das ist sehr wohltuend. Natürlich lassen wir uns gerne in eurer Gesellschaft nieder, aber wir sind auch für diejenigen da, die nicht an uns glauben. Nur, es macht es für uns schwieriger, denn sie verleugnen alles, was sie wissenschaftlich nicht beweisen können. Wir sind eure unsichtbaren Helfer, ihr müsst uns nur rufen, wir sind bei euch im Hintergrund. Diejenigen, die uns nicht wahrhaben wollen, denen drängen wir uns auch nicht auf. Und jetzt komme ich zu der dunklen, bösen Seite des Menschen. Sie haben sich den düsteren, diabolischen Mächten verschrieben und wollen andere damit vergiften. Aber das gelingt ihnen nicht, denn unsere Kraft und

Stärke und unsere Strahlenkraft darf man nicht unterschätzen. Und diejenigen, die uns gefolgt sind, werden wieder wie ein Phönix aus der Asche aufsteigen, zu neuem Leben.“ „Das hast du sehr schön gesagt und mir ist es jetzt ganz warm ums Herz.“ „Siehst du, das war meine Weihnachtsbotschaft an euch, Wärme und Licht zu spenden. Meine liebe Elly, geh‘ wieder hinein, du frierst ja schon, und feiere weiter mit deiner Familie die Heilige Nacht. Ich wollte dich auch nur aufmuntern und deine trüben Gedanken vertreiben. Macht ihr so weiter wie bisher und den Rest könnt ihr getrost uns überlassen. Wir machen das schon. Jetzt muss ich aber weiter, den anderen auch ein frohes Weihnachtsfest wünschen. Hat mich gefreut wie immer, bis zum nächsten Mal, meine Elly.“ „Hat mich ebenfalls gefreut, ja bis zum nächsten Mal, mein Engel.“

Silvester, zwei Jahre später. Unsere Familie ist gewachsen und hat sich vergrößert. Meine Tochter Marie und ihr Mann Sven erwarten ihr zweites Kind. Marvin ist jetzt zwei Jahre alt und unser aller Sonnenschein. Mein Sohn Björn machte sein Versprechen wahr und heiratete seine Birte. Sie erwarten in Kürze ihr erstes Baby. Mein Patenkind Christin ist mit Sören verheiratet und sie wohnen in der alten Mühle meiner Tante Anneliese, wo sie sich eine schnuckelige Wohnung eingerichtet haben. Auch hier hat sich Nachwuchs angekündigt. Aber zuvor haben meine Cousine Elsa und ihr Viktor geheiratet und ein großes Fest gegeben. Meine Nichte Mary ist mit John und mein Neffe Leon ist mit Nancy in Schottland verheiratet. Ihre Kinder sind jetzt etwa ein Jahr alt und es sind noch mehr in der Planung. Es ist schön, wenn eine neue Generation heranwächst. Dieses Jahr feierten wir alle wieder bei uns in der alten Mühle, da war genug Platz vorhanden. Es war eine sehr lebendige und fröhliche Silvesterparty mit unseren kleinen und großen Kindern. Kurz vor Mitternacht, die Kleinkinder und Babies schliefen und träumten süß, zogen wir uns dicke Mäntel an und gingen nach draußen. Unsere Tiere waren gut geschützt im Haus. Die Turmuhr schlug Mitternacht, die Glocken läuteten, die Knaller und Raketen schossen in den Himmel. Die Sektkorken knallten und wir hießen das Neue Jahr willkommen. Wir sangen in der kalten Winternacht die traditionelle schottische Ballade zum Jahreswechsel *„Auld Lang Syne"/"Nehmt Abschied Brüder"*. Wir lagen uns in den Armen und wünschten uns gegenseitig ein gutes, gesundes und glückliches neues Jahr. Jens und ich umarmten uns ganz fest. Wir waren glücklich und zufrieden mit unserem Leben, welches wir gemeinsam genießen. Ich gab Jens einen zärtlichen Kuss und flüsterte „Ich liebe Dich." „Ich liebe Dich auch, mein Elly-Schatz" und Jens zog mich noch enger an sich. Ein Lächeln huschte über mein Gesicht, Ich war stolz und dankbar für meine Familie. Es freut mich immer wieder, wenn von Generation zu Generation der Erfahrungsschatz und die Werte weitergegeben werden. Ein schöner Spruch fiel mir wieder ein, der da lautet: *„Gib denen, die du liebst Flügel um zu fliegen, Wurzeln um zurückzukehren und Gründe, um zu bleiben".* Ich weiß nicht, was das neue Jahr für uns bereit hält oder die Zukunft, aber eines ist gewiss, langweilig wird es nicht. Wir haben unseren Familiensinn und unsere Traditionen bewahrt, auch in stürmischen Zeiten. Unsere Familie ist geerdet und fest mit dem Boden verankert. Wir leben unser Leben intensiv und lebendig, lassen die Zeit nicht ungenutzt vorüber ziehen. Ungenutzte Zeit kommt nie wieder. Wir halten fest zusammen, wie eine Deichmauer. *Einer für alle, alle für einen.* Wir bauen keine Luftschlösser, aber packen an, wo Not und Hilfe nötig ist. Wir besitzen Rückgrat und Haltung, Respekt, Achtung, Anstand und Mitgefühl und lassen uns nicht verbiegen und schwimmen gegen den Strom. Wir laufen nicht hinter jedem Trend oder Hype her und haben unseren eigenen Stil. Das macht uns so unverwechselbar und liebenswert. Ich hörte meinen Engel sagen: „Ihr seid schon eine tolle Familie, nicht unfehlbar, eben Menschen und keine Maschinen. Ihr seid erd- und naturverbunden und natürlich geblieben und habt eurem Leben einen Sinn gegeben. Eure Großzügigkeit liegt nicht in Millionen oder Macht, sondern in Menschlichkeit und Nächstenliebe. Ihr habt euch zum Wohle aller eingesetzt und besitzt die Kunst aus Wenig Viel zu machen. Ihr greift nicht nach den Sternen und erkennt auch im Kleinen das große Glück. Ihr seid achtsam und wachsam und Menschen, mit denen man Lachen und Weinen kann. Euren inneren familiären Frieden tragt ihr hinaus in die ganze Welt. Well done, Elly & family.

Nachwort:

Mit meinen Lieblingsmenschen bin ich gerne im Dialog. Wir tauschen uns lebhaft über die Zeitgeschehnisse aus, debattieren, argumentieren und ich gebe ihnen eine Orientierungshilfe mit auf den Weg. Ich wünsche mir mehr solcher Herzensmenschen, die uns folgen und Vertrauen auf Gott und die Kraft der Engel haben, mit denen ich und meine Freunde leidenschaftlich kommunizieren können und die wir durch ihr Leben begleiten. Das Leben wird komplizierter, daher wünsche ich mir für euch Menschen eine Welt voller Menschlichkeit und Liebe, wo

Hass, Gewalt, Terror und Krieg keinen Platz mehr haben. Macht aus eurem Herzen keine Mördergrube. Wut und Hass war noch nie ein guter Ratgeber. Ihr Menschen müsst achtsam und wachsam sein, ihr seid die Hoffnungsträger für eine bessere Zukunft für alle, macht sie lebenswert. Schlagt dem Schicksal ein Schnippchen, habt den Mut, neue, friedliche Wege zu gehen. Erhebt eure Stimme gegen Ungerechtigkeit, Unterdrückung, Ausbeutung und Dogmen. Die Würde aller Lebewesen ist unantastbar. Gebt den niederen Instinkten keine Chance. Nehmt die Schwachen mit ins Boot, gebt ihnen nachhaltig Hilfestellung, so dass sie wieder stark werden. Sucht nicht das große Glück, das sucht ihr vergebens, denn das wahre Glück habt ihr bereits gefunden. Eine meiner goldenen Lebensweisheit ist: *„Auch wenn ich nur ein kleines Fleckchen Erde hätte, würde ich ein Paradies daraus machen“*. Oder getreu nach Martin Luther: *„Wenn die Welt morgen untergeht, würde ich heute noch ein Apfelbäumchen pflanzen“*. So just do it. Be the change you wish to see in the world! Let your smile change the world, don't let the world change your smile!

Euer Engel

„Die Größe und den moralischen Fortschritt einer Nation, kann man daran messen, wie sie ihre Tiere behandelt.“ - Mahatma Gandhi-

„Gott schläft im Stein, träumt in der Pflanze, erwacht im Tier und handelt im Menschen.“ - Indianische Weisheit -

„Die schönsten, angenehmsten Tage sind nicht die, an denen großartige Dinge passieren, sondern die mit den einfachen, netten Augenblicken, die sich aneinanderreihen wie Perlen auf einer Schnur.“

- Lucy Maud Montgomery -

Dies ist eine fiktive Geschichte. Die Personen, der Ort sowie die Handlung sind frei erfunden. Etwaige Ähnlichkeiten sind rein zufällig und nicht beabsichtigt.

Stammbaum der Familie Bruscher

Großeltern von Elly: Gustav und Merle
Ihre Kinder: Heinrich, Johann und Anneliese
Ehefrau von Heinrich: Marianne
Ihre Kinder: Elsa und Lina
Ehefrau von Johann: Lotte
Ihre Kinder: Carl und Elly
Ehemann von Anneliese: Hubert
keine Kinder
Ehefrau von Carl: Nelly
Ihre Kinder: Leon und Mary
Ehemann von Elly: Jens
Ihre Kinder: Björn und Marie
Ehemann von Elsa: Viktor
Ihre Tochter: Christin
Ehemann von Lina: Gregor
keine Kinder
Nach Gregors Tod, Lebensgefährte von Lina:
Peter Luchser
Ehefrau von Björn: Birte
Ehemann von Marie: Sven
Ihr Sohn: Marvin
Ehemann von Christin: Sören

Ehefrau von Leon: Nancy
Ehemann von Mary: John

<u>Freunde und Bekannte der Familie:</u>

Lieselotte Steinle: Freundin von Tante Anneliese
Henning Bärlie: Lebensgefährte von Frau Steinle
Agathe Engle: Haushälterin von Tante Anneliese und Ehefrau von Herrn Baum
Bertram Baum: Gärtner von Tante Anneliese und Ehemann von Frau Engle
Gerda Fichte geb. Peterson und ihr Sohn Philipp: Bekannte aus der „Cafémühle“
Jette Kutter: Gute Seele am Empfang der Tierarztpraxis
Berta Korbler: Alte Schulfreundin von Frau Kutter und Frauchen von Barry
Herr Holzer: ehemaliges Herrchen von Lupo
Herr Mauer: Herrchen von Minko

Danke an alle, die mich tatkräftig bei der Verwirklichung meines Buches unterstützt haben. Dazu zählen meine Familie, Verwandte, Freunde und Bekannte. Und nicht zu vergessen meine Lektoren. Danke! Danke! Danke!

[illegible]